替天行盜
卷14
局中人
石章魚 著

世界上最可悲的事情

莫過於活在世上卻如同行屍走肉

不知目的為何物

不知為誰而活

目錄

CONTENTS

第一章

謎樣針劑

綠色液體進入血液，張長弓周身血管的顏色隨之加深，
肌膚蒙上一層青色的網路，忽然雙手張開，
又迅速握緊了拳頭，原本就發達的肌肉膨脹隆起。
瞎子產生可怕念頭，那怪物給羅獵的難道不是解藥？
張長弓注射了這綠色液體該不會也變成怪物吧？

羅獵將木盒打開，木盒內放著針管和針劑，這些東西是他從安藤井下那裡得到的。剛才也經過了海盜的檢查，裡面的針筒和針劑並未讓海盜產生懷疑。

瞎子望著一藍一黃兩隻針劑倒吸了一口氣道：「這玩意兒當真有用？」

羅獵實話實說道：「我不清楚。」

瞎子道：「不清楚你也敢給老張亂用？」

羅獵沒說話，拿起針筒，打開針劑，小心將裡面的液體吸入針筒之中，瞎子看了張長弓一眼，張長弓面如死灰，躺在床上一動不動，氣息幾不可聞，看到素來健壯勇武的張長弓，瞎子心中一陣難過，張長弓在他心中素來都是戰鬥力最為強悍的一個，如今竟變成了這番模樣，瞎子心中暗忖，死馬當成活馬醫，羅獵肯定不會害他，只希望老張福大命大造化大，能夠成功逃過此劫。

羅獵對這些針劑裡面到底是什麼也不清楚，這些藥物他得自於安藤井下，至於藥劑的名稱，作用，可能產生的副作用他一概不知，藍黃兩種不同的針劑在針筒中充分混合後變成了翠綠色。

瞎子忍不住又提醒了羅獵一次：「開弓沒有回頭箭。」他不是不信任羅獵，而是不信任那怪物，這針筒裡面的液體怎麼看都像毒藥。

羅獵點了點頭，其實他的內心也極其緊張，雖然他是抱著營救張長弓的想法，可注射之後張長弓非但不見好轉，反而因此而送命，自己必將抱恨終生。有些事總有人去做，如果自己不做，誰來承擔這個責任？羅獵為張長弓消毒了臂膀之後，將那管翠綠色的液體注入了他的靜脈。

瞎子下意識地閉上了一雙小眼睛，這玩意兒注射到身體裡想想都可怕，瞎子暗自佩服羅獵的魄力，其實在他們相處的那麼多年裡，瞎子有時也會產生不服氣的念頭，明明自己的年齡比他要大，羅獵是小弟，可平日裡無論什麼事情，自己都要聽他指揮，這並不是沒有道理的，其實何止是自己，張長弓、陸威霖、葉青虹、阿諾，哪個不是這樣。

瞎子心服口服且心安理得。

綠色的液體進入張長弓的血液，張長弓周身血管的顏色隨之加深，他裸露在外的肌膚宛如蒙上了一層青色的網路，張長弓的雙手忽然張開，又迅速握緊了拳頭，原本就發達的肌肉膨脹隆起。

瞎子倒吸了一口冷氣，他產生了一個可怕的念頭，那怪物給羅獵的難道不是解藥？張長弓注射了這綠色液體之後該不會也變成一個怪物吧？可事到如今，已經沒有迴旋的可能。

羅獵取出早已準備好的繩子，將一端拋向瞎子道：「把他捆起來。」

瞎子愣了一下方才明白羅獵的意思，這是要將張長弓捆綁在床上，看來羅獵對注射之後產生的後果也沒有任何的把握，兩人相互配合，迅速將張長弓捆紮在床上。

張長弓睜開了雙眼，額頭上青筋宛如蚯蚓一般暴起，形容恐怖，他咬牙切齒，雙目之中也佈滿了血絲，確切地說，應當是紫色的脈絡。

羅獵大聲道：「張大哥，是我！是我們！」

張長弓的神智尚未清醒，他嘗試從床上坐起，身體卻被拇指粗細的繩索捆住，整個人猶如一個大號的粽子。

瞎子道：「老張，你清醒一點。」

張長弓死命掙扎著，突然他爆發出一聲怒吼。

這聲吼叫傳到了外面，一直在外守候的幾名海盜都被這聲吼叫嚇了一大跳。

邵威被叫聲所吸引轉過身來，將目光投向艙門。他揮了揮手，示意手下嚴守那間船艙，裡面或許出了事情，或許只是對方故意鬧出動靜來引誘他們。

船艙內發生的場景讓羅獵和瞎子大驚失色，張長弓在兩次嘗試未能坐起之後，他平息了片刻，似乎冷靜了下來，不過很快就運力於全身，只聽到咔嚓一聲，身下的床鋪因承受不住巨大的壓力而崩塌。羅獵和瞎子原本將張長弓和床鋪捆在了一起，現在床鋪都已經塌了，那繩索自然困不住張長弓。

張長弓雙臂用力繩索寸寸而斷，喉頭發出粗重的呼吸聲，這下不但是瞎子，連羅獵也不禁擔心起來，難道安藤井下交給自己的解藥根本就是個騙局？

張長弓從地上站起，瞎子奮不顧身地衝上前去，一把將他給抱住，大吼道：「老張，你醒醒，你醒醒！」

張長弓非但沒有被瞎子叫醒，反而身軀一震，將瞎子從身上彈開，瞎子撞在艙壁之上，羅獵一個箭步衝上去，從後方準備扼住張長弓的頸部，將他制住，可現在的張長弓力量比受傷之前竟提升了數倍。他抓住羅獵的雙臂，向前猛一躬身，試圖將羅獵從身體上甩出去，羅獵雙腿宛如老樹盤根一般將他的腰部盤住。

張長弓一時間未能將羅獵甩脫，怒吼一聲，反轉身軀帶著羅獵一起向艙門撞去。

蓬的一聲艙門四分五裂，兩人同時摔出了門外，羅獵被撞得眼前金星亂冒，張長弓趁機掙脫開羅獵的束縛。

一直守在外面的海盜慌忙舉槍瞄準了張長弓。

邵威大吼道：「抓住他們……」

一名海盜在邵威發聲之前出於本能瞄準張長弓就是一槍，這一槍正射擊在張長弓的心口位置，張長弓的身軀震動了一下，低頭望去，彈頭只有一半進入了他的胸部肌肉，張長弓的怒火被瞬間激起，他一個箭步衝了上去，那海盜嚇得又是一槍，這次的子彈射偏了，射在了張長弓的肩頭，可張長弓仿若根本感覺不到疼痛的怪物，醋缽大小的拳頭準確無誤地擊中了那名海盜的面門，這一拳威力巨大，竟然將那海盜的面門打得坍塌下去，五官擰作一團。

邵威想不到形勢變化如此迅速，他甚至都來不及做出太多的反應，邵威抽出手槍，大吼道：「格殺勿論！」他意識到如果不果斷採取措施，恐怕局勢將變得不可收拾。

羅獵被張長弓摔得暈頭轉向，可是看到一名海盜端起衝鋒槍瞄準了張長弓的後背，慌忙揚起手中的針筒，針筒咻的一聲飛了出去，用來注射的鋼針正中那海盜的右眼，因為羅獵急於為張長弓解圍，所以根本沒有留力，鋼針直貫腦中，那海盜直挺挺倒了下去，一命嗚呼了。

羅獵原地翻滾，抓起那海盜掉落在地的衝鋒槍，反手用槍托砸倒了一名衝上來的海盜，而後將衝鋒槍隨手扔給了才從船艙內出來的瞎子。

瞎子接槍在手，突突突接連幹掉三名海盜。

張長弓宛如武神再世，在接連擊倒四名海盜之後，抓起其中一人的身體，利用對方的身體阻擋著子彈。

與此同時陸威霖和葉青虹也同時發動，他們一直都在等待對方注意力轉移的機會，因為張長弓引起的混亂，原本在高處負責監視他們的海盜都將槍口瞄準了張長弓，陸威霖和葉青虹起身乾脆俐落地將監視他們的六名海盜剷除。

站在高處的兩名海盜居高臨下瞄準下方的目標正準備射擊，可突然被人從身後推了一把，兩人的精神都集中在下方目標上，根本沒有留意到後方的變化，失去平衡從高處跌落。

邵威瞄準張長弓接連開槍，可暴怒中的張長弓身法實在是太快，接連幾次射擊都沒有命中要害，而張長弓卻因為這一連串的攻擊而將目標鎖定在邵威的身上，他從一眾海盜中殺出一條血路直奔邵威。

邵威嚇得慌忙後退，張長弓身上已經中了數槍，可是彈頭最多只是對他造成了皮外傷，根本無法射入他的體內，邵威有生之年還從未親眼見證過可用肉體硬抗子彈之人。更讓他感到恐懼的是，此人的目標居然是自己。

一群荷槍實彈的海盜向葉青虹和陸威霖衝去，兩人慌忙閃身躲在木箱後方，剛蹲下身，一排排密集的子彈就激射過來，子彈擊中木箱，木屑亂飛，硝煙四起，如果僅是徒手格鬥，他們兩人應該不會懼怕對方，可現在他們是赤手空拳。

正在焦急之際，陸威霖卻聽到甲板上傳來一聲滑動，低頭望去，卻見自己的手槍貼著甲板滑行而至，陸威霖大喜過望，雖然看不到給自己遞槍的人是誰，可這種時候顯然也不重要，陸威霖抓起手槍身體從木箱後方閃身出去，側躺在甲板上接連扣動扳機，他槍法精準，例無虛發，轉瞬間射殺了六名海盜。

葉青虹的手槍也從遠端滑行而至，葉青虹抓起雙槍加入戰團。

邵威從身後的腳步聲已經知道張長弓越來越近，他竭盡全力，終於在張長弓到來之際衝入前方的船艙。

張長弓隨後來到船艙前方，正欲進入，卻見邵威挾持著一人從裡面出來。眾人都是一怔，定睛望去，卻見邵威懷中擁著的正是海明珠，右手用槍抵在海明珠的太陽穴上，大聲道：「你膽敢上前一步，我就殺了她！」

海明珠還沒有完全反應過來，她原本被徐克定讓人軟禁，可邵威剛才衝了進來，說了聲大小姐得罪，然後就發生了下面的一幕，海明珠看到張長弓立時喜出望外，可是看到張長弓滿身是血，兇神惡煞般走來，心中又似乎明白了一些，難怪邵威要用自己當人質，在他看來一定是認為自己可以要脅住張長弓。

張長弓表情漠然，仍然向前走了一步。

邵威心中暗歎，看來這廝已經喪失了意識，連海明珠都不認識了，如果這樣話，只有拚死一戰了。

那邊徐克定也得到了消息，率人過來增援，黑鯊號上激戰不斷，交火聲不絕於耳。

羅獵擔心張長弓會在喪失理智的情況下做出更加瘋狂的事情，大吼道：「張長弓！」

張長弓揚起了右拳蓄勢待發，海明珠望著張長弓淚眼朦朧，她顫聲道：「張大哥！」

聲音雖然不大，卻如同一顆破土而出的小草，在張長弓一片混沌的世界中呈現出一絲生命的綠色，張長弓空白的腦海被這綠色撕開了一條縫隙，旋即他的記憶和意識如潮水般湧入，張長弓木立在原地，他張了張嘴巴，艱難道：「海明珠……」然後就直挺挺倒了下去，魁梧的身軀重重砸在甲板上。

邵威看準時機舉槍瞄準張長弓的面門準備射擊，襠下卻挨了海明珠重重一腳，痛得他躬下身去，海明珠抓住他握槍的手腕，一個反背，奪下手槍的同時將邵威摔倒在甲板上。

海明珠用槍口瞄準了邵威的腦袋，厲聲道：「所有人都給我停火，否則我一槍殺了他！」

現場的槍聲突然就平息了下去，徐克定大吼道：「全部停火，全部停火！」

羅獵和瞎子第一時間衝到了張長弓的身邊，兩人從甲板上扶起了滿身是血的張長弓，同時道：「張大哥！」

張長弓雖然倒地，可是並未昏迷，他清醒著呢，起身之後方才意識到自己的身上中了不少槍，看到那一個個的彈頭，心中暗忖，我中了那麼多槍，這次只怕要死了，心念及此，卻感覺到中彈處開始發癢，體表嵌頓的彈頭竟以肉眼可見的速度被新生的肌肉擠出掉落，而他的傷口隨之迅速康復。

這對羅獵和瞎子而言並不是什麼稀奇事，畢竟他們此前就已經親眼見到過佐田右兵衛驚人的再生能力，安藤井下的解藥歸根結底應當和日方秘密研製的化神激素同宗同源，張成功因為療傷而獲得了近似於追風者的超能力也不足為奇。

張長弓的情緒漸漸平復了下來，周身青紫色的脈絡也開始褪色，直至消失，他深深吸了口氣，感覺身體狀態似乎恢復了，甚至更勝往昔，左右看了看身邊兩位出生入死的老友，雖然不知自己究竟是怎樣從鳴鹿島來到了黑鯊號之上，可是也能夠推斷出幾位朋友為此付出了太多的努力，張長弓抬起雙眼看到仍然用槍指著邵威的海明珠。

海明珠的目光充滿了欣喜和關切，張長弓怔怔看著她，過了好一會兒方才露出一絲微笑。

葉青虹和陸威霖兩人也趁機向這邊靠攏。

徐克定來到近前道：「明珠，明珠，你知不知道自己在做什麼？」

海明珠點了點頭道：「我清楚，你放了他們，我就放了他。」

徐克定望著被海明珠制住的邵威，臉上露出一絲無奈的苦笑，女大不中留，海連天的這個女兒尤其如此，她才和這幫人認識多久，居然胳膊肘向外拐到了這種地步。

陸威霖和瞎子兩人上前一左一右將邵威抓了起來，必須要讓這張牌發生效用，不能再發生任何的意外。葉青虹來到海明珠身後，用槍抵住了海明珠的後心，附在她耳邊低聲道：「得罪了。」而後揚聲道：「把明珠號給我們，我保證他們不會有任何的危險。」

徐克定心中暗歎，原本局勢盡在掌握之中，可是因為海明珠的倒戈搞得人多勢眾的海龍幫完全落入了被動的局面，徐克定的目光和邵威交遞了一下，兩人都看出對方的無奈。

徐克定在短暫的思量之後終於點了點頭道：「放了他們！」

海明珠如願以償，羅獵一行平安回到了明珠號之上，同時獲釋的還有忠旺和他手下的那群水手，想要繼續前進還需這些水手的幫助。海明珠又叫上了昔日明珠號上的海盜，雖然損失了一些人馬，可剩下的人仍然擁有不可忽視的戰鬥力，這也是為了保障自己的安全。

在所有人登上明珠號之後，羅獵讓他們撤去槍支，重新獲得自由的邵威來到海明珠面前，歎了口氣道：「大小姐，人情已經做完了，咱們是不是回去？」

海明珠卻搖了搖頭道：「好不容易才出來了一趟，我可要好好玩玩。」

邵威聞言大驚失色道：「大小姐，你……」看了看周圍，確信羅獵等人距離較遠，方才壓低聲音道：「你看不出這些人對你不懷好意？」

海明珠笑道：「那才有趣，更何況明珠號是我的，我當然要和船同在。」

邵威道：「大小姐……」

海明珠道：「你若是再不走，就把你關起來帶你一起去。」

邵威頭皮一緊，心中暗忖，自己可對付不了她，連徐克定都無可奈何的事，自己又怎能改變，既然如此乾脆聽之任之，在自身難保的狀況下何必自找麻煩？想到這裡他再不敢逗留，歎了口氣道：「大小姐，我回去該如何向幫主交代？」

海明珠道：「無需你去交代，我自己的事情，自然會向他說明，你只需告訴他，最快半月，最遲一月我就會回去跟他相聚。」

對海明珠的這番話，邵威也只是聽聽罷了，向海明珠抱了抱拳獨自離開了明珠號。

徐克文對海明珠的任性離去早有預料，看到邵威一個人孤零零回來，已經猜到海明珠定然是要隨同那群人駕著明珠號一起離去的。

邵威將海明珠的那番話簡單說了，徐克文點了點頭道：「由著她去吧。」海明珠決定和羅獵幾人一同去歷險，所有人都明白，這位驕橫任性的海盜女是醉翁之意不在酒，冒險只是一個幌子，她的主要目的是要跟張長弓一起。

張長弓在黑鯊號上的表現讓眾人震驚，瞎子甚至認為他會發生異變，變成方克文、安藤井下一樣的怪獸，不過還好這樣的悲劇並未發生，張長弓在恢復理智之後，依然是過去寬厚淳樸的模樣。

張長弓獨自一人坐在明珠號的船尾，視野中的兩艘海盜船漸行漸遠，已經變成了兩個小小的黑點，張長弓擼起袖子看著自己曾經被子彈擊中的地方，如今已經完全癒合，甚至看不到一絲一毫的痕跡，張長弓意識到因為這次的治療自己可能獲得了一種前所未有的能力，目前他所能看到的只是自己驚人的康復速度。

張長弓不知這種改變究竟是好是壞，一雙大手捂住頭顱，心中默念，如果自己當真變成了怪物的模樣又當如何？這個世界會不會容納自己，他的朋友和親人又將如何看待自己？

張長弓聽到輕盈的腳步聲，聞到一股來自於少女的體香，他方方面面的感覺應當比起過去更加敏銳了，張長弓不用回頭就能夠判斷出來人是海明珠。

海明珠在張長弓的身邊坐下，雙手交叉環抱在胸前，臘月的東海寒風刺骨，她是個性情衝動之人，一旦她決定的事情就不會回頭，連她都不清楚因何會喜歡上這個粗獷的漢子，可有些事是沒有原因的，既然她已經喜歡上了張長弓，她就不會放過，從小就是如此，喜歡的東西一定要得到。

張長弓因為海明珠的靠近而表現得有些拘束，大手放在膝蓋上，有些不安地摩挲著。

海明珠看到他的樣子，知道張長弓還是過去那個人，不由得笑了起來，用閃耀著星星光芒的雙眸盯住張長弓道：「你感覺怎樣了？」

張長弓乾咳了一聲：「還好……」他垂著腦袋，彷彿被老師訓話的小學生。

海明珠道：「你知不知道，我擔心死了。」

張長弓的臉紅到了脖子，他抿了抿嘴唇方才道：「其實你不該來的。」

「我若不來，你們怎麼離開？」

張長弓不知如何應對，只是不安地看著自己的一雙大腳。

海明珠又笑了起來：「我就是喜歡你害羞的樣子。」

「有人……」張長弓警惕地說，他的目光轉向身後。

瞎子從陰影中現出身來，嬉皮笑臉道：「不好意思，我出來撒尿，沒想到遇到你們兩個，你們繼續，繼續啊，我什麼都沒看見。」

海明珠惡狠狠盯著瞎子。

瞎子轉身快步走了。

羅獵緩緩轉過身去，望著書桌前的那張椅子，椅子上空無一人，不過羅獵仍然看到椅子因承受重量而向地板上微微下陷，船艙內來了一位不速之客。

羅獵走了過去，抽了口煙，然後衝著椅子的方向吐了一口煙，煙霧勾勒出一張碩大的面孔，羅獵的判斷果然沒錯，是安藤井下悄悄溜到了他的船艙內。

羅獵笑了起來：「安藤先生不知道敲門？」

桌上的鉛筆立了起來，然後看到一張白紙從一旁緩緩飄浮到桌子的正中心，然後輕輕落下。鉛筆在白紙上寫下了一行字——抱歉，我怕驚動了別人。

羅獵道：「多謝安藤先生。」

安藤井下又寫下一行字：「可以給我一支煙嗎？謝謝！」

羅獵笑道：「抱歉，失禮了。」他抽出一支香煙遞給了安藤井下，看著那香煙緩緩飄浮而起，當香煙平穩在虛空中之後，羅獵打開火機幫助安藤井下點燃了那支煙。

安藤井下抽了一口煙，煙霧循著他的氣管彌散到他的兩肺之中。

羅獵看到煙霧進入人體的全過程，突然心裡有些發毛，第一次有了想要戒煙的衝動。

安藤井下吐出一團煙霧，他的面龐因煙霧的勾勒而再度清晰起來。

羅獵道：「安藤先生居然還擁有隱身的能力。」

安藤井下在紙上寫道：「他們拋下了我，想毀掉整個實驗基地，我為了活下去，不得不在現有的條件下進行實驗。」

寥寥幾行字風輕雲淡，羅獵雖然並未親眼見證，可是卻能夠想像到安藤井下在這一過程中吃了多少苦，受了多少罪。

羅獵道：「你既能在水底推動鐵舟，應該可以憑藉自身能力離開鳴鹿島。」

安藤井下吐出一口煙霧，停頓了片刻方才繼續寫道：「我的能力還不夠，而且就算真的能夠回去，我又如何面對我的賢一？如果我活在這個世上的消息洩露出去，賢一的安全就會無法保障，那些人不擇手段，他們不但要稱霸東亞，而且他們還要征服整個世界，最終會毀滅這個世界。」

羅獵認同他的觀點，看到那支煙行將燃盡，羅獵又遞給了他一支煙。

安藤井下禮貌地寫道：「謝謝。」

「應該說謝謝的是我們才對。」羅獵並非是跟安藤井下客氣，如果不是安藤井下出手相助，他們根本無法登上黑鯊號，救不了張長弓，更無法奪回明珠號。

安藤井下寫道：「別忘了你的承諾。」對他而言最重要的事就是救出兒子。

羅獵道：「你放心，我會安排，不過我們此行的目的不是前往日本。」

安藤井下因為羅獵的這句話手顫抖了一下，煙灰落了下去。

羅獵道：「我還要去一個地方。」

安藤井下其實早就想到羅獵此行目的並非東瀛，他寫道：「什麼地方？」

羅獵道：「一個被稱為太虛幻境的地方。」

安藤井下從未聽說過什麼太虛幻境，他寫道：「去哪裡是你們的事情，我不會插手，我只要你記得對我的承諾。」

晚餐過後，幾人全都來到了明珠號上的船長室，過去這裡是海明珠的地盤，海明珠主動提供給他們使用，當然也是看在張長弓的面子上，既然同在一條船上，也不至於設置太多的界限，羅獵邀請海明珠加入。

根據他們所擁有的航海圖，距離目的地已經不遠，最遲明天下午就能夠抵達預定的海域，目前最大的麻煩是老安失蹤了。老安在黑鯊號的時候就趁亂逃走，不知他究竟是繼續潛伏在黑鯊號上，還是已經逃到了其他的地方。

羅獵一度懷疑老安就在明珠號上，也發動所有人在船上進行了一番搜索，可最終一無所獲。老安不僅僅是個潛伏的危險，還是羅獵抵達目的地之後找到目標的關鍵，畢竟白雲飛還有一部分資料只告訴了老安。

陸威霖道：「興許白雲飛是在故弄玄虛，根本沒什麼秘密，他只是利用這樣的方法讓我們接受老安，不至於將他拋下。」

瞎子跟著點了點頭道：「的確很有可能。」

海明珠道：「他死了最好，我不喜歡他。」她現在想起老安仍然心有餘悸，如果不是張長弓保護她，恐怕她早已命喪老安之手。

葉青虹秀眉微顰道：「白雲飛那個人做事縝密，將每一步都算得非常仔細，在這個問題上他應當不會撒謊。」

羅獵點了點頭道：「我也這麼看。」

瞎子道：「既然都這麼看，咱們乾脆就不要去了，反正去了也是白搭。」

張長弓道：「都已經到了這裡，豈能半途而廢呢？」

幾人不約而同地將目光投向羅獵，海明珠也已經看明白了，這群人之中的頭兒就是羅獵，別看羅獵年輕，可每個人都把他當成領袖。

羅獵道：「張大哥說得不錯，既然來了不妨去看一看，就算咱們當真找不到，也算沒留下什麼遺憾。」

海明珠眨了眨雙眸道：「你們到底在找什麼？可不可以告訴我？」

葉青虹道：「當然是寶藏。」

海明珠聽到寶藏二字雙目生光道：「得了寶藏咱們怎麼分？」

葉青虹心想不愧為海盜的女兒，寶藏還未得到首先想到的就是如何分賬，她沒好氣道：「你以為應當怎麼分？」

海明珠道：「本來嘛應該三七分，我出船出人出力，當然要多分一些。」

瞎子聽得火大，正想嘲諷她兩句，不等他開口，海明珠又道：「可看在張大哥救我的份上，我就沒那麼多計較了，五五分，你們一半，我一半。」

葉青虹道：「海大小姐果然打得一手的如意算盤。」

海明珠道：「多謝誇獎。」

瞎子道：「我以為女人的面子總會薄一些，現在看來，呵呵。」

海明珠道：「你說什麼？」

羅獵慌忙出來充當和事老道：「如何分配以後再說，你們難道沒聽說過三兄弟打雁的故事？獵物還沒有打到就因為如何烹飪而爭執，好像沒什麼意思吧？」

葉青虹微笑道：「不錯，其實收穫和付出成正比，海大小姐想多分一些也情有可原，如果這次你的功勞最大，那寶藏我們可以分文不取全都送給你。」

海明珠驚喜道：「真的？」她旋即又想到這群人豈肯那麼便宜自己，下意識地向張長弓看了一眼道：「張大哥，你會幫我的對不對？」

張長弓被她當著眾人這麼問，不由得滿臉通紅。

羅獵微微一笑，示意眾人散會。

羅獵和葉青虹心有默契，兩人走到了一起，來到左舷停下腳步，葉青虹道：「你有沒有發現，海明珠對張大哥很不一般啊。」

羅獵笑道：「只要不是瞎子就能夠看得出。」其實何止是海明珠對張長弓不一般，張長弓對海明珠也不是毫無反應，若非因為張長弓，羅獵也不會對海明珠如此寬容。

葉青虹看了羅獵一眼，不由得想起他們在鳴鹿島火山爆發生死關頭的一幕，眼前的羅獵又恢復了昔日的冷靜，或許只有在生死關頭他才肯剝去那張假面。

羅獵道：「我有什麼不對？」

葉青虹道：「你真是虛偽！」

羅獵笑了起來。

葉青虹呸了一聲道：「我真是厭惡自己，怎麼會喜歡上一個虛偽的男人。」

羅獵道：「我也討厭自己。」

葉青虹長舒了一口氣道：「不知為了什麼，我總覺得老安就在這艘船上。」

羅獵習慣性地去摸煙盒，將那盒煙掏了出來，腦海中卻浮現出安藤井下抽煙的情景，煙霧在肺中蔓延至今仍然在他的腦海中迴盪，不得不承認那情景帶給自己的震撼力實在是太強，羅獵又將香煙放了回去。

葉青虹道：「你想抽就抽，別顧忌我。」

羅獵說了一句讓她頗感意外的話：「有時候想想，把煙戒掉也不錯。」

葉青虹伸出手摸了摸羅獵的前額：「你沒發燒吧？老煙鬼居然要戒煙？」

羅獵忽然展開臂膀將葉青虹擁入懷中，突如其來的舉動讓葉青虹吃了一驚，卻聽羅獵壓低聲音在耳邊道：「那怪人就在附近。」

羅獵雖然沒有看到安藤井下，可是他卻感知到了那股熟悉氣息的靠近，安藤井下就在附近不遠處，他應當是在偷聽他們的談話，所以羅獵才會擁住葉青虹，他雖然和安藤井下達成了合作協定，可是對這個怪人仍然欠缺瞭解，按照他們的約定，羅獵會幫助安藤井下解救他的兒子，所以安藤井下才出手救治了張長弓。

不過他們中途還要去尋找太虛幻境，安藤井下雖沒說什麼，但是他一定對自己產生了懷疑。

在經歷接連的冒險之後，羅獵發現自己超人一等的感知力正在慢慢恢復，雖然短時間內無法到達巔峰狀態，可是比起天廟決戰之後的他已經強大了不少。

葉青虹才不管誰在附近，偎依在羅獵的懷中，她可以什麼都不去想，什麼都不去問，將所有的麻煩，所有操心的事情都交給羅獵去管，因為她對羅獵擁有足夠的信賴，因為她知道無論發生天大的事情，羅獵會保護自己。

葉青虹閉上雙眸，附在羅獵的耳邊輕聲道：「如果有一天我死了，你會不會像記住她一樣記住我？」

羅獵因她的這句話整個人凝滯在那裡，過了許久方才反應了過來，他用力抱緊了葉青虹，抱緊了懷中這鮮活的生命，這樣的事情絕不可以再發生，他不允許，他也無法承受。

第二章

化神激素

羅獵自從傷癒後身體發生了變化，根據安藤所說，
給張長弓注入的針劑是他最新實驗的化神激素，
應該可以抵消初代化神激素的副作用，
但這種療效僅在理論上，還未臨床認證和人體實驗，
換而言之，張長弓是第一個。

陸威霖獨自坐在船頭，夜色在不知不覺中降臨，一輪明月浮出海面，緩緩升上夜空，陸威霖喝了一口白蘭地，望著已經恢復寧靜的海面，深黑色的海面上躍動著銀色的光芒，那光芒來自於月亮的投影。

寧靜只是暫時的，大戰來臨之前通常都會出現這樣的寧靜，在這樣寧靜的夜裡，陸威霖想起了一個人。

瞎子也想到了一個人，和陸威霖並不是同一個，離開黃浦的時候，瞎子不僅僅出於義氣，還有種想要逃避的念頭，可是真正離開之後，他才開始審視自己過去的做法，對周曉蝶的感情方面自己還是太過被動，或許他應該更加主動一些。

來到陸威霖的身邊坐下，伸手奪過陸威霖的酒瓶，喝了一大口，瞎子皺了皺眉頭道：「這洋酒真他媽難喝！」

陸威霖笑道：「無所謂好喝難喝，只是習慣與否，你雖然喝不慣，可你卻不得不承認，這酒一樣可以禦寒。」

瞎子因陸威霖的話而有所感悟，想了想道：「洋妞和土妞都是女人，得睡了才知道她們各自的味道。」

陸威霖忍不住呸了一聲道：「你腦袋瓜子裡都是些什麼？」

瞎子道：「我現在才明白咱們才是真正的難兄難弟，奶奶不疼姥姥不愛。」

陸威霖奪過酒瓶擦了擦瓶口才喝了一口。

瞎子瞪著小眼睛道：「嫌我髒啊？」

陸威霖點了點頭，一臉的嫌棄。

瞎子道：「其實我也嫌棄你。」

陸威霖道：「那就離我遠點兒。」

瞎子道：「抱團取暖懂不懂，你走運，我挑上你了。」

陸威霖禁不住笑了起來，能讓他笑很難得。

瞎子道：「我蠻擔心老張的。」

陸威霖又喝了口酒道：「有功夫還是多擔心擔心你自己，老張這麼大人不用你操心。」

瞎子道：「這你就不懂了，老張雖然年齡不小，可是那方面可不行。」

「哪方面？」

瞎子指了指陸威霖的酒瓶，陸威霖把酒遞給了他，瞎子接連灌了兩口道：「哄女人方面，那海明珠什麼人啊？海盜的女兒，從小就跟著她爹燒殺搶掠，什麼心眼兒沒有？老張那麼厚道，跟她壓根就不是一路人。」

陸威霖道：「感情的事情很難說。」

瞎子道：「我總覺得她有目的，老張早晚得栽在她手裡。」

陸威霖道：「你見不得別人好是不是？」

瞎子呸了一聲道：「我是那種人嗎？老張是我朋友，我把他當成大哥看待，我當然不想看到他被別人騙。」

陸威霖道：「周曉蝶也是強盜的閨女，怎麼不見你跟她劃清界限？」

「呃……我和老張不同。」

陸威霖道：「別人都傻，就你聰明？老張雖然厚道，可不是傻子，別人對他是真是假，是好是壞他自己分得清楚，用不著你操心。」

瞎子被陸威霖一通搶白鬧得有些鬱悶，一口氣將剩下的白蘭地灌了個乾乾淨淨，空酒瓶子重重在甲板上頓了一下，氣呼呼道：「話不投機半句多！走了！」

陸威霖道：「你把我的酒給喝完了，我上半夜值夜全靠這瓶酒消磨呢。」

瞎子道：「小氣！等著，我弄點小菜過來陪你。」

陸威霖苦笑道：「你還是歇著吧，我聽你叨嘮就頭大。」

瞎子道：「反正我也睡不著，還不如跟你抱團取暖。」

羅獵負責下半夜值守，在海明珠看來他是對自己的不信任，在這條船上，她和她的部下是外人，除了張長弓之外，沒有人信任他們。其實羅獵真正擔心的並不是她，羅獵心頭最大的心事是老安，在老安的去向方面他和葉青虹的看法極為相似，他們都認為老安並沒有走遠，很可能就藏身在明珠號上，只是他們找不到老安。

後半夜氣溫驟降，羅獵在明珠號上巡視一圈之後來到了船頭，掏出香煙，想起自己今天一天居然都沒有抽一支，這在過去是不可想像的，羅獵在做了一番思想鬥爭之後，決定將這種情況持續下去，揚起手將那盒煙向海中拋去。

煙盒在空中劃出一道弧線，卻在中途突然停滯了下來。

羅獵望著突然停在空中的那盒煙，頓時意識到是安藤井下來了，應當說安藤井下一直都在悄悄跟著自己，羅獵搖了搖頭，看到一支香煙脫離了煙盒緩緩飄到自己的面前。

如果換成其他人看到眼前的一幕，一定會認為見到了鬼。羅獵接過了那支煙卻沒點燃，看了看周圍，確信沒有人留意到這邊，這才壓低聲音道：「有事？」

一個紙團兒向他飄來，羅獵接過那紙團，展開一看，卻見上面寫著：「有個人藏在儲藏室。」

羅獵內心一怔，他第一時間想到了老安，不過儲藏室他們已經搜尋過了兩遍，並沒有發現其中有人，難道是他們疏忽了。

羅獵道：「你怎麼知道？」

安藤井下又將一個紙條遞給了他：「我也在那裡。」

羅獵想了想，現在揪出老安並沒有必要，既然他在這條船上，早晚都會現身，於是向安藤井下道：「你幫我盯著他，如有異動馬上將他出手制服。」說完之後好半天沒有回應，羅獵凝神屏息並沒有感覺到周圍有任何的動靜，這才推斷出安藤井下已經走了。

遠處傳來腳步聲，卻是張長弓披著外氅來到了甲板上。

羅獵招呼道：「張大哥，這麼晚了還沒睡？」

張長弓道：「睡不著啊，也不睏。」

羅獵知道他自從傷癒後身體發生了一些變化，為此他特地問過安藤井下，根據安藤所說，給張長弓注入的針劑是他最新實驗的化神激素，應該可以抵消初代化神激素的副作用，他也坦言這種療效僅僅存在於理論上，他也沒有機會進行臨床認證和人體實驗，換而言之，張長弓是第一個。

羅獵道：「是不是有什麼不舒服？」

張長弓搖了搖頭，他倒是沒有感覺到身體不舒服，反而感覺自身的精力比起受傷前更加充沛，張長弓也清楚自己這次之所以能夠死裡逃生是因為羅獵幫他找到了那怪物並與之達成了合作協定，也知道注入自己體內的是什麼。

當著老友的面前，張長弓毋庸諱言，他低聲道：「這兩天我腦子裡總是想起那怪人。」

羅獵笑了：「擔心自己變成像他那個樣子？」

張長弓點了點頭，雙手抓住護欄道：「如果我當真變成了那個樣子，我準備去蒼白山。從哪裡來，到哪裡去，傲嘯山林，和狼熊虎豹為伴。」

羅獵道：「吉人自有天相，我相信你不會有事。」

張長弓道：「至少現在沒事。」說到這裡他自己忍不住笑了起來：「我都嫌棄自己婆婆媽媽，我無牽無掛孑然一身，又有什麼好怕。」

羅獵道：「別忘了還有海明珠。」

提到海明珠，張長弓突然沉默了下去，不得不承認，他對海明珠這妮子生出了一些好感，可張長弓無法確定這種好感究竟是不是別人口中的愛情，張長弓也不相信海明珠這樣美麗的女子會這麼容易地愛上自己。

羅獵拍了拍張長弓寬厚的肩膀道：「放寬心吧，上天註定我們會遭遇一些別人無法想像的怪事，既然落在了頭上就唯有承受，天知道不會變得越來越好？」

張長弓因他的這句話用力點了點頭：「不錯，一定會越來越好。」

或許是他們的樂觀情緒感染了天地，新的一天以風和日麗拉開了帷幕。

葉青虹一早就出現在了船長室內，負責駕船的忠旺跟她打了個招呼，笑道：「葉小姐，前面就是你們此行的目的地了，可不可以告訴我，你們在找什麼？」

葉青虹沒有回答，因為連她自己也不清楚到底在找什麼？所謂的太虛幻境嗎？說出來別人也不會相信。

忠旺道：「其實你們要去的海域並沒有島嶼，我查過了許多版本的航海圖，都沒有島嶼的標記。」

葉青虹道：「如果沒有島嶼，咱們今天就能夠返程。」

「真的？」忠旺聞言喜出望外，他和那群水手在此次的航程中已經受夠了驚嚇，他們現在最渴望的就是儘早回程，現在回去興許還趕得及過年。如果當初知道這次的航程充滿了那麼多的未知危險，只怕給再多錢也沒人願意過來，再多的金錢也換不來第二次生命。

甲板上羅獵、瞎子、張長弓聚在一起，陸威霖則登上了瞭望台，眾人都在遠眺目標海域的位置。

瞎子帶著墨鏡，他的眼睛在白天受不得強光。仰起頭向陸威霖叫道：「小陸，前面有島沒有？」

陸威霖舉著望遠鏡已經觀察了好半天，他搖晃了一下痠麻的脖子，向下方幾人道：「一片汪洋，連塊礁石都沒有。」

瞎子用胳膊搗了一下羅獵：「你有沒有搞錯，什麼幻境島？石頭都沒有一塊，咱們找錯地方了。」

羅獵皺了皺眉頭，幻境島的經緯度是他結合西蒙留下的懷錶和聖經，從中推斷出來的結果，在來此之前羅獵一直深信自己的判斷是正確的，可是到了這片海域，眼前所看到的一切卻讓他產生了動搖。

張長弓道：「白雲飛提供的地圖是這裡嗎？」

羅獵點了點頭：「是這裡沒錯。」

張長弓大聲道：「威霖仔細觀察，讓船隻在附近巡行，興許會有所發現。」

他對羅獵的判斷向來深信不疑。

陸威霖點了點頭。

葉青虹從駕駛艙出來，徑直走向羅獵，她將剛才從船長那裡得來的資訊告訴了羅獵，這一帶海域向來風平浪靜，方圓五十海浬內都沒有任何島嶼，甚至連礁石都沒有一塊。

羅獵忽然想起了一件事，低聲道：「當年瑞親王就是在這裡遇害的嗎？」

葉青虹咬了咬櫻唇，其實她一早就起來偷偷燒紙上香，祭奠了父親的亡靈，按照她所得知的資訊，父親當年就是在這附近的海域遇刺，她點了點頭道：「不錯，應該就是在這附近。」

羅獵並不是有意觸動她的傷心事，伸手輕拍了拍她的香肩道：「對不起。」

葉青虹淡然笑道：「沒什麼，本來就是事實。」望著陽光下蔚藍色的海面，她幽幽道：「就算找不到什麼太虛幻境，至少我這次沒有白來，總算在他長眠的地方來祭奠了一次。」

羅獵眉頭緊鎖，他越想越是納悶，瑞親王奕勳遇刺於此，白雲飛所得到的青瓷瓶內的地圖也應當指向這裡，更為巧合的是，西蒙給他的地圖也是這裡。三者之間究竟有何關係？在他的記憶中，西蒙和奕勳應當沒有半點交集，可為何出現了目前的狀況？

羅獵取出懷錶，懷錶仍然一動不動。

瞎子看到羅獵取出懷錶，也將自己的羅盤掏了出來，瞎子原本就是想湊個熱鬧，可掏出羅盤之後，馬上就發現羅盤發生了偏移。瞎子道：「怪了嘿，這羅盤偏了，附近應當有磁場。」因為受到羅獵的影響，他說話也越來越有科學性，不像過去動輒就是有大墓，這群人都是知根知底的老友，再說那種故弄玄虛的話，只能招人笑話，瞎子也算是與時俱進。

羅獵正想收回懷錶，卻發現懷錶的指標微微擺動，於是他停滯了下來，眼看著懷錶的秒針重新開始移動，站在羅獵身邊的葉青虹也發現了這詭異的現象，驚呼道：「真是見鬼了。」

海明珠從駕駛艙內跑了出來，宛如被踩到尾巴的貓一樣尖聲叫道：「不好了，不好了，羅盤開始胡亂轉動了。」

瞎子舉著自己的羅盤，那羅盤指標現在如同風車一般旋轉起來。

羅獵的目光投向蔚藍的海面之下，葉青虹明白了他的意思，海上沒有，未必海下沒有，興許所謂的太虛幻境就位於這片平靜的海域之下。

陸威霖忽然發出警示：「不好了，有兩艘炮艇正向這邊過來了。」

羅獵聞言一怔，炮艇？現在他們已經處在日本海域，炮艇應當來自於日方。

海明珠馬上命令轉舵，準備先行逃離這片海域再說，這艘明珠號雖然擁有一定的戰鬥力，可是和正規部隊的炮艇仍然無法相提並論，更何況來的是兩艘炮艇，一旦被對方攻擊，只有被動挨打的份兒。

陸威霖透過望遠鏡密切關注著遠方的海面，不是兩艘，在兩艘炮艇的後方還有一艘，從艦船的標記上可以判斷出三艘船全都來自於日方，現在轉舵已經來不及了，對方的行進速度至少兩倍於明珠號，從現在的距離估算，最多半個小時就能夠追上他們，他馬上將這一情況通報給同伴。

通過短暫的商議，他們很快就達成了一致，想要依靠明珠號的速度擺脫日方艦艇已經沒有任何可能，既然無法逃脫只能隨機應變，海盜在這方面從不缺乏應付的手段，海明珠即刻傳令下去，眾人一起動手將明珠號偽裝成一艘漁船，其實也花費不了太大的功夫，明珠號本身就做好了足夠的偽裝。

三艘炮艇很快就來到了他們的附近，艦船掀起的波浪讓明珠號顛簸起伏，陸威霖站在瞭望台上，他發現這次出海最大的收穫就是治好了自己的暈船症。

一艘炮艇上的日軍開始向他們喊話，一是驗證他們的身分，二是對他們進行驅離。

羅獵本來擔心這些軍艦一上來就對他們展開攻擊，不給他們解釋的機會，最壞的狀況並未發生，日方應當將他們當成了普通的漁船，只是進行驅離。

所有人暗自鬆了口氣，由日語最好的葉青虹負責交涉，其餘人開始裝作收網離開。

此時剛剛還是陽光燦爛的天空卻突然開始雲層聚集，天色說變就變，短短十分鐘內，空中烏雲密佈，雲層壓得極低，風沒有增強，可是海浪明顯大了許多，遠方傳來一聲低沉的吼叫聲，三艘日方艦艇開始轉舵，顯然已經沒有任何的精力去顧及眼前的這艘漁船。

陸威霖舉起望遠鏡向遠方望去，卻見遠方一道白色的水線破浪而行，速度快到了極致，陸威霖開始以為是鯨魚，可是在他的認知中任何鯨魚的速度應當沒有那麼快，因為那東西在水下，只是露出小部分烏青色的背脊，所以無法判斷到底是什麼東西。

瞎子因為所處角度的緣故看不到遠方的東西，大聲問道：「什麼？你看到了什麼？」

陸威霖一邊調節著望遠鏡一邊道：「魚，大魚！」其實他還看不清那到底是什麼。

三艘日本炮艇分散開來，呈現出三角陣型，迎著那飛速而來的大魚駛去，隨著大魚的靠近，所有人都已經可以看清牠烏青色的背脊和因牠高速行進而扯出的雪白水線。

忠旺是所有人中航海經驗最為豐富的一個，單從那水線他就判斷出這條魚很可能是座頭鯨之類的巨大生物，可座頭鯨沒有這麼快的速度，更何況他還從未見過，甚至從未聽說過烏青色的座頭鯨，大魚的速度雖然很快，可是因為體積龐大，還是能夠看清牠背脊上的肌膚非常粗糙，像極了鱷魚的外皮，又如同被風化的礁石。

蓬！蓬！蓬！炮聲接二連三地響起，三艘炮艇在鎖定目標之後馬上開火，炮彈劃出一道道火紅的軌跡，輪番向水中高速行進的生物射去。

因為那生物的速度實在是太快，炮火大都落空，落在海面炸出一道道水柱。密集的火力還是有兩顆炮彈先後命中了目標，爆炸後生物突然停止了行進。陸威霖在瞭望台上關注著戰況，他大聲向眾人通報道：「打中，打中了！」海面上的水線已經消失，三艘炮艇也停下了開火，放緩了行進的速度，炮筒仍然鎖定剛才炮擊的區域，在等待生物屍體的上浮。

羅獵利用望遠鏡觀察著那片炮火轟炸的海域，深藍色的海水，浪花拍打泛起的白沫兒，不過他並未看到任何的血跡。羅獵的內心忽然生出一種不祥的預感，他轉向忠旺道：「馬上開船，離開這裡……」

他的話音未落，就被一聲驚天動地的衝撞聲打斷，循聲望去，只見一艘炮艇突然騰空飛離了海面，炮艇下方，一頭宛如小山般的烏青色古怪生物浮出海面，牠用背脊撞擊在炮艇的底部，強大的力量竟然將炮艇整個撞得脫離海面飛起。

另外兩艘炮艇慌忙發射，那怪物從水底騰躍而起。

這下所有人都看清了那怪物的全貌，這是一頭身長接近五十米的古怪生物，牠周身擁有著和鱷魚類似的外皮，頭顱碩大呈五角形，從尖端引出的兩條邊都是血盆大口的範圍，擁有兩條前肢，尾部粗壯，本應是後肢的地方生有兩條鰭翼。怪物撞飛了一艘炮艇，而後騰躍出水，堅硬的頭顱撞擊在前方炮艇之上，這強大的衝擊力竟然將精鋼鑄造的艦身撞出了一個大洞，炮艇因承受不住這劇烈的衝撞而發生了爆炸。

剛剛被怪獸背脊撞飛的那艘炮艇落下時撞到了碩果僅存的艦艇，兩艘艦艇相互撞擊雙雙爆炸。

羅獵等人看到那海底怪獸竟然在頃刻之間就幹掉了三艘炮艇，無不嚇得目瞪口呆，張長弓道：「龍，那是龍嗎？」

羅獵也不清楚那東西到底是不是龍，不過他有一點能夠確定，那頭怪獸對他們的安全擁有著極大的威脅，他們必須儘快離開，羅獵在意識到危險之後已經第一時間向忠旺發出了命令。

明珠號掉頭後，所有人一起動手，現在他們也不必擔心暴露身分，三艘炮艇在頃刻間已被那頭海底怪獸摧毀，海明珠下令揚帆，加足馬力，遠離這一海域。

好在怪獸並未將注意力轉移到他們的這艘船上，仍然利用牠堅不可摧的身軀來回撞擊著三艘尚未完全沉沒的艦艇，海面上傳來一陣陣的哀嚎聲求救聲，卻是那些落水的日軍，怪獸來回遊弋掠食，利用那些日軍填飽牠的肚子。

葉青虹只看了一會兒就從心底感到噁心，她無法堅持看下去了，垂下頭去方才意識到自己的雙手都在發抖。葉青虹並非是害怕，而是因為實在受不了這慘絕人寰的場面。

張長弓和瞎子對日本人從來都沒什麼好感，可是看在眼裡也覺得於心不忍，張長弓道：「那是什麼？」

瞎子道：「你問我我問誰？」

陸威霖卻叫道：「不好，那怪獸朝我們來了！」

怪獸在將三艘炮艇上的獵物掃蕩一空之後，開始留意到明珠號，牠開始追逐，或許是因為剛吃了一頓，怪獸並沒有從一開始就進入高速追逐模式，速度不緊不慢，仍然只是露出高高隆起的背脊，乍看上去如同浮在海面上的一座小島。

瞎子倒吸了一口冷氣：「老張，你知不知道牠為什麼游得不緊不慢？」

張長弓擁有著豐富的狩獵經驗，苦笑道：「牠應當是知道咱們逃不掉。」

瞎子點了點頭，忽然揚聲叫道：「這船能不能再開快一些？」

海明珠指揮手下開始向火炮內填塞炮彈，雖然剛剛目睹三艘炮艇頃刻間被怪獸摧毀，可是他們縱然火力不濟也要拚死一戰。

空中傳來低沉的雷聲，冬日打雷向來都不是什麼好兆頭，羅獵的目光暫時脫離了那尾隨在他們後方的怪獸，向船頭望去，卻見前方風起雲湧，在海天之間一個巨大的漩渦正在形成，那漩渦從雲層上方不斷向下蔓延。

這是一團水龍卷，通常又被稱為龍吸水，往往只有在海上常見，其實就是海上的龍捲風。

羅獵的唇角泛起一絲苦笑，向來都是禍不單行，他現在總算明白那怪獸因何追逐他們的速度開始減慢，每個生物都擁有自身特殊的靈性，也就是常說的感知力，這海底巨獸一定是提前感知到了水龍卷，牠應當是在猶豫。

怪獸的體型雖然很大，卻未必能夠和那團水龍卷抗衡，灰白銀亮的水龍卷不斷汲取著海水，在移動的過程中它的體積也在迅速增大。羅獵曾經不止一次見識過大自然的威力，看到眼前的水龍卷，他不由得想起當初和蘭喜妹駕駛飛機穿行於沙龍卷陣列之中的情景。

前方的水龍卷雖然只有一團，可是其規模卻是前所未見。

忠旺請示道：「咱們是向左還是向右？」他認為必須要避開這團水龍卷，不然他們恐怕只有死路一條了。

羅獵毫不猶豫道：「加速向水龍卷行進。」

忠旺愕然道：「什麼？你說什麼？」其實他聽得清清楚楚，羅獵的命令等於是讓他們去自殺。

羅獵的本意絕不是讓大家去自殺，兩害相權取其輕，擺在他們面前的問題其實就是選擇直面怪獸還是水龍卷，三艘日方炮艇的先例表明，如果選擇怪獸，他們必然無一倖免。

水龍卷是一個自然現象，因為怪獸對水龍卷存在畏懼，所以只有衝向水龍卷才能躲過怪獸的攻擊，雖然他們也有被水龍卷掀入空中的可能，不過相比較而言，生存的可能性更大一些。

羅獵並沒有花費太多時間去解釋，因為所有人很快就認識到了這個道理。自古華山一條路，他們只能前進，沒有退路可言。

面對水龍卷明珠號非但沒有減速，反而開始加速前進，羅獵讓眾人將船上容易移動的重物都扔入海中，這是為了避免進入水龍卷之後，所有一切都會飄飛而起，避免他們自身被重物所傷。

忠旺已經控制不住船舵，明珠號開始失控，船身先是旋轉，然後船尾脫離水面向上緩緩抬升，整艘船豎立起來，所有人驚呼起來，他們已經在進入水龍卷的波及範圍前將自己牢牢固定在船上，可馬上他們就意識到，此前所做的一切都是徒勞的。

怪獸停止了追逐，灰白色的眼珠盯著那已經完全脫離控制的明珠號，在巨大水龍卷的對比下，可憐的明珠號就像是一片無助的葉子。

明珠號在顫慄，地心引力仍然在嘗試將明珠號拉回海面，可是在和水龍卷局部的競爭中仍然落敗，明珠號徹底脫離了海面，被吸入巨大的漩渦中，急速的旋轉讓明珠號開始分裂瓦解，似乎有一雙無形的手在拆解著這艘稱得上堅固的海盜船，並輕易拆分揉碎了它。

桅杆被一根根折斷，甲板崩裂開來，死亡的恐懼籠罩了每一個人的內心。如果再給羅獵一次選擇的機會，他仍然會做出同樣的抉擇，不僅僅是因為對利害的權衡，他還有一個不為人知的理由，那就是內心感覺的指引，他有種預感，唯有向前才有生機。

羅獵和葉青虹緊緊抱在一起，在明珠號進入水龍卷之前，羅獵主動抱住了葉青虹，他知道自己應該這樣做，無論是愛還是出於責任。如果沒有羅獵守在身邊，葉青虹在這樣的壓力下只怕早已崩潰。她緊閉雙目，將俏臉埋入羅獵的懷中，雖然看不到什麼，可是她也能夠感覺到明珠號已經解體，人如螻蟻，無法主宰自身的命運，還好羅獵和她在一起。

羅獵閉上雙眼，腦海中虛擬出他們現在的境遇，解體的明珠號，明珠號上所有人都隨著水龍卷逆行轉動，水龍卷在移動中仍然在不斷增大規模，除了他們，還有被吸入的魚蝦龜蟹，這巨大的水龍卷內形成了一個暗黑且離奇的旋轉世界。

張長弓看到一頭兩米長度的鯊魚就在自己的頭頂，那鯊魚張大了嘴巴，卻並不是要發動攻擊，這凶悍的海底霸王也因極具的旋轉而天旋地轉，在自保都無法做到的狀況下牠又怎能興起攻擊捕獵的念頭。

張長弓意識到自己竟然在急劇的旋轉中仍然可以保持一顆清醒的頭腦，他看到了不遠處的瞎子，瞎子一雙小眼睛滴溜溜亂轉，嘴巴張得老大，分明在聲嘶力竭的大叫，只可惜他的慘叫聲連自己都聽不到。

應該沒有過太久，水龍卷的勢頭開始減弱，水龍卷內的人們都開始離心飛了出去，有些被扔到了海裡，有些被扔上了沙灘，還有些直接扔在了礁石之上。

羅獵和葉青虹居然始終沒有被分開，他們一起如拋物線般向下落去，羅獵看到下方的海面，選擇和葉青虹分開，避免他們在落水時彼此的身體相互撞擊，以受到傷害最小的姿勢投向水中，應該有三十米的高度吧，羅獵粗略的估計了一下，他和葉青虹幾乎同時落入了冰冷的海水中。

羅獵等到下降的勢頭停止就嘗試控制自己的身體，然後在海水中尋找葉青虹的身影，還好葉青虹就在附近，她在落水的時候因為強大的衝擊力而暈厥過去，羅獵迅速向她游去，從身後抱住葉青虹帶著她向上浮起。

張長弓沒有羅獵那麼幸運，他看到了下方的小島，揮舞著四肢向島上落去，下方是堅硬的岩石，他距離地面至少有三十米，張長弓意識到自己完了，這下必然要摔個粉身碎骨，他有些不甘心，以這樣的方式稀裡糊塗地死在一座不知名的小島上，可無論他如何不甘心，都無法和命運抗衡。

張長弓的身體重重落在了岩石之上，他聽到自己骨骼碎裂的聲音，甚至能夠感覺到自己內臟開裂的劇痛，不過他並沒有死去，短暫的疼痛過後，他感覺到自己受傷的地方正以驚人的速度在癒合。

張長弓完好的右臂摸了摸折斷的左臂，他將斷裂的骨頭對接起來，甚至能夠聽到到骨頭癒合生長的聲音。張長弓反手給了自己一個嘴巴，確信自己不是做夢，他如法炮製，忍痛將雙腿骨折的地方對接起來。

不到一分鐘的時間，他竟然可以重新站立，張長弓活動了一下肢體關節，已經感覺不到任何疼痛，他知道一定是羅獵給自己注射的化神激素起到了作用。

顧不上多想，張長弓抬頭去尋找自己的同伴，他看到仍然在前方的水龍卷，水龍卷雖然開始不斷減弱，但是並未完全消失，因為向心力的減弱，所以被吸入水龍卷上層的人先被拋了出來，張長弓看到不斷有人從水龍卷內飛了出來。

他慌忙向前奔去，盡可能地去接住落下的人，那些人可沒有自己這樣強大的自癒能力，如果摔在岩石上肯定無法活命，張長弓雖然竭盡所能，可是他的力量畢竟有限，仍然不斷有人落在岩石上死於非命。

瞎子正頭朝下衝向一塊堅硬的礁石，他嚇得連外婆都叫了出來，眼看就要撞在礁石上，冷不防有人在他的屁股上踹了一腳，這一腳把瞎子踹得橫飛了出去，瞎子一個標準的狗吃屎落在了沙灘上，慣性又讓他向前方滑行出足足十多米。

一臉黃沙的瞎子抬起頭打了兩個噴嚏，仍不相信自己從鬼門關中爬了回來，掐了掐大腿確信自己仍然活著，而且還沒有受傷，他驚魂未定地坐起身來，檢查了一下周身，這才想起尋找剛才是誰救了自己，四處張望卻看不到一個人影。

羅獵抱著葉青虹走上海岸，沙灘上已經多出了十多具屍體，張長弓成功救下了陸威霖，正在四處尋找其他幾位同伴。羅獵將葉青虹放下，為她做心肺復甦，葉青虹咳嗽了幾聲就甦醒過來。

渾身黃沙的瞎子失魂落魄地走了過來，看到張長弓，這貨激動地差點沒哭出聲來，張開臂膀道：「老張……」

張長弓沒有回應他的擁抱，只是拍了拍他的臂膀道：「沒事就好，沒事就好，你有沒有看到海明珠？」

瞎子一臉的委屈，老張何時也變得重色輕友了，其實不怪張長弓重色輕友，在看到瞎子之後，張長弓已經能夠確定幾位老友都沒有事，現在他所關心的人中唯有海明珠不見了蹤影。

羅獵幾人稍事恢復之後，就開始幫忙，葉青虹和瞎子幫忙照顧傷者，羅獵和陸威霖開始尋找倖存者。

這座小島並不大，環島一周也不到半個小時，羅獵很快就發現這座小島只有頂端才有植被，也就是說，一旦漲潮，只有小島頂部的少部分陸地不被淹沒。

這場水龍卷不但將明珠號摧毀，而且讓他們傷亡慘重，除了他們五人平安無事之外，只剩下九人活命，這九人中還有三名傷者，其中多半都是張長弓所救。

張長弓在沙灘上搜索一圈，並未發現海明珠的蹤影，心中焦急萬分。

此時已經開始漲潮，羅獵號召眾人先將傷患運送到小島頂端，忙完這件事，潮水已經上漲了不少，沙灘還剩下不到三分之一的部分沒有淹沒，羅獵來到張長弓身邊，張長弓道：「我再下去找找。」

羅獵道：「你別著急，我看海明珠也不是命薄之人。」

張長弓看到不斷上漲的潮水心急如焚，握緊雙拳道：「我必須去，我答應過她的。」他曾經答應過要保護海明珠，男人大丈夫自當一諾千金，即便是沒有任何的感情因素摻雜其中，他也理當如此。

瞎子一旁道：「就你那水性，去了只怕也要把自己的命給搭進去。」

張長弓怒視瞎子，向來好脾氣的他也因為海明珠的失蹤而暴躁了。瞎子意識到自己說錯了話，其實他也是為張長弓好，在他看來一個海盜女死就死了，也沒什麼可惜，只要他們哥幾個平安無事就好，可看張長弓的樣子，分明是對海明珠也有了好感。

羅獵趕緊勸張長弓道：「這樣吧，我去找找，我水性好，你留在這裡，咱們幾個千萬不能再有任何閃失了。」

張長弓道：「我跟你一起去。」

葉青虹道：「還是我去，安翟說得沒錯，你水性不行，現在去非常危險。」

張長弓聽他們這樣說也只能答應下來，他對羅獵極其信任，既然羅獵願意前去，和自己去找也是一樣。

陸威霖在一旁默默整理自己的武器，他有種預感，對他們這些人而言，磨難可能只是剛剛開始。

羅獵和葉青虹兩人迅速向下方走去，潮水上漲得很快，用不了太久時間就會漫過小島中部，葉青虹道：「那怪獸究竟是什麼東西，我從未見過。」

羅獵道：「大千世界無奇不有，不是某些生物不存在，而是我們始終沒有發現過牠們的存在。」

葉青虹道：「日本人應當發現了牠的存在，否則不會出動炮艇。」

羅獵點了點頭，兩人快步來到沙灘上，在潮水沒有徹底淹沒這片沙灘之前，重新檢查一下沙灘上的死者，葉青虹那邊有了發現，她向羅獵揮手道：「羅獵，這兒有一行字。」

羅獵聞言趕緊向她走了過去，只見那沙灘上寫著一行字：「海明珠被老安抓走，我去追他們。」

看到這行字，羅獵頓時放下心來，不用問這行字只能是安藤井下所留，從這行字表達的意思來判斷，他們三人都沒有事，只是海明珠不巧落入了老安手中。

葉青虹小聲道：「那怪物？」

羅獵道：「如果沒有他，可能瞎子也死了。」

瞎子正跟陸威霖繪聲繪色地說著自己究竟是如何逃過此劫，陸威霖聽完道：

「也就是說你連自己恩人什麼模樣都沒看清楚？」

瞎子點點頭道：「我本以為自己死定了，腦袋衝著礁石就飛過去，這麼高的地方，肯定是腦漿迸裂，沒想到突然有人在我屁股上踹了一腳，然後我就橫飛了出去，我身法何其靈活，一招平沙落雁，在沙灘上滑行，然後就安全落地。」

陸威霖端起步槍利用瞄準鏡觀察了一下遠方的羅獵和葉青虹，輕聲道：「可能是老張救了你。」

瞎子搖了搖頭，看了看一旁魂不守舍的張長弓道：「他離我很遠，不可能是他，我爬起來的時候周圍根本沒有其他人。」

陸威霖道：「那就是你出現了幻覺，其實你根本就是摔在沙灘上，壓根沒有人踢你一腳。」

瞎子道：「也有可能……」停頓了一下又道：「不對啊，就算是落在沙灘上，這麼老高摔下來不死也得傷，我屁股到現在還痛著呢，我給你看看，上面還有個腳印。」

陸威霖對看他屁股可沒興趣，擺了擺手道：「你少噁心我，葉青虹來了。」

瞎子聽說葉青虹回來了，趕緊老老實實坐好，他心底對葉青虹還是忌憚的。

羅獵來到張長弓身邊，將自己的發現對他說了，張長弓聽說海明珠沒死，心下大慰，可是又聽到老安也沒死，挾持海明珠不知去了什麼地方又開始擔心了。

羅獵道：「我看他們走不遠，這小島就這麼大點地方，潮水上漲，可容身的地方少，趁著天還沒黑，咱們四處尋找一下，看看有沒有洞穴之類的藏身地。」

除了他們五個之外，其餘倖存的九人無人願意加入他們的搜尋隊伍，即便其中還有海龍幫的人，他們被水龍卷帶到了這座不知名的荒島之上，現在船也沒了，就算能夠找到一些食物，可是淡水如何解決？雖然暫時活命，可誰都清楚自己沒多久時間可活，現在哪還有精力去尋找海明珠。

羅獵原本也沒有指望這群人，他來到受傷的船長忠旺身邊，讓忠旺帶領這群人原地等候，他們五人繼續搜索這座島嶼。

小島雖然不大，可是海拔高度卻超過了一百米，通往小島頂峰並無道路，陡峭難行，尤其是臨近小島頂端的部分，幾乎接近九十度直角。

瞎子氣喘吁吁抬頭看了看小島的頂部道：「我可爬不上去……」

羅獵讓陸威霖、瞎子、葉青虹三人在下方守著，他和張長弓兩人攀岩上去，這段岩壁約有十五米的高度，張長弓過去就是一個攀岩高手，在注射化神激素之後，他的體能又得到了大幅度的提升，攀爬的速度明顯超過了羅獵。

瞎子望著兩人的身影越爬越高，由衷讚歎道：「老張的身手真是越來越靈活了，跟個大馬猴似的。」

葉青虹聞言笑了起來，也抬頭看了看道：「兩隻大馬猴才對。」

瞎子道：「嫁雞隨雞嫁狗隨狗，嫁隻猴子滿山跑，我就搞不懂，為什麼有人偏偏喜歡大馬猴呢？」

葉青虹知道他在說自己，白了瞎子一眼，心中卻喜孜孜的，若是羅獵當真向自己求婚，自己肯定會答應，想到這裡俏臉不禁羞得紅了起來，自己豈不是不夠矜持，這麼容易答應，豈不是讓別人看不起？

陸威霖看到葉青虹一臉的甜蜜，心中不由得一黯，緣分果然不能強求，自己對葉青虹的感情她不是不知道，可無論自己為她做什麼，都不及羅獵的一個微笑更讓葉青虹開心。

瞎子道：「你們在沙灘上找到了一行字？什麼人寫的？」

葉青虹故意賣了個關子道：「羅獵說是救你的人。」

瞎子道：「若是見到了他，我一定會好好謝謝他。」心中也猜到很可能是他們此前遭遇的怪物。

陸威霖抬頭看了看上方，張長弓已經爬到了頂部，又伸手將羅獵拽了上去，低聲道：「不知上面有什麼？」

瞎子道：「希望不是個火山口！」

一句話招來兩位同伴怒視，陸威霖呸了一聲道：「烏鴉嘴！」鳴鹿島水深火熱的驚魂經歷猶在眼前，如果這座小島也是火山島，他們可算得上夠倒楣的了。

葉青虹暗忖，在這一帶的海域的確遍佈火山島，很可能被瞎子說中了，這也是一座火山島，只希望是一座死火山，千萬不要再噴發了。

瞎子揚聲道：「羅獵，上面有什麼？」

羅獵很快就做出了回應：「火山口，一個火山口！」

瞎子得意洋洋地向兩人昂了昂下巴道：「看看，看看，我是不是料事如神？是不是被我說中？」

葉青虹道：「你厲害，你能耐，從來都是好的不靈壞的靈。」

陸威霖深有同感地點了點頭道：「我在想啊，咱們這一路這麼倒楣是不是因為帶著你這個掃把星的緣故。」

瞎子瞪圓了一雙小眼睛道：「說誰呢？你說誰掃把星呢？我說陸威霖，咱們這次為什麼答應白雲飛？海龍幫為什麼追殺咱們你心裡沒數啊？」

陸威霖怒道：「怎麼？你怪我是不是？」

瞎子道：「就怪你怎麼著？我最煩你一臉傲逼逼的樣子。」

葉青虹沒想到兩人說著說著嗆了起來，趕緊調停道：「都少說兩句，小心把怪物給招來……」她話音未落，遠方海面上忽然傳來了一聲低沉渾厚的吼叫聲。

嗷嗚……這聲音宛如來自地獄，在海天之間久久迴盪。

瞎子和陸威霖停下了爭執，葉青虹也嚇得俏臉煞白，瞎子指了指自己的嘴巴又指了指葉青虹，看來烏鴉嘴不止自己一個，葉青虹也是個掃把星，好的不靈壞的靈，才提到怪獸，怪獸居然就出現了。

葉青虹雙手抱拳，表示歉意，自己可不敢再胡亂說話了，當真把怪獸招來，恐怕這裡的所有人加起來都不夠怪獸塞牙縫的。

第三章

朱紅色的痣

吸引老安注意的是海明珠右腳足底的三顆痣，
因為海明珠的腳底沾染了不少泥，
所以剛才並未看到，老安刺破海明珠的足心，
鮮血流淌將足底灰塵洗去，那朱紅色的痣又暴露出來。

羅獵和張長弓已經來到小島的最頂端，天仍未黑，站在小島的最高點舉目望去，他們身處在一片汪洋之中，吼叫聲來自於東南側，怪獸烏青色的背脊只有小部分浮出海面，牠游動的速度並不快，在牠的頂部也沒有鯨魚噴出的水柱，張長弓道：「不是鯨魚。」

羅獵點了點頭，當然不是，在怪獸攻擊日方炮艇的時候他看得非常清楚，那怪獸生有兩條前爪，巨大的頭顱呈五邊形，在羅獵有關於未來的記憶中，日本海曾經出現過一種怪獸叫酷斯拉，不過那應當是在日本遭受核爆之後的產物。最早關於這種怪獸的文獻記載還是在二十一世紀，難道說在有記載之前，這種怪獸就已經存在？

張長弓道：「希望這東西不會爬上岸。」

羅獵道：「應當不會，這麼大的體型如果爬上岸肯定會留下明顯的痕跡，這小島咱們大部分都已經搜過，如果有痕跡咱們肯定會發現。」

張長弓過去一直以打獵為生，對此比羅獵更清楚，他點點頭道：「不錯。」

兩人暫時將怪獸的事情拋到一邊，開始在小島的頂端搜索，小島頂端不過一千平方米的範圍，幾乎一眼就能看個遍，因為地理環境的緣故，這裡並沒有高大的植被，只是一些低矮的灌木和蒿草，現在的季節多半已經枯黃，僅有幾棵常緣喬木點綴其中。

在正中心的位置，有一個火山口，火山口直徑在五米左右，邊緣光滑，站在邊緣向下望去，深不見底，羅獵找了塊石頭扔下，過了許久都沒有聽到回聲。

張長弓道：「夠深，可能直通地心。」

羅獵搖搖頭道：「沒那麼深，這應當是一座死火山，連硫磺味都聞不到。」

張長弓吸了吸鼻子，果然沒有聞到硫磺的味道。自己雖然是獵人出身，可論到觀察環境之仔細，思維之縝密在羅獵面前仍然自愧不如。

羅獵觀察了一下火山口，張長弓則在周圍尋找此前有無人的蹤跡，張長弓幾乎能夠斷定，在他們兩人到來之前，這裡很久沒有人來過，看來老安並沒有帶著海明珠抵達這裡，否則就算老安可以隱藏蹤跡，海明珠也無法做到，張長弓不由得又緊張起來。

他來到羅獵身邊道：「他們應該沒有來這裡。」

羅獵點了點頭道：「就算來了，他們也得有藏身之處，除非藏到火山口裡面，我剛才觀察了一下，這火山口外小內大，內壁光滑，幾乎無縫隙可以著手，別說是他們，就算是張大哥你恐怕也難以從這裡進入其中。」

張長弓道：「這小島就那麼大點地方，他們究竟能夠藏到哪裡去？」

羅獵道：「我相信老安一時半刻不會加害海明珠。」

張長弓卻沒有他這般樂觀，老安對海連天恨之入骨，此前他就已經多次想要殺死海明珠，以此來報復海連天，讓海連天終生痛苦。如果不是自己保護，海明珠只怕早已死了，現在海明珠落在他的手裡必然是凶多吉少。

羅獵道：「你放寬心，有人盯著他呢。」

海明珠從昏迷中醒來，發現自己處在一座黑暗的洞窟之中，在她前方點燃了一堆篝火，海明珠眨了眨眼睛，想要爬起身來，卻發現自己的雙手雙腳都被麻繩綁著，嘴上也塞著破布，無法發出聲音求救，海明珠內心惶恐到了極點，四處觀望，看到一人從前方山洞內走出，抱著一捆剛剛砍好的劈柴，扔在了篝火旁。

讓海明珠心驚肉跳的是來人竟然是老安，在她看來，落在老安手裡還不如被怪獸吃了。

老安拍了拍雙手，然後陰冷的目光投向海明珠，獰笑道：「你醒了？」

海明珠的呼吸因恐懼而變得急促。

老安道：「我現在總算相信，天理循環報應不爽！」

海明珠雙腿屈起雙腳後蹬向後挪動著，因為四肢被縛，她也只能以這種方式移動。

老安走向她，伸手抓住她的頭髮，湊近海明珠的面龐，喘著粗氣道：「你知不知道，海連天那個混帳他對我做了什麼？」

海明珠說不出話，內心中充滿了惶恐，淚如湧泉，只希望自己的淚水能夠讓這惡魔般的仇人心軟，然而她也知道這幾乎沒有任何可能，她想到了張長弓，他明明說過要保護自己的，他會不會來？他找不找得到自己？海明珠越想越是傷心，淚流不停。

老安道：「你不必害怕，我不殺你，我要剁去你的手足，劃爛你的面孔，讓你生不如死。」

海明珠想要祈求老安將自己一刀殺了，她寧願死也不願變成一個沒手沒腳的醜八怪。

老安抽出匕首，目光落在海明珠的雙足之上，海明珠的鞋襪都丟了，一雙白嫩的雙足也多出了許多血口，老安道：「海連天那惡魔，強暴了我的妻子，他還用鐵釘刺入我妻子的足底手心……」憶起往事老安因痛苦而全身顫抖起來。

他抓起海明珠的右腳，他要以其人之道還治其人之身，他要讓海明珠的女兒嘗到自己妻兒的痛苦，海明珠拚命掙扎，只可惜她的力量根本無法逃脫老安的掌心，她無助的哽咽著，在這個叫天天不應叫地地不靈的地方，自己只能接受悲慘的命運。

羅獵和張長弓回到下面，將他們觀察到的情況說了，幾人商量了一下，決定在周邊繼續搜索，既然老安和海明珠上了這座小島，就不可能憑空消失。張長弓更是下定決心，就算掘地三尺也要將老安找出來。

羅獵和葉青虹兩人一組，他心中有些奇怪，老安和海明珠失去蹤影，安藤井下因何也不見了？他不是去追蹤兩人了嗎？因何現在都沒有消息？以安藤井下的能力應當足以對付老安。

就在羅獵琢磨之時，突然聽到前方傳來石子落地的聲音，羅獵和葉青虹同時察覺，葉青虹掏出手槍，兩人一前一後循聲走去。

還未走近，就聞到一股熟悉的煙草味道，羅獵已有兩天沒有抽煙，可是嗅覺卻變得格外靈敏了，尤其是對這種香煙的味道，這些香煙是他送給安藤井下的。

羅獵示意葉青虹將手槍收起，看到周圍無人，方才道：「安藤先生。」

前方蕩漾著一團煙霧，安藤井下顯然還處在隱身狀態，他從地上抓起了一顆小石子，向前方的岩壁丟了過去，羅獵循著石子落地的方向走去，沒走幾步前面就已經沒有了道路。

葉青虹從枯葉上撿起了一支頭飾，這頭飾並不屬於她，他們登島的那麼多人中，除了葉青虹之外只有海明珠一個女人，顯然這頭飾是海明珠遺失的。從頭飾來判斷，海明珠應當來過這裡，只是現在已經不知去向。

葉青虹在周圍找了找並未發現可以藏身之處，心中暗自疑惑，難道這安藤井下有心捉弄羅獵？轉念一想這種時候可能性不大，安藤井下應當沒有那麼無聊。

羅獵在石子擊中的岩壁前停下，低聲道：「你是說，他們從這裡進去了？」

安藤井下吞吐出一團煙霧，煙霧勾勒出他的面部輪廓，他點了點頭，旋即煙霧迅速消散。葉青虹看到眼前如此不可思議的情景不禁一陣毛骨悚然，幸虧安藤與羅獵達成了合作的協議，如果此人站在他們的對立面，恐怕會給他們製造很大的麻煩。

羅獵拍了拍岩壁，這岩石巨大，想要憑藉人力挪動顯然是不可能的。安藤井下一路追蹤，追到這裡應當被老安給甩開了，他也無法將巨石移動。老安既然能夠進入其中，就證明他應當知道機關的奧妙。

老安所知道的秘密應當是白雲飛故意隱瞞的，此時有腳步聲靠近，安藤井下悄然隱藏，他並不想太多人知道自己的存在。臨走之前他拋給羅獵一支煙，羅獵接住香煙掏出火機點燃。

葉青虹雖然知道他是幫助安藤井下掩飾，可表情仍然有些嗔怪，不是說戒煙了嗎？

張長弓三人來到近前，瞎子吸了吸鼻子道：「我就說你戒不了，怎麼樣，煙癮犯了吧。」他向陸威霖得意地擠了擠眼睛，原來他們兩人偷偷打了賭，陸威霖認為羅獵這次能夠戒煙，而瞎子認為絕不可能，從現在來看，瞎子贏了。

葉青虹將剛才的發現告訴了他們三個，張長弓也認出這是海明珠的頭飾，既然在這裡發現頭飾，就證明海明珠來過。

羅獵道：「我和青虹在周圍檢查過，這石頭可能藏著機關，只是不知如何進入其中。」

張長弓走過去，抓住那塊石頭用力一推，岩石紋絲不動。

而此時原本在山下休息的那些人也開始向上轉移，因為潮水在不斷的蔓延，眼看就要來到羅獵他們所在的地方了。

潮水上漲得很快，落日之時已經完全淹沒了那塊岩石，所有人不得不繼續向上轉移，張長弓雖然擔心海明珠的安危，面對眼前的現實也是無可奈何。

羅獵知道他心情不好，安慰他等到潮水退去，他們即刻再回來研究有無打開這岩石的辦法。

刀鋒已經刺破了海明珠的足底，鮮血從傷口處滲了出來，老安獰笑著將刀尖緩緩向內刺入，可突然他停了一下，似乎看到了什麼，用拇指擦去海明珠足底的血跡。

海明珠怕到了極點，疼還在其次，這老壞蛋殺了自己倒也沒什麼，就怕他生出其他的歹毒念頭，在這裡叫天天不應叫地地不靈，自己又完全喪失了反抗的能力，想到這裡，海明珠越發傷心，淚水止不住地往下流淌。

吸引老安注意的卻是海明珠右腳足底的三顆痣，因為海明珠的腳底沾染了不少的泥，所以剛才並未看到，老安刺破海明珠的足心，鮮血流淌將足底的灰塵洗去，所以那朱紅色的痣又暴露出來。

老安將尖刀扔到了一邊，他居然用自己潮濕的衣服去擦拭海明珠的腳掌，海明珠又驚又怕，她擔心什麼，偏偏就遇到什麼，若是這老壞蛋對自己生出歹意，自己又該如何是好？

老安看清海明珠的右腳，他的聲音突然變了，顫聲道：「你……你右胸之上是不是也有一顆朱砂痣？」

海明珠因為驚恐而鳳目圓睜，這老東西實在是太噁心了，他……他一定是趁自己昏迷的時候對自己……哎呀，自己還是一個雲英未嫁的黃花大閨女，被一個糟老頭子給看了個遍，讓她還有何面目活在這個世界上？

老安接連問了兩遍，方才意識到海明珠的嘴巴被自己堵上了，慌忙伸手將海明珠嘴裡的破布給拽了下來。海明珠嘴巴獲得自由，第一件事就是一口唾沫啐了過去。

老安居然沒有躲閃，被她啐了個正著，他絲毫不介意，繼續道：「你快告訴我，你右胸之上是不是也有一顆朱砂痣？」

海明珠羞憤交加，咬牙切齒道：「老賊，我做鬼都不會放過你。」

老安被她一罵方才回復了理智，海明珠畢竟是個黃花大閨女，自己的問話實在讓人難以回答，老安道：「你若不老老實實回答我，我便自己驗證。」說出這句話的時候內心中不禁一陣歉疚。

海明珠果然被他嚇住，顫聲道：「你……你怎麼知道？」其實她也猜到這老東西肯定趁著自己昏迷偷看了。

老安道：「我不但知道你右胸有一顆，我還知道你左邊屁股上還有一顆。」

「啊！」海明珠感覺腦子轟的一下變成了一片空白，周身的血液瞬間彙集到她的臉上，淚珠子劈哩啪啦就落了下來，自己好糊塗啊，難道自己就這麼糊裡糊塗地被這個老東西壞了清白？

老安看她的樣子就知道她誤會了，他顫聲道：「我糊塗啊……我見你第一眼就覺得你的眉眼像極了你娘……我……我怎麼還把你當成海連天那狗賊的女兒……」

海明珠聽他這麼說頓時愣了，本來還悲痛欲絕，可這會兒突然停住了眼淚：「你胡說什麼？」

老安道：「你是我女兒，你是我的親生女兒，天下間不會有那麼巧的事情，我剛剛看到你足底的三顆朱砂痣，方才覺得奇怪，如果你胸口和左臀之上各有一顆，那就絕不會有錯……」

海明珠怒道：「你住口，你是不是趁著我昏迷，偷偷……嗚……」她一時悲從心來又大哭起來。

老安道：「女兒啊，我怎麼會啊，我……我發誓……我根本沒那麼做過……你不信？」他急得不知如何是好，忽然揚起手來反手給了自己一記耳光，這一巴掌打得極重，老安左邊面頰都腫了起來。

海明珠道：「老賊，你要殺就殺，何必說謊騙我？」

老安道：「你是不是七月初五的生辰？」

海明珠道：「我九月出生，你休得胡說。」

老安道：「你為何不肯信？對了……你頭上有個胎記，別人應當不知道！」

海明珠聞言不由得愣在了那裡，她頭上的確有個胎記，除了剃光頭髮，別人不會看到，應當說這世上少有人知道，更不用說眼前這個老者，他到底是如何知道的？而且他對自己身上的特徵知道得如此清楚。

老安道：「你不叫海明珠，你叫安明霞，你是我的女兒，我唯一的女兒……」老安說到這裡不由得老淚縱橫，當年他的船被海盜打劫，老安以為家人全都被海龍幫所殺，可是沒想到自己的女兒還活著，而且陰差陽錯竟然變成了海龍幫的少東家，海連天的寶貝女兒，若非看到海明珠足底的朱砂痣，他也不敢認，說不定這會兒已經用刀將海明珠的足底戳穿。

海明珠此時不再說話，她雖然不肯承認，可是心中也有些動搖，如果不是對自己熟悉到了極點的人，又怎能知道自己的這些秘密？

老安從隨身的醫藥包中取出藥酒，抓起海明珠的右足，海明珠嚇得向後一縮，其實老安並沒有惡意，只是想幫她清理一下傷口，海明珠知道他的用意之後，也不再反抗，其實她現在雙手雙腳都被捆著，也沒可能反抗。

老安默默幫助海明珠將傷口處理好，他低聲道：「我知道你不會相信，也不願認我。」停頓了一下，歎了口氣道：「我沒用，保護不了你娘，又讓你受了那麼多年的苦，認賊作父……」

海明珠聽他侮辱自己的父親，激動道：「你休得胡說，我爹一直都疼我。」

老安怒吼道：「他不是你爹，海連天那混帳，他是你的仇人，是我們安家不共戴天的仇人！」

海明珠被他的樣子嚇住，用力咬緊了嘴唇。老安看到女兒惶恐的樣子，又不由得內疚起來，他搖了搖頭道：「是我的錯，是我沒有照顧好你，明霞，我幫你解開繩索，你得答應我不可亂走。」

海明珠被捆得手腳發麻，巴不得早一點解開束縛，她點了點頭，此時仍然拿不准老安到底是不是在試探自己。

老安居然真的幫她將繩索解開，海明珠獲得自由，雙目盯住自己前方不遠的尖刀，心中暗想，若是我衝上去撿起尖刀，興許能趁他不備將他幹掉。海明珠其實也只能想想罷了，她現在手足麻痹，正常站立都成問題。

老安道：「你是不是想殺我？」

海明珠沒有說話，因為被他看穿心思而一陣心跳加速。

老安道：「這世上唯一有資格殺我的人就是你，死在你手裡我心甘情願。」

海明珠道：「你是不是在騙我？」

老安心中一陣淒然，他知道女兒仍然不肯相信自己，這也難怪，海明珠從小被海連天撫養長大，她壓根不知道自己這個親生父親的存在，何止是她，就連自己也不知道這世上還有一個女兒。可轉念一想上天對自己已經不薄，至少沒讓自己一個人孤獨終老，這個世上還有一個親人，女兒就是自己的希望。

海明珠站起身來環視四周，看到周圍石壁平整，應當是人工雕砌，她努力回想，記憶只能到被颶風捲起，此後所有的事情一無所知，她向老安道：「這裡是什麼地方？我們怎麼到了這裡？」

老安道：「這裡是通往東海的海眼，據說可以直達東海龍宮。」

海明珠道：「你在說故事啊！其他人呢？」

老安道：「還在島上，不過他們活不過今晚。」

海明珠馬上想起了張長弓：「你拋下了他們？」

老安道：「不是我拋下了他們，是老天爺斷了他們的生路。」

海明珠道：「你既然……」停頓了一下又道：「你既然說我是你的女兒，你會不會幫我？」

老安知道女兒在打什麼主意，他點了點頭道：「任何事，只要你需要，我可以為你做任何事！」

海明珠雖然至今都不肯認他是自己的父親，可是聽到他這樣說話，心中對他的惡感也在不覺中消失了大半，她鼓足勇氣道：「我想你幫我救人。」

老安道：「現在不成！」

「為什麼？」

老安指向右後方。

海明珠看到了一道門，她試探道：「我們就是從那裡進來的？」

老安點了點頭。

海明珠道：「那你打開不就行了？」

老安道：「現在正是漲潮時分，潮水已經高出了我們所在的地方，現在打開等於自尋死路。」

海明珠聞言大驚失色：「那他們怎麼辦？」

老安道：「距離退潮還有四個小時，希望他們的命夠硬。」

潮水已經淹沒了小島的一半，所有人不得不繼續向上，羅獵充滿擔憂地望著逼近的海岸線，現在擺在他們面前的最大困擾並非是漲潮，而是那頭巨大的海底怪獸，怪獸始終環繞著小島遊動，牠應當發現了島上的獵物，不排除怪獸趁著漲潮強行登島的可能。

張長弓指了指小島的頂端，目前他們並不知道潮水究竟會上漲到怎樣的高度，最為穩妥的辦法就是爬到小島的頂端。可是就算他們能夠爬上去，這群人中的三名傷患肯定沒可能爬上去。

陸威霖道：「潮起潮落，有漲潮就有退潮，我看用不了太久就會退潮。」

瞎子道：「得了，您比我還會算！」

羅獵道：「咱們還是向上走走，我總覺得這裡不太安全。」

張長弓道：「你擔心什麼？」以獵人的眼光看來，那怪獸體型太大，按理說不會強行登島。

葉青虹道：「小心駛得萬年船，羅獵說得對。」

瞎子道：「他說什麼你都覺得對，女人一旦戀愛就失去了主見。」

葉青虹被他懟了一頓居然沒有生氣，啐道：「要你多管！」

雖然眾人意見並未形成統一，可是所有人對羅獵的意見都表示服從，他們繼續上行，盡可能靠近小島的頂端。

潮水似乎停止了上漲，雲開霧散，一彎明月從海上緩緩升起，將眼前的海天照得亮如白晝，海浪並不大，可以看到一條雪白的水線正沿著小島畫著圈兒。怪獸在遠方的海面突然騰躍而起，然後重重落在海面之上，仿若有人在海中引發了一顆巨型的炮彈，巨獸龐大的身體落水之後，海水被砸得向兩旁分開。

瞎子看得最為真切，倒吸了一口冷氣道：「這是什麼玩意兒，太可怕了。」一旁忠旺歎了口氣道：「龍……我們一定是激怒了東海龍王……」

陸威霖道：「哪有什麼東海龍王？那怪物可不像什麼龍。」

張長弓道：「牠體型太大，應該不會登島。」

頭頂突然傳來了一聲尖銳的叫聲，眾人都是一驚，抬頭望去，一個黑乎乎的東西伸展著八條長足從上方騰躍而下。陸威霖反應最快，舉槍瞄準那東西就射，蓬的一槍射了個正著，那東西身體被子彈洞穿迸射出綠色的黏液。

那東西的屍體落在忠旺身邊，忠旺驚呼道：「海蜘蛛！」

海蜘蛛是他們對這種生物的俗稱，這種東西通常又被稱為殺人蟹，因為擁有著八根砍刀般銳利的長足而得名。

危險並沒有過去，一隻又一隻的海蜘蛛從火山口處湧了出來，牠們紛紛從高處躍下，羅獵揮刀砍殺了一隻海蜘蛛之後大吼道：「快撤！」

一名水手尚未來得及起身，就被海蜘蛛撲到了身上，兩條宛如長刀般鋒利的長腿已經刺穿了他的胸膛，這些海蜘蛛來得突然，再加上牠們數量太多，從高處發動進攻，殺了羅獵他們一個措手不及。

一隻海蜘蛛撲向瞎子，瞎子慌忙後撤，張長弓衝了上來，一拳砸在那海蜘蛛堅硬的背殼上，將海蜘蛛的身體砸了個大洞。

這輪攻擊讓他們甚至來不及營救傷患，三名傷患被數十隻海蜘蛛圍攏起來宛如砍瓜切菜般砍成了碎肉，原本水手就只逃出來九人，這一輪遇襲轉瞬間又有四人被殺。

其餘幾人嚇得鬥志全無，跟著船長忠旺一起向海岸線倉皇逃竄。

羅獵組織五人背靠背形成防守圈，陸威霖、葉青虹和瞎子三人負責遠程攻擊，以槍支射殺尚未靠近的海蜘蛛，羅獵和張長弓兩人則負責近戰，羅獵揚起手中得自西夏地下皇城的虎嘯宛如砍瓜切菜一般將靠近他的海蜘蛛盡數斬殺。

張長弓則拿著瞎子從鳴鹿島得到的太刀，比起羅獵行雲流水的攻擊，張長弓的動作更加粗野狂暴。

海蜘蛛雖然數量不少，可是也無法攻破五人聯手的防守圈，他們邊打邊退。力求儘快從海蜘蛛的包圍圈中逃離出去，彈藥終究有限，人的精力也不會無窮無盡，一旦彈藥耗盡，他們的體力再大幅下降，就無法應付這漫山遍野的海蜘蛛。

還好潮水已經開始向下撤退，忠旺帶著碩果僅存的幾名船員已經逃到了山腳下，他們也不敢進入海水中，畢竟那怪獸就在附近的海水中巡弋。

怪獸的背脊在遠方的海面再次浮現出來，牠發出一聲低沉的吼叫。

忠旺向幾名同伴道：「不用怕，牠不敢靠近……」他的聲音明顯在顫抖。

此時後撤的海岸線上現出一條蜿蜒曲折的黑線，定睛望去，那黑線竟然全都是由海蜘蛛組成，幾人嚇得魂飛魄散，轉身又向島上逃去，只可惜已經來不及了，沒等他們逃出幾步，就落入海蜘蛛的包圍之中。

羅獵幾人從海岸線傳來的慘叫聲已經知道忠旺幾人凶多吉少，瞎子抽空看了看海岸線的方向，倒吸了一口冷氣道：「壞了，那邊的海蜘蛛更多。」瞎子走神的剎那，一隻海蜘蛛尖叫著向他迎面撲來，瞎子再想舉槍已經來不及了。

那海蜘蛛撲到中途，卻突然炸裂，濺了瞎子一頭一臉的黏液，所有人都吃了一驚，剛才每個人都專注對付面前的海蜘蛛，並未能及時發現瞎子這邊的險情。

一定是有人出手救了瞎子，羅獵首先想到的就是安藤井下。

不遠處一團火漂浮在空中，若非這群人到了危急關頭，安藤井下也不會主動現身。

羅獵望著那團火道：「跟著那把火。」

火把飄浮在空中行進，眾人望著眼前這詭異的一幕，幾人都是見多識廣，猜到引導他們前進的絕非是幽靈，應當是擁有隱形能力的人，瞎子雖然沒有看清那人的面目卻對此人心生感激，他知道剛才已經是此人第二次救了自己的性命。

羅獵和張長弓負責斷後，陸威霖、瞎子左右開路，危機面前，每個人都很自覺地照顧隊伍中唯一的女性。

安藤井下引領眾人向半山腰逃去，在經過他們發現海明珠頭飾的地方，此時從海岸線上爬來的海蜘蛛已經包抄而來，羅獵回身看了看宛如潮水般湧動的海蜘蛛，暗自吸了口冷氣，希望安藤井下能夠找到穩妥的藏身之處。

就在眾人跟著安藤井下疲於奔命之時，前方突然傳來一個熟悉的女聲：「張大哥，你們到這裡來！」

張長弓聽得真切，這聲音分明來自海明珠，一時間一股熱流湧入胸膛，不僅僅是為海明珠的平安而慶幸，其中還有說不出的感動。

海明珠就站在他們此前發現頭飾的地方，在海明珠的身後有一個洞口，潮水退去，掩蓋洞口的岩石顯露出來，而移開岩石的人是老安。如今老安手握雙槍就站在海明珠的身邊。

老安大吼道：「還愣著幹什麼，趕緊進來！」

眾人一個個向洞內衝去，不等所有人進入，海蜘蛛就已圍攏過來，陸威霖幾人同時開火，好不容易將海蜘蛛逼退，趁著這難得的時機所有人都進入了洞穴。

老安操縱機關，那塊用來掩蓋洞口的巨岩緩緩滾落，眼看山洞就要關閉，海蜘蛛不顧一切地從縫隙中衝入，眾人集合火力封鎖縫隙，巨岩滾動的速度雖然緩慢，可是那些海蜘蛛仍然無法阻擋大門關閉的勢頭，在眾人的努力下終於將那成千上萬的海蜘蛛阻隔在外。

瞎子一槍將只剩下六條腿仍在試圖攻擊的海蜘蛛射殺，然後長舒了一口氣，他四處張望去尋找自己的救命恩人。

海明珠欣喜萬分，宛如一隻快樂的小鹿一般蹦蹦跳跳奔向張長弓：「張大哥！我還以為再也見不到你了。」

張長弓憨厚一笑：「謝謝你！」他對海明珠是發自內心的感謝，如果不是海明珠及時出現，不但是他，甚至他們所有人都會落入海蜘蛛的包圍中，論到單打獨鬥，他們當然不會害怕，但是面對如此之多的海蜘蛛，他們終將有力竭之時，正是海明珠挽救了他們的性命，讓所有人轉危為安。

老安和海明珠在一起並不奇怪，可讓人感到不解的是老安居然會出手相助，而且看起來老安已經不再像此前那樣仇視海明珠。羅獵認為在這段時間他們之間一定發生了什麼不為人知的故事，所以才造成了老安的轉變。

眾人多半向海明珠道謝，只有羅獵向老安表達了謝意：「多謝安伯出手相助。」

老安道：「只是不忍心看到你們被怪物殺死。」

羅獵道：「這裡就是白雲飛的秘密吧？」

老安點了點頭，自從得知海明珠就是自己的親生女兒，他的內心頓時平和了許多，他本來一心想要折磨並殺死海明珠，以此來報復海連天，可得知海明珠和自己的關係之後，老安的想法已經在不知不覺發生了改變，他開始考慮如何脫困，如何帶著女兒安全離開。

老安道：「我只知道這裡有座人工洞穴，外面的那塊巨石看起來和島嶼結合為一體，其實是一道隱蔽的暗門，侯爺教給了我開啟的方法，因為在漲潮的時候海水會將島嶼大半淹沒，所以那時開啟暗門就是死路一條。」

羅獵道：「這洞穴通往什麼地方？」

老安搖了搖頭道：「不清楚，侯爺說這洞穴可能直通東海龍宮。」

陸威霖聽到這裡忍不住道：「怎麼可能？」

老安道：「我也覺得不可能，我所知道的只有那麼多，其他的事情，我也不清楚。」

羅獵道：「無論是否通往東海龍宮，咱們都要仔細探索一番。」他們現在最大的問題就是沒有淡水，如果不能及時找到淡水，他們都要死，無一例外。

葉青虹道：「事不宜遲，咱們現在就行動。」

羅獵道：「這樣吧，我和張大哥、瞎子一起過去看看，其他人暫時留在這裡休息。」

葉青虹知道羅獵是好意，她搖了搖頭道：「還是一起去吧，這裡的狀況複雜，分開之後萬一迷失了方向反倒不好。」

瞎子忽然道：「我知道你就在附近對不對？謝謝你！」

除了羅獵之外，多半人都感到愕然，瞎子更像是在自說自話。

羅獵道：「走吧！」

這洞穴以人工雕琢而成，所以四壁平整，甬道傾斜向下，走出一段距離就看到了階梯，負責在前引路的瞎子忽張開雙臂，示意眾人暫停前進，他來到石壁前，用打火機將牆上的壁燈點燃，就看到一道火線沿著牆壁筆直而迅速地蔓延下去，牆面上每隔一段距離就有一盞壁燈，壁燈接二連三的亮了起來。

眾人在黑暗中摸索行進了半天，看到光明乍現，臉上都露出欣喜的笑容。

羅獵看到那壁燈內是黑色的油膏，壁燈之間有溝槽相連，溝槽內也填塞了這種油膏，火焰就是通過油膏蔓延。道理非常簡單，陸威霖對那燃燒的油膏產生了興趣，他向羅獵道：「我聽說有種用人魚油做的燃料可以燃燒千年，不知這裡面是不是？」

羅獵道：「應該沒那麼誇張。」

因為有了照明，眾人下行的速度快了許多，幾經轉折，來到了兩扇巨大的銅門之前，銅門高達十米左右，兩扇銅門的寬度也各有四米，上方刻有浮雕。

羅獵仔細望去，卻見那銅門之上刻著的竟然是大禹治水的情景，更讓他感到驚歎不已的是，在銅門上還鐫刻了用來鎮定天下的九鼎。

葉青虹道：「這裡應當是中華所建。」

張長弓考慮的卻是另外一件事，這麼厚重的銅門，應當如何打開？他朝陸威霖使了個眼色，兩人分別抵住一扇銅門，嘗試推開，可是他們用盡全力，那銅門仍然紋絲不動。

瞎子歎了口氣道：「拜託，你們用用腦子好不好，這麼大的銅門，必然其重無比，別說你們兩個，就算集合咱們所有人的力量也推不開，必然有機關驅動，想要打開銅門，首先要找到機關。」

陸威霖瞪了這廝一眼，雖然知道他說得有道理。

張長弓道：「那你說機關在什麼地方？」

瞎子裝模作樣拿出了羅盤，卻發現羅盤滴溜溜轉個不停，吞了口唾沫道：「大墓，搞不好是個大墓。」

羅獵則望向老安道：「安伯有什麼建議？」

老安搖了搖頭道：「我所知道的全都告訴你們了。」事到如今他沒必要藏私，尤其是在他得悉海明珠的真正身分之後，原本抱定的必死之心已經鬆動，他不想死，更不想女兒死。

羅獵向後退了幾步，望著那銅門，恍惚間竟感覺上方的浮雕活動了起來，首尾交纏的長龍似乎圍繞九鼎移動，羅獵慌忙閉上了眼睛。

腦海深處的虛無世界之中，一塊黑色石碑緩緩轉動，羅獵不知自己因何想到了禹神碑，大禹碑銘的內容晦澀難懂，羅獵雖然認得所有的字，可是至今都無法領悟其中的內容。

望著眼前銅門上的雕塑，他突然產生了一個想法，興許銅門上的浮雕圖案和大禹治水的過程相互呼應，只要理出大禹治水的先後順序，這巨大的銅門興許就可以開啟。

葉青虹發現在銅門的門框周圍分佈著一個個的拉杆，這些拉杆應當和銅門的內部相連，剛才大家的注意力都集中在銅門本身，反倒忽略了門框周圍。

葉青虹將自己的發現告訴眾人，瞎子道：「興許這些拉杆就是開關，只需將它們一個個拉出來，大門就能打開了。」

陸威霖搖了搖頭道：「沒那麼簡單，興許你觸動了機關，到時候亂箭如雨，咱們都要被亂箭攢心。」

瞎子呸了一聲道：「你就不能往好處想想。」

羅獵道：「這些拉杆應當是按照時間排列，我們應當按照大禹治水的順序依次將它們推進去。」

張長弓望著這圖案繁複的銅門禁不住摸了摸後腦勺道：「即便是你說得對，可誰又能將大禹治水的時間順序記得如此準確？」

所有人都將目光投向羅獵，主意是他想出來的，看來他應當知道時間順序，羅獵道：「我試試看。」其實他過去對這段無考證的歷史也不甚瞭解，可是自從在蒼白山發現禹神碑之後，羅獵對那段歷史就發生了濃厚的興趣，根據現有史料，別說是大禹治水的上古時代，就算夏商的歷史也不夠完整，還好父親在他的體內種下了智慧種子，在不知不覺中，那顆種子已經在羅獵的體內產生了作用，許許多多的資料如春雨潤物一般無聲滲入了他的腦域之中。

羅獵的知識儲備發生了天翻地覆的變化，隨之而提升的是他的人生觀和世界觀，對於生命的意義他也有了和過去完全不同的看法。

羅獵將門框周邊的金屬杆進行了標記，金屬杆一共有九支，根據所對應的浮雕圖像，判斷出當時這一活動大概的時間，再將時間進行排序。

張長弓沿著門框攀爬上去，按照羅獵的指示，逐一將金屬杆推入門框之中，推動這些金屬杆也非輕而易舉的事，這群人中也只有神力驚人的張長弓能做到。

羅獵唯一拿不準的就是，開啟銅門究竟應當按照時間的早晚順序還是倒序，最後還是憑直覺選擇了順序，而銅門後也是一個完全未知的世界，機遇和風險並存，羅獵讓同伴分散開來，儘量躲開銅門開口的正前方，避免有可能存在的機關伏擊。

張長弓推下最後一根金屬杆之後，那銅門上方的圖案開始緩緩移動，遠遠望去，只見上方有四條長龍，在九鼎周圍的空隙中來回移動，搖頭擺尾彷彿活過來一樣，在四條長龍移動的同時，九鼎的位置也發生了變化。

眾人望著眼前的神奇一幕一個個緊張地屏住了呼吸，張長弓及時離開銅門來到海明珠身邊藏起。

瞎子喃喃道：「羅獵啊羅獵，你何時成了機關大師？」就算他和羅獵一起從小長大，也不得不為這廝層出不窮的本領而折服。

銅門上的圖案停止了移動，只聽到銅門內部發出鏗鏗鏘鏘的移位聲，約莫過了半分鐘左右，只聽到吱吱嘎嘎的聲響，兩扇巨大的銅門向後方移動，一股冷森森的寒氣從裡面席捲而來，眾人因這股寒氣不禁打了個冷顫，海明珠向張長弓的身邊靠近了一些，張長弓面孔一熱，也不敢躲開，一來是擔心傷了海明珠的自尊，二來他旁邊就是石壁，也無處可躲。

老安一直都在海明珠的身後，他無時無刻不在關心女兒的安危，雖然海明珠這麼半天都沒有向他看上一眼，可老安卻寸步不離女兒左右，為父者天性如此。看到女兒對張長弓如此親近，老安心中難免有些失落，可失落過後心中又感到欣慰，女大不中留，女兒大了，自己錯過了女兒的童年和成長，還好有機會看到女兒戀愛成家，上天對自己還算不薄。

海明珠自然不會想到身後父親心中會產生那麼多的想法，重新見到張長弓，偎依在張長弓身邊讓她感到溫暖而踏實，這應當就是常說的安全感，海明珠小聲道：「你答應過我要保護我的。」

張長弓看了看海明珠，內心湧起豪情萬丈，他鼓足勇氣點了點頭，海明珠嫣然一笑，張長弓看到她這明媚一笑，整個人竟突然癡了。

老安看在眼裡，心中越發不是滋味，忍不住道：「這世上多得是虛情假意背信棄義的男人，嘴唇一碰就是承諾，至於能不能做到還需時間驗證。」

陸威霖和瞎子對望了一眼，這次老安回歸之後明顯感覺有些不對頭，他們也不知這段時間到底發生了什麼。瞎子聽到老安的這番話忍不住道：「安伯，聽起來你跟個怨婦似的。」

老安道：「怨婦怎麼著？招你惹你了？」

瞎子莫名其妙碰了個釘子，正想反唇相譏，羅獵道：「銅門開了，瞎子，咱們先去探路。」羅獵向來身先士卒，之所以叫上瞎子，是因為需要借助他的那雙夜眼。

瞎子苦笑道：「這就是朋友，享福的時候不一定能夠想到你，可患難的時候第一個會拉上你。」

周圍幾人禁不住笑了起來，笑聲多少沖淡了一直以來的緊張氣氛。

張長弓將此前瞎子借給他的太刀遞給了瞎子，讓他帶上防身。

羅獵已經在銅門前等待，葉青虹叮囑道：「小心啊！」

羅獵點了點頭，鼻息間聞到一股淡淡的煙草味道，猜到安藤井下也在自己的身邊，看來他也選擇跟自己第一批走入銅門。

瞎子來到銅門前，舉目望去，只見銅門後方是一道筆直而寬闊的長橋，長橋兩旁豎立著一座座的巨型神像，雖然還未進入其中，就已經感到寒潮不斷向外湧動，瞎子凍得牙關打顫，顫聲道：「太冷了，咱們就這麼進去豈不是要被凍死？」

其實感到寒冷還因為他們多半衣服都沒有烘乾的緣故，羅獵也感到寒冷，不過因為寒冷迅速引起了他身體的應激反應，一股暖流從丹田湧動而出，迅速循環周身，頃刻之間寒意盡去。

羅獵將火炬遞給了瞎子，其實瞎子並不需要火炬，羅獵給他也不是為了幫他照明，而是希望火炬能夠為他取暖。

瞎子接連打了幾個噴嚏，好不容易才停下來，卻聽到一個洪亮的回聲，瞎子愣了一下，很快就意識到這聲噴嚏並非回聲，而是他的身邊還有一個人，瞎子揉了揉鼻子，低聲道：「恩公！」

安藤井下也揉了揉鼻子，看了看瞎子，這小眼睛胖子頭腦非常靈活。

羅獵讓瞎子原地停下，利用他超強的目力觀察一下裡面的狀況，瞎子仔仔細細觀察了一遍道：「像是一座神廟，規模挺大，不像是咱們中式風格。」他又向橋面望去，卻見橋上刻著許多奇怪的字元，驚奇道：「橋上有字，不像是漢字。」

在這種環境下羅獵的視力遠不如他，只能看清近處的幾個字，這些文字也不是夏文，甚至不是中華文字，一旁的安藤井下伸出手去輕輕拍了拍羅獵的手臂，羅獵明白他的意思，安藤井下一定是認得上面寫得什麼。

瞎子感覺身邊有異，轉身望去，卻見一個高大的身形出現在自己的面前，正是在鳴鹿島所遇的鱗甲怪物，雖然瞎子早就有了心理準備，可看到安藤井下突然現身仍然還是吃了一驚。

安藤井下壓根沒有顧及身邊人的感受，緩緩蹲下身去，張開大手，掌心中露出一個鐵球，右臂輕輕一推，那鐵球沿著長橋嘰哩咕嚕地滾了過去，鐵球滾動的過程中觸發了暗藏的機關，只聽到咻咻咻之聲不絕於耳，冷箭從兩旁的護欄內射了出來。

聳立兩旁的神像也動作起來，手中的各種兵器輪流劈砍在橋面之上。

瞎子早就猜到會有機關，可是真正看到如此密集的攻擊也不由得倒吸了一口冷氣。

第四章

地玄晶

張長弓跳下壕溝，撿起了一塊晶石，
從晶石的外形他初步判斷這是地玄晶，
在他的印象中這是一種極其稀有的礦石，
利用地玄晶鑄造的武器可以獵殺追風者，
沒想到在這個小島的內部居然比比皆是。

裡面的動靜吸引了外面的同伴，陸威霖和葉青虹忍不住來到銅門前查看發生了什麼，儘管裡面光線昏暗，他們仍然能夠分辨出裡面多了一個人，那身影在兩米左右，比起他們之中最為魁梧的張長弓還要高大。

鐵球滾到橋樑的對側，然後又倒著轉了回來，回來的途中不斷有機關繼續被觸發。

瞎子看得頭皮發麻，單單是入口處的長橋就隱藏了那麼多的機關陷阱，還不知裡面如何凶險。

鐵球回到安藤井下的腳下，他拾起鐵球，然後示意羅獵和瞎子在原地等待，獨自一人向橋的對側走去，安藤井下走得非常小心，他仔細觀察著橋面的字跡。

瞎子喃喃道：「他好像來過這裡呢。」

羅獵覺得可能性不大，如果安藤井下來過這裡，就不會被老安甩開，可能安藤井下對這道橋樑的機關佈局非常瞭解，不過無論怎樣都是好事，如果沒有安藤井下帶路，他們兩人很難破解這橋上的機關。

安藤井下一路走到橋樑的對側。

瞎子道：「他該不會甩開咱們獨自去尋寶吧？」

羅獵搖了搖頭，以他對安藤井下的瞭解，應該不會，安藤井下心中最為珍貴

的是他的兒子，哪怕用整個世界跟他交換，他都應該不為所動

安藤井下走過長橋，並未觸及任何機關，這才回頭。瞎子暗自慚愧，是自己以小人之心度君子之腹了，安藤井下是以身犯險，確信沒有危險方才回來給他們帶路。

羅獵向安藤井下道：「我叫他們一起過來？」

安藤井下搖了搖頭，他不想見太多外人，羅獵見他態度堅決也只好作罷。跟隨安藤井下走過長橋，將安藤井下所走的每一步都仔細記下，畢竟他回頭還要去接其他人過來。

瞎子本想強記，可他的記憶力實在有些糟糕，索性把眼前的事情做好，任何複雜的事情都交給羅獵去做。

越過長橋，前方現出曲曲折折的階梯，這階梯的走勢一直向下，沒走多遠就聽到流水之聲，羅獵和瞎子已經有許久都沒有飲水，身體都處於缺水狀態，聽到水聲，饑渴感越發強烈。

瞎子道：「恩公，您過去有沒有來過這裡？」

安藤井下緩緩搖了搖頭，他突然停下腳步，前方的階梯出現了中斷，中斷的距離大概有十米之多。

羅獵低頭望去，他們所在的橋面距離下方極深，以他的目力看不清下方到底有什麼，只是看到附近的石壁之上隱隱泛出藍色的光芒。

安藤井下向後退了幾步，突然加速向前方衝去，臨近缺口之時猛地騰躍而起，十多米的缺口被他一躍而過。

瞎子看得目瞪口呆，他可沒有這樣的本事，以他的彈跳力，肯定要直接跳入深淵。

羅獵欣賞地望著安藤井下，對方經過化神激素改造進化的身體擁有著比常人強大許多的能力，羅獵也沒有把握從這麼長的缺口跳過，羅獵環視四周尋找適合的工具，他不害怕冒險，可是在沒有把握的前提下冒險實屬不智。

安藤井下的身影已經消失，不過很快他又回來了，這次還拖來了一根長達十多米的烏木。

三人合力將烏木架在那缺口之上，雖然有了這座臨時的橋樑，可是想起下方的深淵，瞎子仍然一陣心底發寒，羅獵笑著寬慰他道：「你只需向前看，不要看下面就沒什麼好怕。」

瞎子點了點頭，羅獵先上了烏木，踩了踩確信這烏木足以承載自身的份量，這才放心大膽地走了過去。

瞎子看到羅獵走得輕鬆，可輪到自己，走上烏木就雙腿發抖，走了兩步，感覺小腿肚子都開始抽筋了，瞎子顫聲道：「不成，我不成了。」

羅獵忽然語氣變得緊張起來：「別回頭！」

瞎子愣了一下：「什麼？」內心中湧起不祥的預感。

羅獵道：「快跑，後面有海蜘蛛追來了！」

瞎子向來對羅獵深信不疑，聽他說身後有海蜘蛛追來，嚇得邁開步子踩著烏木向對側跑去，竟然一連串小跑順利過了烏木橋樑，等他雙腳落在了實地，方才回過頭去，卻見身後哪有什麼海蜘蛛，羅獵根本就是騙他，故意利用這種方式讓他疲於奔命忘了眼前的恐懼。

瞎子這會兒才感到後怕，雙腿一軟，一屁股坐在地上，指著羅獵一臉悲憤道：「兄弟，這就是兄弟……」

安藤井下望著瞎子的狼狽相，表情也有些古怪，他其實在笑，可是他現在古怪的面容已經無法正確表達情緒。

瞎子原地坐了一會兒，感覺屁股下面寒氣直往上竄，他又站起身來，摸了摸地面，其冷如冰，不過應當是某種不知名的岩石。

羅獵道：「陰沉岩，這種石頭寒氣最勝，純淨的陰沉岩甚至比冰還要冷。」

安藤井下欣賞地望著這個博學的年輕人，因為陰沉岩在自然界存在極少，除非是礦產專家才會有所瞭解，想不到這年輕人居然知道，安藤井下卻不知道羅獵的知識來源於智慧種子。

瞎子道：「陰沉岩，聽起來就不吉利，這玩意兒用來做棺材倒是好材料。」

羅獵笑道：「這次被你說對了，陰沉岩若是做棺材可以保護屍體千年不腐，比陰沉木來得還要珍貴。」

瞎子歎了口氣道：「大吉大利，咱們還是別提這些晦氣的事，對了，剛才聽到水聲，怎麼這會兒反倒聽不見了？」若非對水的渴望，瞎子也堅持不到現在。

羅獵道：「你耳朵是不是有問題，流水聲就在前方啊！」其實羅獵也聽不到流水的聲音了，他之所以這樣說是要給瞎子動力，有道是望梅止渴，只有希望才會讓瞎子有動力堅持下去，如果說了實話，恐怕瞎子連一步都不想走了。

瞎子側耳聽了聽，滿臉狐疑地望著羅獵道：「你千萬別再騙我，我對你這麼好，你怎麼忍心一而再再而三地騙我？」

羅獵道：「懶得理你。」安藤井下已經大步向前。

瞎子也不敢一人留在原地，趕緊追趕上羅獵的腳步，又走出一段距離，前面出現了一大片石筍群，從眼前的地形來看，應當是上古冰河侵蝕之後的痕跡，讓瞎子欣喜的是，這段路途非常潮濕，從洞頂不停有水滴落下，瞎子壯著膽子，舔了一口，入口清涼香甜，不帶有丁點兒的鹹澀，確信是淡水無疑。

瞎子道：「找到水了，找到水了！」他激動的聲音都變了形。

羅獵向安藤井下看了一眼，雖然找到的水源不多，可是對他們這些人來說，這些水滴也彌足珍貴，對他們補充水分非常重要，更何況他們越走越遠，自然距離駐留原地的葉青虹等人越來越遠，剛才經過的路途並不存在太大的風險，應當叫他們過來會合，並補充水分。

安藤井下點了點頭，他雖然口不能言，但是他對羅獵的意圖十分瞭解。

羅獵讓他們兩人原地等著，自己轉身去接應其他同伴，其實就算他不說瞎子也不會走，瞎子喉嚨都快冒煙，伸著舌頭等著來之不易的水滴，瞎子專注於享受水滴的時候，安藤井下又悄然消失了。

瞎子道：「恩公，其實您沒必要隱形，在我眼中您其實挺英俊也挺可親的。」他對安藤井下兩次救了自己的性命非常感恩，連帶著覺得安藤井下也順眼了許多。

安藤井下沒有搭理他，但是有人向他示好也覺得心頭溫暖，他雖然一個人孤孤單單在鳴鹿島上生活多年，可並不意味著他喜歡孤僻，拒絕和人交往，人是社會動物，有社交的需求，安藤井下也不例外，如果不是因為現在醜陋的外貌阻擋了他，他或許早已和能說會道的瞎子打成一片，過去他也是個健談好友之人。

想起過去，安藤井下的內心中就生出一陣悲哀，身體的變異讓他外貌發生改變的同時也毀壞了他的聲帶，他現在只能發出野獸一般的嘶吼，無法像正常人那樣用語言交流。

瞎子忽然停下了說話，因為他看到石筍群中，一個直立矮小的黑影正望著自己，瞎子眨了眨眼睛，那黑影像極了一個小男孩，銀白色的頭髮，灰白色的肌膚，上身赤裸著，下肢覆蓋著密密麻麻的魚鱗。

瞎子眨眼睛的時候，他也將眼睛眨了眨，瞎子腦袋一歪，他也學著瞎子的樣子把眼睛一歪。

瞎子將太刀的刀柄握在手中：「人魚！」他只是在神話傳說中知道這種神秘生物的存在，他認為真實的世界中人魚是不可能存在的，可眼前的生物幾乎擁有了人魚的一切特徵，當然瞎子過去以為所有人魚都是女性，而且是美女，眼前的人魚卻是個男孩。

而且他下身並非是一條魚一樣的尾巴，而是兩條佈滿魚鱗的腿。

瞎子去握刀時，人魚也模仿著他的動作，當然他的手中並沒有任何武器。

瞎子說人魚兩個字的時候，他學著瞎子的語氣嗷嗷叫了兩聲，像海豚的聲音，怪異且含混不清。

瞎子意識到對方在模仿自己，於是笑了笑，那人魚果然也學著他笑了笑。

瞎子點了點頭，他也點了點頭。

瞎子嘖嘖讚道：「這東西值老錢了。」腦筋開始盤算如果將這人魚弄出去，搞個世界巡展，自己必然賺個盆滿缽滿。瞎子向那人魚招了招手道：「小傢伙，過來，讓叔叔仔細看看。」

人魚也向他招了招手，瞎子感覺極其有趣，向人魚走了一步，在他看來這人魚只不過是個七八歲的孩子，應當對自己構不成任何威脅，可是當他靠近人魚的時候，那人魚陡然抓起一旁的石筍，竟然一下就把手腕粗細的石筍擰斷，然後如同投擲標槍一樣向瞎子投了過來，瞎子其實並沒有完全放鬆警惕，只是沒有想到這小人魚的勁力竟然如此強勁，居然能夠硬生生將石筍掰斷。

瞎子向右側身閃過砸來的石筍，那人魚卻如同一頭出籠的猛虎，以驚人的速度向瞎子衝了上去，一下就將瞎子撲倒在地，瞎子重重摔倒在了地上，後腦勺在堅硬的地面上撞了一下，撞得他眼冒金星。

那人魚張開嘴巴準備咬向瞎子的面門，不等他完成這一動作，脖子已經被一隻大手掐住，卻是安藤井下及時現身出來阻止了人魚的攻擊，他一把將人魚從瞎子身上拎起，然後揚起右拳，狠狠擊打在人魚的腹部，這一拳打得人魚的面孔扭曲變形，安藤井下身軀旋轉，宛如扔鐵餅一般將人魚扔了出去。

那人魚接連撞斷了幾根石筍，方才跌倒在了地上，他爬起之後，手足並用，轉瞬之間就逃入黑暗之中。

瞎子從地上爬起，驚魂未定，向安藤井下點了點頭，表示感謝，這下自己欠安藤井下三條性命了。

安藤井下現身救了瞎子之後馬上又進入隱形狀態，此時羅獵帶領眾人來到這裡會合，看到一地的狼藉，羅獵就猜到這裡剛剛經歷了一場搏鬥，問過瞎子之後果然如此，瞎子一邊擦汗一邊道：「人魚，我還以為人魚都是善良的，想不到那個小男孩這麼歹毒。」

葉青虹道：「我從沒見過人魚，不過就算在西方傳說中人魚多半都不善良，她們的歌聲會迷惑水手，讓水手在不知不覺中中魔失控。」

羅獵聽瞎子仔細描述了一下人魚的外表，他總覺得人魚的說法有些太過牽強，瞎子見到的或許只是一個類似於安藤井下的變種生物，根本不是什麼人魚。

張長弓在周圍搜索了一下，在石筍群中找到了一些廢棄的物品，其中有部分東西明顯是近代製造，張長弓拿著一個沒有了鏡片的眼鏡框來到羅獵的身邊，將之出示給羅獵。

羅獵觀察了一下那鏡框道：「看來在咱們來這之前，就有人進入過這裡。」

葉青虹道：「除了你之外居然還有其他人能夠破解銅門上的機關？」

羅獵笑道：「大禹治水原本就不是什麼秘密，只要看過有關的傳說，理清事件發生的先後順序，打開那銅門應當不難。」

瞎子道：「可是就算打開了銅門，也難以通過機關重重的長橋……」說到這裡他忽然想起了連續救了自己三次的安藤井下，既然安藤井下能夠帶他們通過長橋，就證明安藤井下對這種機關設計非常熟悉。

老安道：「無論怎樣，大家都要多加小心，這地方處處透著一股陰森的氣息，我總覺得有些不安。」

羅獵道：「白雲飛讓咱們過來找什麼太虛幻境，這裡難道就是他所說的太虛幻境？」

瞎子道：「不知有沒有美人魚？」

陸威霖拍了拍他的肩膀道：「見到美人魚你是打算拿她煲湯還是紅燒？」

瞎子瞪了陸威霖一眼道：「殘忍！」

陸威霖道：「難不成你想娶她當老婆？」

「下流！」

張長弓關心的是瞎子究竟是如何脫險，瞎子支支吾吾，既然安藤井下不肯在眾人面前現身，自己也不好意思坦白，羅獵一看他的神態就知道是安藤井下為他解圍。羅獵提醒眾人儘快補充水分，同時提防周圍有異常生物發動襲擊。

葉青虹不小心踩到了一物，撿起一看卻是一支試管，從這支試管推斷出這裡或許進行過某種實驗，由此也為這裡存在變種人提供了佐證。

眾人在進行了水分補充後，精力有所恢復，一起走過石筍群，前方現出兩道壕溝，寬度在兩米左右，壕溝之間相距七米，似乎有某種車輛從這裡碾壓而成。

羅獵將隊伍分成兩組，一組由張長弓帶隊，老安、海明珠、陸威霖為隊員，另外一組由他自己親自帶隊，成員是葉青虹、瞎子，當然其中還有一個隱形的安藤井下。

兩組隊員分別沿著壕溝進行探察，壕溝在平行行進了一百多米之後，開始分開，距離一左一右越來越遠，這推翻了羅獵最初的判斷。證明這兩條壕溝應當是兩樣不同的物體留下，它們並不是一體的。

羅獵和張長弓相互對望了一眼，兩人決定暫時分開行動。

海明珠忽然打破了沉默道：「如果現在媽祖答應你一個要求，你最想要什麼？」

老安明知女兒沒問自己，可心中卻暗暗回答道，自然是要你平平安安。

陸威霖心中湧現出的念頭居然是百惠的影子，他發現自從天廟決戰之後，自己始終對百惠的身影難以忘懷。

張長弓道：「最想要一艘船，帶著大家一起離開。」

海明珠道：「我想吃一串糖葫蘆。」她的回答大大超出了所有人的意料，張長弓不禁詫異地看了她一眼，想不到這個海盜女的要求就這麼簡單？難道她首先想到的不是離開這個地方？

知女莫若父，老安從女兒溫柔的目光中明白，女兒喜歡上了張長弓，只要張長弓在她身邊，她就感到莫大的滿足和幸福，所以她才會有那麼簡單的要求，女兒大了，老安欣慰之餘隱隱感到失落，女兒最需要他的時候他不在身邊，等他找到女兒，卻發現自己已經不再那麼重要了。

陸威霖提醒他們道：「你們看！」

幾人向壕溝內望去，卻見壕溝內藍光閃爍，在壕溝的底部竟然有不少閃光的藍色晶石。張長弓跳下壕溝，從中撿起了一塊晶石，從晶石的外形他初步判斷這是地玄晶，在他的印象中這是一種極其稀有的礦石，利用地玄晶鑄造的武器可以獵殺追風者，沒想到在這個小島的內部居然比比皆是。

陸威霖接過張長弓拋來的晶石也判斷這是地玄晶，這麼多的地玄晶可以鑄造出無數用來對付變異追風者的武器。他低聲道：「要不要現在過去告訴羅獵？」

老安道：「向前找找看，興許他們那邊也不乏這種發現。」

羅獵聽到了水聲，在此前中斷了一段時間之後，水聲再度在他的耳邊響起，瞎子幾乎在同時也聽到了水聲，水聲隆隆如同雷聲陣陣，這種聲音應當是在水流落差極大的前提下才會發生。

葉青虹道：「前面好像有瀑布。」

羅獵點了點頭，他已經感覺到了空氣變得潮濕，壕溝在前方中斷，他們的前方出現了一個巨大的深淵，在他們的對側一道寬闊的地下瀑布奔流咆哮，宛如一條條玉龍奔行在前方，飛流直下，水流直沖淵底。

瞎子站在深淵邊緣小心向下看了看，因為水流落入下方的深潭，衝擊出大量的水汽和泡沫，整個深潭內瀰漫著迷濛的水汽，就算瞎子在黑暗中目力強勁也無法穿透水霧看清水面的所在。

羅獵的注意力卻和瞎子不同，他留意到，在奔流的瀑布之中，有一個巨大的圓形物體嵌入前方的崖壁之上，因為這物體大半都嵌入了崖壁中，所以乍看上去猶如凸出的岩石，轉換角度，就能夠看出其周邊標準的弧線。

羅獵撿了塊石頭，用盡全力向那圓形物體投擲過去，石塊準確撞擊在圓形物體上，發出噹的一聲，從聲音不難分辨石塊應當撞擊在了金屬之上。

葉青虹道：「剛才的壕溝應當是那圓形的物體滾動碾壓出來的。」

羅獵點了點頭道：「速度很快，而且材質非常堅硬。」因為速度很快所以才輕易切開了堅硬的岩石地面留下了深深的壕溝，羅獵腦補出當時的畫面，那巨大的圓盤從地面一路飛速滾落過來，因為高速行進圓盤通體都已經燃燒，切開了地面，來到他們所在的地方因為前方中斷，而騰空飛了出去，高速撞擊在對面的山岩上，宛如釘子一樣楔入其中。

瞎子喃喃道：「那大圓盤是個什麼東西？直徑有十米吧？」

羅獵點了點頭道：「應當小於十米，如果我的判斷沒錯，先有圓盤而後有銅門。」

瞎子道：「這圓盤是什麼？」

羅獵道：「只有實地考察才能知道。」

瞎子倒吸了一口冷氣道：「你要過去？」

羅獵道：「咱們先去老張那邊看看，他們有什麼發現。」

張長弓幾人循著壕溝也已經找到了盡頭，盡頭處是一個大坑，裡面有許許多多的金屬殘片，張長弓抓起其中的一塊，那塊殘片大概有磨盤般大小，可是握在手中卻很輕，陸威霖舉起手槍瞄準其中的一片開了一槍，子彈射中金屬殘片發出一聲尖銳的鳴響，金屬殘片被彈射出三米開外，陸威霖走過去將殘片撿起，發現殘片上甚至沒有留下丁點的彈痕，金屬材質雖然很輕但是強度很大。

陸威霖心中暗歎，如此強大的金屬居然可以分裂成這個樣子，足見導致它毀滅的撞擊何其強大，不過從現場看，這物體的損毀應當不是撞擊所致，他們所在的大坑更像是爆炸生成。

海明珠道：「這金屬是什麼？我從未見過。」

老安從地上撿起了一個水杯，水杯完整沒有任何的形變，水杯上印著一行字，老安不認得其中的文字。

海明珠從他手裡要了過來，她雖然讀過幾年私塾，可認字也不算多，看到上面彎彎曲曲的字體不由得撓頭道：「這上面好像是洋文。」

張長弓對洋文更是一無所知，陸威霖雖然懂得一些英文，可這水杯上分明不是英文，他苦笑道：「拿給羅獵看看，他見多識廣，興許認得。」

說曹操曹操就到，羅獵帶著他們那隊人馬已經來到。

羅獵對那些金屬碎片的興趣顯然要比地玄晶更大，在仔細觀察了那些金屬碎片後，羅獵做出了初步的判斷，這些金屬殘片應當屬於大圓盤，他從未見過此類的金屬材質，也就是說這種金屬或者是某種合金並未在當今的時代廣為應用。能夠導致這金屬物體解體碎裂的也應當不是撞擊，很可能是來自於其內部的爆炸。

陸威霖將印有文字的杯子遞給他，羅獵看了看那文字，也是一頭霧水，心中暗忖，難道這些東西也是來自於未來的文明，可在父親留給他的記憶中，並沒有來過這一區域的經歷。

想要解開謎題，可能要從另外一側相對保存完整的圓盤入手。

圓盤距離對岸最近的距離也有近二十米，想要抵達圓盤附近，首先就要跨過這道深淵，因為缺少可供攀爬的繩索，必須先下行到水潭，然後才能從水潭游到對面，沿著遍佈瀑布的岩壁爬上去才能抵達。

論到攀援，張長弓顯然是其中最厲害的一個，可是他水性不行，沒有能力游過水潭，所有人中，綜合能力最強的就是羅獵，羅獵自然當仁不讓地接下了這個任務。

羅獵活動了一下肢體，和同伴簡單交代了一下，張長弓挑選了一處下降坡度稍緩的地方，指引羅獵由此向下攀爬。

陸威霖端起步槍，瞄準鏡追逐著羅獵的行動，為他掩護，避免他的周圍會出現突發狀況。

瞎子仍然想著剛才所遇的那男孩，總覺得眼前的平靜只是暫時的，在他們看不到的地方一定潛伏者許多的未知生物，不知何時會向他們發動攻擊。

葉青虹來到瞎子身邊小聲道：「剛才是不是有人跟你們一起進來了？」

瞎子也沒否認，點了點頭，葉青虹並沒有追問，猜到那人應當是鳴鹿島上所遇的怪人，不過現在已經能夠初步斷定那人對他們並無歹意，羅獵應當不是單獨行動。

羅獵下行一段距離，就聽到一旁傳來聲音，舉目望去並未看到任何身影，不過內心卻感覺到有人的存在，他知道一定是安藤井下和自己一起下來了，笑道：「不放心我？」

安藤井下沒有說話，單手摳在岩石的縫隙中，另外一隻手還不忘掏出羅獵給他的香煙，煙盒裡面如今只剩下了一支，安藤井下將那支煙叼在了嘴裡，並沒有捨得點燃。

羅獵從飄浮的香煙確定了他的具體位置，低聲道：「有沒有聽說過掩耳盜鈴的故事？」

掩耳盜鈴，欲蓋彌彰，安藤井下懂得羅獵是在說自己沒有隱身的必要，他的存在已經不是秘密，安藤井下並非是要隱身，真正的原因是他不想引起太多的關注，也不想和其他人做太多的交流。

崖壁變得越來越陡峭，羅獵距離上方越來越遠，他的身體已經進入了水汽之中，陸威霖收起了槍，就算他把眼珠子瞪出來也看不到水汽中的羅獵，目標都看不到還談什麼掩護。

瞎子揚聲道：「羅獵，如何？到底了嗎？」

羅獵身在迷濛的水汽之中，聽到瞎子的聲音，回應道：「就快了。」他目前雖然還看不到下方的水面，可是內心中卻有了感應，這種感應也並非毫無根據，而是根據瀑布落水的聲音，以及下方激射出的水珠來判斷。

最大的變化還是來自於安藤井下，原本隱形的他在水汽中居然被勾勒出了一個清晰的輪廓，這下才真正對應了羅獵所說的掩耳盜鈴。

羅獵終於看到了水面，因為並不知道水潭內有無危險，他不敢直接跳進去，嘗試利用自己超人一等的洞察力感知周圍能量的存在，除了他和安藤井下，他並沒有感覺到其他的異常。

安藤井下率先進入水中，他現在已經沒有了隱身的必要，潭水是淡水無疑，安藤井下先飲了兩口，然後向對面游去。

羅獵隨後下水，兩人的水性都不錯，很快就已經來到中途，瀑布就在他們的前方，從潭底的角度更感覺到瀑布飛流直下的雄渾氣勢，水流入注，激射到潭水之中，水流從高處沖落引起宛如悶雷般的轡聲，身處潭水之中更覺動人心魄。

水潭中波濤蕩漾，潭水冰冷刺骨，羅獵雖然竭盡全力仍然無法和安藤井下在水中的速度相比，安藤井下來到水潭中央的時候，突然感覺到手臂有些異樣，低頭望去，卻見手臂上沾了一隻透明的水母，安藤井下伸手將之抓掉，卻不曾想那水母居然能夠放電，安藤井下感到一股針刺般的疼痛，他扯下水母扔了出去。

此時從水下一朵朵透明的美麗生物升騰而起，它們目標明確，迅速聚攏在安藤井下身體的周邊，安藤井下初始時不以為然，畢竟他的體外佈滿鱗甲，刀槍不入，甚至連子彈都無法洞穿，又豈能怕這些柔弱的小生物。

可沒成想，那些水母雖然看似美麗，卻一個個擁有放電的功能，吸附在安藤井下的周身，就開始接二連三的放電，如果只是一個，安藤井下也能夠承受，可簇擁在他身邊的水母竟有數千隻，這數千隻水母同時放電，讓安藤井下周身頓時陷入麻痹之中。

羅獵在後方看得清清楚楚，其實他的身邊也有不少的水母飄蕩，可是那些水母並沒有向他靠近，所有的水母都將安藤井下當成了唯一目標。

羅獵意識到這一點後，全力向安藤井下游去，安藤井下此時已經周身麻痹，手足無法動彈，緩緩向水潭內沉去，水母如同一個個的小燈泡將水底世界照亮。

羅獵距離安藤井下還有兩米左右的時候，前方光芒大盛，羅獵定睛望去，卻見水底冉冉飄起一個巨大的透明水母，那水母頂蓋的直徑要在五米左右，飄曳的透明觸角宛如長繩一般將已經麻痹的安藤井下纏住，閃電般拉入自己的口中。

羅獵眼看就要抓住安藤井下，卻又中途生出變故，安藤井下被那巨大的水母吞入體內。

羅獵看到安藤井下遇險，自然不會無動於衷，全速向水母衝去，潭水之中密密麻麻宛如落英的小水母，卻在羅獵面前紛紛閃避，羅獵搶在那巨大水母將安藤井下拖入水底之前一把抓住了牠的觸角，一道藍色的電流從巨型水母的身上沿著觸角迅速傳導了過去，羅獵感到手臂一麻，這股電流一直傳達到了他的大腦。

自從天廟決戰之後，羅獵的腦域世界彷彿籠上了厚厚的雲層，這雲層來源於他的內心，正是他的自我封閉所致，羅獵一度曾經嘗試去窺探安藤井下的腦域世界，然而那次也等於揭開了他仍未癒合的傷疤。

來自於水母的電流，撕裂了籠罩在羅獵腦域世界上空的烏雲，一頭蒼狼孤獨地傲立於荒漠之上，牠抬起頭，深灰色的眼珠追逐著撕裂雲層的閃電，雨點從烏雲開裂的縫隙中傾瀉而下，蒼狼抖落了身上的雨滴，迎著暴雨追逐著躍動的閃電狂奔。

羅獵在瞬間的麻痹過後清醒了過來，他左手抓住水母的觸角，揚起右手的短刀猛地揮落，這一刀將水母透明的觸角斬斷，巨型水母的身體驟然收縮，體內的安藤井下因此而被裹緊。

羅獵繼續衝了過去，短刀刺入水母的頂蓋，巨型水母的周身電光流淌，所有的電光彙集於牠的傷口處，沿著短刀傳到羅獵的體內。

強大的電流循著羅獵的神經直達他的腦域，如果是普通人，只怕早已被這瞬間的強電流給當場擊斃，而羅獵不但擁有著堅韌的神經，更擁有一顆超越常人的強大腦域。

蒼狼追上了閃電，雙爪抓住那道躍動的閃電，將之用力撕扯下來，閃電猶如長蛇，竟然被蒼狼從烏雲中剝脫，丟棄在空曠的荒漠中，紅色的沙燃燒起來，荒漠上火焰燃盡變成了黑色的土壤，土壤內冒出了點點綠意。

裂開的烏雲中陽光透射進來，撥雲見日，土壤內的綠意因陽光的到來而迅速生長，茵茵綠草，百花盛開，蒼狼悲涼的眼神也變得平和溫柔，牠低下頭去，小心嗅著花香。

羅獵的周身在劇烈顫抖之後，再度揚起匕首，猛地插入水母的頂蓋，一道藍色的強電從匕首傳入了水母的體內，那巨型水母因這道強電周身變得異常明亮，電光中牠透明的身軀開始膨脹，最終因無法承受而爆裂。

巨型水母粉身碎骨，那一顆顆的小水母樹倒猢猻散，一個個瞬間逃逸了個乾乾淨淨。安藤井下的身軀脫離了水母的束縛，羅獵抓住了他，安藤井下目睹了整個過程，他雖然清楚發生了什麼，可是周身的麻痹一時間仍然無法恢復。

幸好有羅獵，羅獵對他不捨不棄，帶著他游到了瀑布所在的那面崖壁。

對岸傳來瞎子緊張的呼喊聲：「羅獵，聽得到嗎？」

羅獵抹去臉上的水痕，大聲道：「沒事！我沒事！」

羅獵的中氣雖然充沛，可是仍然被瀑布的奔流聲干擾的斷斷續續，儘管如此，對岸的人也基本聽清，他們懸著的心稍稍放了下來，瞎子笑道：「我就說他沒事，羅獵這小子運氣實在是太好。」

葉青虹瞪了他一眼道：「照你說他沒什麼本事嘍。」

瞎子道：「我可沒說，本事有，可他的本事不如運氣。」

海明珠道：「別這麼說，我看羅獵最厲害的是膽色，至於運氣，你運氣比他更好。」

瞎子向張長弓苦笑道：「老張，我好像不招女人待見。」

陸威霖道：「把女字去掉。」

去掉之後就是不招人待見，瞎子歎了口氣道：「我得好好反思一下，我人緣何時變得那麼差？」他朝老安看了一眼，發現老安的目光在關注海明珠，向來冷漠的老安居然流露出難得一見的溫柔目光，瞎子感覺老安有點不對頭，趁著陸威霖去一旁巡視的機會，將自己的發現告訴了陸威霖：「威霖，你覺得老安是不是有點不對頭？」

陸威霖道：「興許他良心發現呢。」

瞎子搖了搖頭道：「我說的不是這個，老安對海明珠有點好得過分，此前還將她當成仇人看待恨不能殺之而後快，你不覺得這轉變實在是太快了嗎？」

陸威霖想了想道：「興許他是裝的呢。」

瞎子歎了口氣道：「人頭豬腦，裝的我會看不出？我總覺得有些不對。」

「哪裡不對？」

瞎子道：「你說老安該不會對海明珠產生了非分之想，喜歡上她了吧？」

陸威霖轉身看了看遠處的老安，發現老安的目光仍然不離海明珠左右，也皺了皺眉頭道：「真要是這樣，也藏不住。」

安藤井下躺在濕漉漉的岩石上，好一會兒身體才恢復了感覺，那些水母體型雖然不大，卻給他造成了不小的麻煩，羅獵從他這次的遭遇看出安藤井下雖然擁有著幾乎刀槍不入的身軀，可是這超強的防禦力下並不是沒有弱點可言，他害怕電擊。

安藤井下向羅獵點了點頭，以此來表達感謝之情。

羅獵道：「你在這裡等我，我先上去看看。」他指了指右上方，那巨大的圓盤就在他們的右上方，不過想要接近圓盤還需攀爬十五米左右的崖壁。

安藤井下搖了搖頭，表示自己的身體並無大礙，他從腰間取下一個油布包，裡面有他珍藏的最後一支香煙，羅獵笑了起來，這種時候還不忘抽煙，安藤井下才是一個不折不扣的老煙鬼。

羅獵取出打火機幫安藤井下將香煙點燃，安藤井下抽了兩口又小心將煙掐滅，因為只剩下這一支，所以才格外珍惜。

羅獵笑道：「等離開這裡，我將私藏的雪茄全都送給你。」他決定趁著這次的機會將煙戒掉。

安藤井下居然向他伸出了右手的小指，羅獵愣了一下馬上就明白了他的意思，笑著和他勾了勾手指，這算是一個承諾。

安藤井下經過短暫的恢復，兩人一起向上方的圓盤攀爬，想要抵達圓盤，必須要穿過上方奔流而下的瀑布，這就為他們的行動增添了許多的難度，稍有不慎就會被瀑布湍急的水流沖下水潭。

兩人緊貼著濕滑的岩壁，安藤井下因為身體構造的緣故，尖銳的手爪可以更穩固地抓住岩峰，他讓羅獵爬行在自己的前方，萬一羅獵失手，自己還可以及時將他抓住。

兩人一前一後，足足耗去了二十分鐘方才來到那大圓盤的下緣。

瞎子在對岸已經看到了兩人的身影，他拍了拍陸威霖，陸威霖用瞄準鏡觀察，看到羅獵的身邊還有一人，瞎子道：「我恩公。」

圓盤的材質和此前在另外壕溝中發現的金屬碎片一致，因為經年日久的緣故，圓盤上佈滿青苔，只有來到近前方才看清圓盤並非是直接嵌入石壁中，在圓盤和石壁結合的地方有一個山洞，圓盤剛好嵌入了洞口之中，所以才歷經多年瀑布水流的沖刷都未曾有所鬆動。

安藤井下先爬到了洞內，然後伸手將羅獵拉了上去。

站在洞內向外望去，洞口被瀑布的水簾遮擋，從外面根本發現不了這個隱藏的洞口，羅獵道：「該不會是到了孫悟空的水簾洞？」他的聲音久久迴盪，應當和這山洞的結構有關。

安藤井下摸了摸那巨大的圓盤，不知這金屬圓盤有什麼作用。

不知是不是因為剛剛承受水母電擊的緣故，羅獵的腦細胞空前活躍起來，超人一等的感覺正在復甦，有些事其實他一直都沒有遺忘，也不可能遺忘，羅獵用手掌拂去青苔，看到上方一行類似於茶杯上的文字。

方舟九號！羅獵的腦海中浮現出這四個字，這奇怪的文字剛才他還一無所知，可現在他卻從自己的腦域中搜索到了有關的知識，父親在自己體內種下智慧種子的同時也將知識和許多關於未來的記憶種在了自己的體內，但是智慧種子蘊含的龐大駁雜包羅萬象的資訊需要時間去慢慢接受。

羅獵甚至想過父親在自己的體內種下這顆種子的時候並未充分考慮到自己身體的承受能力，換成別人很可能會因為智慧種子不斷揮發的能量而崩潰。

這些圓形的金屬盤是來自於外太空的某種神秘飛行器，根據羅獵的記憶資料，西元一九四七年起因阿諾德事件飛碟一詞走紅，然後在世界各地就先後發現了類似於這種金屬圓盤的飛行器，目睹飛碟事件層出不窮，到了二十世紀七十年代飛碟說達到了前所未有的高度。

可後來誰也拿不出真正的實例，飛碟的熱度也漸漸退燒，可在羅獵關乎於未來的記憶中，飛碟是真實存在的，當時幾個超級大國都曾經俘獲並得到了飛碟的樣本。但是因為這種來自外太空的飛行器涉及到太多的秘密，所有政府不約而同地將之列為最高機密並嚴密封鎖了消息。

父親所在的中華太空總署一共發現了五隻飛碟，經過長時間的破譯方才解開部分的秘密，這其中就包括了飛碟內的文字，而這五隻飛碟也被他們用方舟一號到五號來命名。

羅獵眼前的這艘飛船是太空總署一直沒有發現過的，這艘飛船保持得非常完整。復甦的記憶讓他得到了一個非常重要資訊，正是因為方舟的發現，太空總署方才從中破解了資訊，得知這些飛碟在地球的出現和尋找九鼎有著直接的關係，派出以父母為首的七人小組就是為了逆轉時空亡羊補牢，避免有可能循跡而至的外星敵人。

安藤井下重重拍了拍飛碟的外殼，他對內部的結構充滿了好奇，可是卻不知應當如何進入其中。

羅獵道：「這東西叫飛碟，可以飛的盤子！」

安藤井下因羅獵的解釋而露出一個古怪的笑容，羅獵道：「通常他們開啟艙門的地方位於這裡。」他用短刀刮去飛碟外面的青苔，露出金屬板之後，羅獵用刀尖從縫隙，撬開了表面的一小塊獨立的金屬板，這裡有一個應急手控開關，羅獵找到把手用力下壓。

飛碟從內部產生了震顫，似乎突然之間就恢復了生命，想要從這山洞中用力掙脫出去。

安藤井下出於本能，向後接連退了幾步，卻見那飛碟的底部緩緩擴展開來，原來其底部是一個可以旋轉開合的大門。

羅獵道：「這東西應該已經廢棄了。」據他所知，太空總署找到的所有飛碟全都損毀嚴重，通常飛碟在墜落或被俘之前都會啟動自毀裝置，他們剛才看到的金屬碎片就是另外一艘飛碟自毀留下的殘骸。

這艘方舟九號不知什麼原因自毀沒有成功，安藤井下看到飛碟的入口感覺這入口如同怪獸的一張大嘴，竟然從心底產生了畏懼感。

羅獵笑道：「這飛碟在這裡存在了可能幾百年，也可能上千年，裡面就算有生命也已經死絕了。」

安藤井下點了點頭，看到羅獵已經先行進入了飛碟之中，也趕緊跟了上去，羅獵打著火機，飛碟內部果然如他預料那般損毀非常嚴重，在駕駛艙的位置，坐著一具骨骸，那骨骸明顯不屬於人類，最大的區別在於骨骸的背部，死者生前應當生有一對翅膀。

儀表盤全都損毀，地板上到處都是各類碎片，羅獵找到底艙的位置，用力拉開艙門，進入底艙，首先看到的就是兩個巨大的玻璃容器，容器裡面是兩具赤裸的人類屍體，羅獵被嚇了一跳。

借著光芒望去，那兩人一男一女，都被泡在液體之中，液體應當擁有防腐的作用，兩人樣貌栩栩如生，從男子的長辮來看應當是清朝人。

羅獵心中暗怒，這對無辜的男女顯然是被俘獲的獵物，用來作為標本之用，單從這點來看，飛碟的操縱者顯然不是什麼善類，更不是抱著和平與友好而來。

底艙內還有不少標本，隨後進入的安藤井下也氣憤地發出一聲怒吼。他雖然是日本人，可在這一點上和羅獵同樣會為人類而不平。

看到標本仍然保持完整，羅獵基本上就斷定這艘飛碟的底艙保持完好，在底艙的後半部分分割出一個裝備間，羅獵從中找到了一些可用的裝備，兩身銀色的防護服，防護服各自配有一個頭罩，背部有一個長方形的匣子。作用不明，防護服也不知是用何種材料製成，表面紋理粗大如同一顆顆的珍珠，乍看上去有些像珍珠魚皮，不過要柔軟得多。

裡面並沒有找到武器，不過有三個裝有應急求生裝置的背包，從中找到手電筒，羅獵打開開關，光芒刺眼奪目，光柱頃刻將整個底艙內部照亮。

他們重新返回駕駛艙，安藤井下來到那駕駛員的骨骸前，看到那駕駛員的一雙手掌內似乎有東西，他本想掰開駕駛員的手指，卻想不到這輕輕一掰，整具骨骼都散落了下去。手掌內的東西掉落下去，羅獵眼疾手快，一把接住，定睛一看，那東西有點像他此前的探測儀只不過更大一些，螢幕上一片漆黑，顯然是能源耗盡。

安藤井下湊過來好奇地看了看，羅獵擺弄了幾下，確信無法點亮，暫時將之收好。

重新爬到了飛碟外面，羅獵檢查了一下他們目前最大的收穫，那三個求生背包裡面有不少應急求生裝置，那只槍形的工具是鋼索槍，可以發射出鋼絲，鋼絲雖然很細可是極其堅韌，足以同時承受五個成人的身體重量，利用這只鋼索槍可以凌空飛渡。

當下他們就可以派上用場，羅獵利用鋼索槍瞄準了對面的石壁射了出去，鋼索槍的錨頭深深嵌入對面岩壁之中，羅獵又將這一頭固定。

陸威霖第一個利用鋼索飛渡，方法也是極其簡單，只需用手套或布裹好雙手，然後攀援這細細的鋼索，雙臂交替行進，剛開始的時候陸威霖還擔心這細細的鋼索無法承受自身重量，不過很快他就放下了疑慮，順利跨越水潭來到羅獵的身邊。

安藤井下在他到來之前又進入了隱身狀態。

眾人按照陸威霖的方法一個個成功來到羅獵的身邊，羅獵啟動鋼索槍的回收裝置，錨頭脫離對面的石壁，鋼索回收到槍內。張長弓對鋼索槍精妙的工藝讚歎不已，瞎子指著地上的兩套衣服道：「這魚皮一樣的東西是什麼？」

羅獵指了指飛碟道：「裡面找到的，到底有什麼用處我也不清楚。」

眾人圍著那飛碟觀看之時，老安來到山洞入口，伸出手去掬起清涼的淡水，大口大口的飲下，海明珠不知何時來到他的身邊，小聲道：「這水太涼，也不知乾不乾淨，你少喝一些。」

老安還是頭一次聽到女兒這麼關心自己，一時間激動地不知說什麼好，連連點頭道：「嗳！」

葉青虹摸了摸那魚皮一樣的衣服道：「像是潛水服啊，這背後的長匣子裡面裝的該不是氧氣吧？」

羅獵覺得有些道理，不過現在沒時間研究這些，他向眾人道：「這山洞很深，要不要繼續往裡走？」

海明珠道：「當然要，咱們現在出去也沒有船，雖然不知這裡通往何方，可畢竟找到淡水了，說不定真可以找到寶藏呢。」

瞎子歎了口氣道：「還不知能不能活著逃出去，找到再多寶藏有個屁用？」

海明珠被他搶白了一通不由得怒道：「你……」

老安搶先道：「你嘴巴放乾淨點，人家是女孩子。」

張長弓也道：「也不能這麼說，說不定可以找到食物呢。」

瞎子看到居然有兩個人跳出來幫助海明珠，頓時有種孤立無援的感覺，看了看羅獵，羅獵只當什麼都沒發生，陸威霖更是不願蹚渾水，至於葉青虹，她眼裡只有羅獵，自己的死活跟她都毫無關係，瞎子唯有選擇吃癟，咽下這口氣，指了指那應急行囊道：「老張，你背著！」這就是他的陰險之處，重色輕友，這求生行囊裡東西不少，累死你。

一群人短暫休息之後，重新上路，雖然他們暫時沒有離開的希望，可情況似乎在好轉，至少已經解決了最為迫切的飲水問題，而且羅獵又找到了求生行囊，獲取了那麼多的求生工具。

和心愛的人一起歷險非但不會感到害怕，反而還會有種新奇和刺激的感覺，海明珠如此，葉青虹也是如此，她發現羅獵是個天生的冒險家，向來善於封閉感情的他也只有在冒險的時候，才會表露出對自己的關心。

海明珠感到的是幸福，在剛才和瞎子發生口角的時候，有兩個男人跳出來為自己說話，這種感覺前所未有，她偷偷看了看老安，他對自己的關心絕不是偽裝，海明珠感覺自己已經不再害怕他，可是一想起他跟自己說過的那番話，海明珠又從心底想要抗拒，她無法接受，自己的父親怎麼突然成了她的仇人，而眼前的這個乾癟老頭兒卻突然變成了自己的父親。

羅獵利用手電筒照亮前方的道路，所有人都意識到他們在一路向下，根據他們所經過路程判斷，他們現在肯定在海平面以下，即便是外面開始落潮，他們也在海面之下。

張長弓道：「這裡和外面的火山口相通嗎？」

羅獵搖了搖頭，他不清楚。

陸威霖笑道：「該不會真的通往東海龍宮？」

瞎子道：「這麼說咱們還得做好大戰蝦兵蟹將的準備。」

羅獵突然停下了腳步，因為他看到了前方的人影，一個瘦小的人影，從背影看應當是個小男孩，瞎子也辨認出這小男孩正是此前攻擊自己的那個，他壓低聲音道：「我就說沒有騙你們。」

那小男孩背身向著眾人，羅獵用手電筒的強光鎖定了他，他的肌膚蒼白沒有血色，可下半身卻生滿了魚鱗一樣的鱗片，擁有著一雙和體型極不相稱的大腳。

小男孩緩緩轉過身來，他的眼睛因遇到強光而變成了血紅色，突然他張開了嘴巴，爆發出一聲銳利至極的尖叫，尖叫聲如同鋼針般刺痛了每個人的耳膜，葉青虹下意識地捂住了耳朵，可是仍然無法阻擋那尖銳的聲音傳入，其他人也和她一樣遭受著這痛苦的折磨。

第五章

實驗失敗品

安藤井下離開他們有一段距離，不過他們的對話也聽在耳中，
自己和那侏儒何嘗不是同病相憐，看來那侏儒和自己一樣，
應該都是實驗的失敗品，不過至少自己還保持著理智，
從這一點上來看自己比這侏儒還要幸運些。

小男孩一邊尖叫一邊向他們衝了過來，陸威霖一手捂著耳朵，一手舉槍欲射，羅獵大吼道：「不要開槍！」

斜刺裡一個魁梧的身影衝了出去，卻是張長弓，他一拳擊中了那小男孩的下頜，聲音中斷，小男孩的身體橫飛了出去，然後重重落在了地上，他堅強地爬了起來，準備逃走的時候，雙手卻被一雙無形的大手抓住，安藤井下及時出手將他制住。

眾人多半還沒有從尖叫的震撼中恢復過來，張長弓受到的影響很小，他擔心那男孩再發出雜訊，用布條將他的嘴巴封住，張長弓道：「謝謝！」看著似乎他跟空氣在說話。

安藤井下知道對方已經察覺到了自己的存在，在張長弓完全控制住那男孩之後，他退到了一旁。

羅獵和瞎子兩人來到那男孩身邊，卻見男孩的脖子上戴著一個金屬銘牌，羅獵拿起一看，不由得皺起了眉頭。

瞎子也接過來看了看，上面刻著日文，他並不懂得。

羅獵道：「上面有他的年齡血型性別，他應當屬於藤野家族，還有……」羅獵停頓了一下方道：「他已經三十三歲了。」

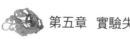

三十三歲要比在場多半人都大得多，這男孩，不，確切地說應該是個男人，一個可能得了侏儒症的男人。

陸威霖道：「藤野家族，難道他是藤野家族的一員？」

羅獵抿了抿嘴唇，他想起了藤野忠信，藤野忠信曾經在新滿營製造混亂，而藤野家族中的藤野誠一也曾經從天廟帶走了一本《黑日禁典》，根據蘭喜妹所說，那本《黑日禁典》內記載了昊日大祭司畢生修煉的功法，藤野家也因為這本禁典而再度興旺發達。

從羅獵和藤野忠信的交手經歷來看，那本《黑日禁典》更像是一本魔法大全，藤野忠信通過那本書可以對別人的精神進行控制，還可以進入隱身狀態，甚至能夠驅馭殭屍，這些可不是一般人能夠做到的。

眼前的這個侏儒所帶的銘牌無法證明他就是藤野家的人，只能證明他和藤野家有關係，興許他只是藤野家的一個實驗對象。如果是後者，那麼另外一個問題又擺在了面前，藤野家應當在他們之前就來過這裡，或許在這座小島上還進行過實驗。

那侏儒喉頭發出野獸般的嘶嘶聲，他掙扎了好一會兒方才放棄，終於接受了被張長弓控制的事實。

羅獵道：「你會說話嗎？」

侏儒因為嘴巴被堵住，所以用力搖了搖頭，羅獵判斷出他能夠聽懂自己的話，盡可能和顏悅色地說道：「這裡還有沒有其他人？」

那侏儒又搖了搖頭。

羅獵道：「我們不會傷害你，不過你也不可叫嚷好不好？」

侏儒依然搖了搖頭。

瞎子道：「我看這廝是個傻子，不管你說什麼他只懂得搖頭。」

葉青虹望著那侏儒道：「他一定吃了不少的苦，也不知道他一個人究竟是如何活下來的。」

陸威霖道：「人的求生意志很強，只要心中希望不滅，就會克服任何的困難，在任何惡劣的情況下都能堅持下去。」

安藤井下離開他們有一段距離，不過他們的對話也聽在耳中，自己和那侏儒何嘗不是同病相憐，看來那侏儒和自己一樣，應該都是實驗的失敗品，不過至少自己還保持著理智，從這一點上來看自己比這侏儒還要幸運些。可是另一個問題馬上困擾到了安藤井下，他是追風者計畫的全程參與者，也是實驗的主要實施者，他並不記得在這裡進行過此類的實驗，而且更沒有和藤野家打過交道。

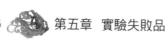

海明珠仍然耳鳴，她心有餘悸地望著那侏儒道：「他的嗓子好尖，剛才就像是一根針插入我腦子裡一樣。」

其他人其實也跟她的感覺差不多，張長弓道：「如何處置此人？」

這侏儒雖然攻擊過他們，可是並未給他們造成太大的損失，如果殺了他手段未免太過殘忍，可如果放了他，又擔心這侏儒會故技重施，別的不說，單單是他的尖叫聲就足夠他們所有人頭疼了。

依著老安的意見倒不如一槍將之擊斃，以防後患，可他的意見遭到了眾人的反對。

羅獵伸手摸了摸那侏儒的腦袋，盯住他的雙目，一旁靜靜觀察羅獵舉動的安藤井下突然明白，羅獵是因何知道了關於自己兒子的事情，此前羅獵正是用同樣的方法侵入了自己的腦域，讀到了他的意識。

羅獵看到了一個支離破碎的腦域世界，破碎到他無法找到進入其中的途徑，他很快就放棄了嘗試，這侏儒並沒有正常人的理智，侏儒望著羅獵，忽然他的身體抽搐了起來。

羅獵心中一驚，以為侏儒急病發作，可那侏儒用力掙斷了束縛他的繩索，張長弓衝上去想要將他再度控制住，那侏儒卻猛地向張長弓衝去，以身體將張長弓撞翻在地，然後手足並用，向遠方逃去。

陸威霖舉槍瞄準那侏儒射去，羅獵出聲阻止已經來不及了，子彈射中侏儒的右臂，卻未能穿透侏儒體表的鱗甲。

安藤井下下意識地撫摸了一下自身手臂上的鱗甲，侏儒身上鱗甲的堅硬程度不次於自己，不過那侏儒剛才竟然完成了從小到大的變身過程，自己雖然能夠隱身，但是並不具有自如變化身形的能力。

老安懊悔不迭道：「早說讓你們殺了他，那東西跑出去若是找來同伴，豈不是要給咱們製造巨大的麻煩。」

葉青虹道：「他畢竟是一條生命，怎麼可以不分青紅皂白就殺了他？」

老安冷哼一聲道：「婦人之仁！」

葉青虹怒道：「你說什麼？」

海明珠主動當起了和事老：「大家都是自己人，這種時候不可傷了和氣。」

羅獵手中仍然拿著從侏儒身上得來的金屬銘牌，銘牌上有兩個時間，一個時間應當是侏儒的出生日期，另外一個時間刻的是二十年前，羅獵心中暗忖，這個時間難道是侏儒接受實驗的時間？如果他接受實驗已經有二十年，那麼他就不可能是追風者計畫的產物，畢竟追風者計畫是以麻博軒的血液提煉物為基礎，二十年前，麻博軒還未踏足九幽秘境，更沒有受到神秘物質的感染，以至產生變異。

羅獵又想起了那本《黑日禁典》，藤野誠一從天廟盜走了《黑日禁典》，那本書中到底記載了什麼？據說正是因為那本書才讓藤野家族實現了復興，從羅獵接觸到的藤野忠信來看，此人的身邊就集結著一群擁有特殊功能的忍者，難道這些忍者的超能力都和這本書有關？

前方道路越走越是狹窄，很快就只能容納一人通行，瞎子走在最前方負責探路，羅獵緊隨其後，張長弓負責殿後。

瞎子感覺周圍越來越冷，禁不住縮了縮脖子道：「都說地下冬暖夏涼，可這裡怎麼如同冰窟似的，越來越冷，這樣走下去，只怕咱們要被凍成冰棒了。」

後方傳來海明珠抱怨的聲音道：「實在是太冷了……阿嚏……阿嚏……」

老安始終跟在女兒身後，聽到她噴嚏的聲音，趕緊將自己的外套脫了下來，遞給海明珠道：「你披上，別凍著。」

所有人都已經看出老安對海明珠非同一般的關心，葉青虹看在眼裡，不知為何想起了自己的父親，若是父親在世會否也像他這樣做？答案顯然是否定的，葉青虹的印象中並沒有太多父女之間的互動，她只是瑞親王的一個私生女，一個見不得光的女兒，如果不是因為父親落難，興許她永遠不會知道親生的父親是誰。

葉青虹又想起了穆三壽，這個昔日的義父，她的殺父仇人，在他死後，恩怨了斷，葉青虹卻又時常念起他對自己的好處，人生就是這樣，處處充滿著矛盾，恩怨難辨，永遠沒有了斷。

羅獵悄悄將自己的外衣遞到葉青虹的面前，葉青虹抬起頭，只看到羅獵的背影，淚水卻無聲落下。

瞎子聽到陣陣濤聲，這聲音應當是海浪，他心中不由得大喜過望，以為這條路一直通往海邊，腳下的步伐不由得加快，可因為前方的縫隙愈見狹窄，不得不側身吸腹才從縫隙中堪堪擠過去，過了這最為狹窄的一段，前方寬闊了不少，瞎子邁開大步向前走，卻不曾想，腳下變成了晶瑩光滑的冰面，身體處在冰洞之中，瞎子的腳剛剛落在冰面上，就是一滑，身體失去平衡，哧溜一聲一屁股坐在了冰面上，然後沿著傾斜的冰面向下方滑去。

瞎子此時想到的只有一失足頓成千古恨，他怎麼能想到腳下居然那麼滑，羅獵想要抓住他也來不及了，只聽到瞎子叫了聲娘哦！然後就沿著冰面瞬間滑了個無影無蹤。

羅獵看到瞎子遇險也顧不上多想，擠出縫隙毫不猶豫地沿著冰面向下滑去，只聽到身後葉青虹的尖叫聲。

羅獵的頭腦要比瞎子清醒許多，他看清這是一個天然的玄冰滑道，滑道曲折迴旋傾斜向下，瞎子率先從滑道中飛了出去，這貨大聲慘叫著，抱著腦袋，也算是本能反應，最愛惜自己的臉面。

可惜這次是屁股先著地，瞎子一屁股坐在地上，感覺地面鬆軟，竟然是沙灘，雖然如此，也被摔得屁股麻木。

羅獵在下滑的過程中掏出了兩柄飛刀，雙臂展開利用飛刀和兩側冰壁的摩擦強行將下滑的速度降低，他落下的速度比瞎子減緩了許多，在這樣的速度下他可以從容選擇落點，騰空一躍穩穩落在沙灘之上。

羅獵看到瞎子正坐在沙灘上，紅色的沙灘上宛如呆了一樣木然坐著。

羅獵低頭看到腳下血紅色的沙，聽到前方陣陣濤聲，抬頭望去，看到前方不遠處就是平靜溫柔的海，距離海岸不遠處停泊著一艘純白色的船，那艘船竟然是用人骨排列鑲嵌而成。

羅獵從未見過如此詭異的現象，他呆立在那裡，直到聽到身後冰洞中同伴焦急呼喚他們的聲音，方才如夢初醒地回應道：「我們沒事，下來吧！」

所有人看到眼前一幕的震撼都不次於瞎子，羅獵在紅色沙灘上坐下，右手抓了一把細軟的沙，眼看著細沙從指間緩緩滑落，記得西蒙來黃浦找自己時，他曾經進入西蒙的腦域，在西蒙的腦域世界，他看到了七色花盛開又燃燒，火焰照亮了黑暗，照亮了七色花賴以生存的土地，七色花紮根的地方是一片片的白骨，隨著七色花化為灰燼，累累白骨開始活動起來，相互拼湊成一具具完整的骨架。

重新站起的骷髏排成整齊的陣列，在陣列的中心，出現了一個黑色的背影，那背影緩緩轉過身來，露出一張慘白的面孔，絕美的輪廓不見一絲一毫的煙火氣，冰藍色的雙眸冷冷審視著身後。

金色的髮辮隨風舞動，一根根的髮辮幻化成為金色的小蛇。

骷髏排列在一起，用它們的身體組合成一艘巨大的白骨之船，那黑衣女子身軀緩緩升騰而起，來到了白骨大船的船首，她的手中撚起一朵七色花，湊在鼻翼前聞了聞。

白骨大船之下滲出黑色的血液。

黑血構成的海洋，漂浮著一具具白色的骨骸，它們努力掙扎著，卻不停向血水中沉去。

黑衣女子呵呵狂笑著，她的雙手揉碎了那朵七色花，任由花瓣隨風飄零，飄落在血的海面上。

波濤湧動，一條黑色的巨輪分開波濤從海底冒升出來，巨輪之上站著一名身穿滿清官員服飾的人，那人左手提著一顆頭顱，右手握著一柄血淋淋的長劍。

巨輪和白骨大船相向而行，彼此都沒有減速的意思，就在兩艘船即將撞擊在一起的剎那，血色海洋之中突然現出一個巨大的漩渦，這漩渦宛如一張巨口將兩艘船吞噬……海洋變成了血一樣的顏色，羅獵看到紅色海洋中飄著一個身穿白色婚紗的少女，那少女的眉眼如此熟悉，竟然像極了葉青虹……

羅獵用力搖了搖頭，竭力擺脫這可怕的夢魘。

他身邊的紅色沙灘上出現了兩行腳印，腳印很大超出常人許多，羅獵知道是安藤井下來到了自己的身邊，他低聲道：「你也從未見過血色的沙灘吧？」

安藤井下默默點了點頭，他在羅獵的身邊坐了下去，然後在沙灘上寫了一行字：「那大船是白骨堆積而成？」

羅獵道：「我曾經夢到過那艘船，船上站著一個美麗的女人。」

「女人？」安藤井下寫道。

羅獵抬起頭，微風從海面徐徐而來，透著寒冷，羅獵道：「興許一切都是圈套。」

不遠處傳來海明珠驚恐的聲音：「這不是海水，是血……」她的雙手捧起海水，發現那水是黑色還泛著血腥的味道。

一切都和羅獵在西蒙腦域中看到的景象相似，羅獵並不認為這一切是天註定，他產生了一個念頭，或許自己在西蒙腦域世界中看到的景象都是假像，西蒙從未來過這裡，有人改變了西蒙的腦域世界，讓他找到了自己，並透露給自己資訊，將自己引到這裡，或許從頭到尾只是一個精心設計的圈套。

艾莉絲已經死了，一個死去的人沒可能復活，這世上也不可能有什麼七色花的存在。西蒙不可能來過這裡，這樣的情景不可能出現在他的腦域之中。

安藤井下在沙灘上寫下一行字：「想抽煙嗎？」

羅獵愣了一下，看到空中漂浮著半支煙，卻是安藤井下一直沒捨得抽完的那半支，羅獵笑著搖了搖頭。

安藤井下又將香煙收起。

瞎子和葉青虹一起向這邊走來，安藤井下悄悄起身離開，在羅獵看來他的離開並無太多的必要，因為任何人都可以從腳印發現他的存在。

瞎子和葉青虹已經習慣了安藤井下的存在，瞎子道：「這裡和外面的大海應當是不相通的。」他的心中充滿著失望，也就意味著他們無法從這裡離開。

葉青虹道：「咱們是繼續往前走還是選擇回去？」從羅獵的目光中她已經找到了答案，回頭已經沒有可能，就算他們回到最初的落腳點，回到外面的沙灘上，也無法脫離困境。

羅獵深深吸了一口氣道：「兩手準備吧。」

葉青虹秀眉微顰道：「你的意思是……」

羅獵道：「我準備去那艘白骨船上去看看。」

葉青虹道：「我也去。」她的心中有了某種不好的預感。

羅獵笑了笑道：「你是個理智的女人。」他伸出手去輕輕落在葉青虹的俏臉上，望著葉青虹的雙眼，手指輕輕摩挲著她細膩柔滑的面龐，葉青虹沒料到他居然會當著瞎子的面做出如此親切的舉動，羞澀和欣喜之後卻又意識到羅獵正在用這種方式向自己告別，她抓住了羅獵的大手，美眸含淚而異常堅定地搖了搖頭。

羅獵道：「我不會讓你去。」

葉青虹緊緊抓住他的手：「告訴我，你看到了什麼？」

羅獵抿了抿嘴唇，他什麼都沒說，表情前所未有的堅毅，可是他悲愴的眼神卻出賣了他的內心。

葉青虹知道他一定預感到了不好的事情，而且一定和自己有關，否則他不會如此堅決拒絕自己同行。

葉青虹充滿傷感地笑道：「其實最理智的那個人始終都是你。」

羅獵道：「瞎子，把所有人都叫過來。」

羅獵的計畫是兵分兩路，一批人繼續前往白骨大船，登上大船，另一部分原地駐紮等待，登船的一組人由他帶領，瞎子、陸威霖同行，當然其中還有一個隱形的安藤井下。

另外一組人馬由張長弓帶隊，葉青虹、老安、海明珠四人就在這裡等著。

瞎子聽到羅獵的分配方案之後也只能感歎重色輕友，一遇到髒活苦活累活，肯定是兄弟衝在前方，抱怨歸抱怨，瞎子也不會臨陣退縮。

張長弓明白羅獵這樣安排的用心，之所以讓他留下主要還是因為他的水性不行，張長弓道：「這黑水不知有沒有毒，你們難道就這樣泅渡過去？」

羅獵向周圍看了看道：「這裡只怕找不到船。」

瞎子指了指張長弓身邊的兩隻救生行囊道：「不如檢查一下裡面還有什麼可用的東西。」

張長弓將裡面的東西一古腦倒了出來，裡面的東西雖然很多，可並沒有可以用來渡河的東西。

因為兩隻救生行囊中的東西幾乎一模一樣，羅獵留給了張長弓一個，另外一個隨身攜帶。

羅獵的肩頭被人拍了拍，卻是安藤井下，他在沙灘上寫了一行字，我背你們過去。

安藤井下在眾人商量的時候，自己已經悄悄進入這黑色海洋中游了一圈，確信這黑水對他的身體並無任何的腐蝕作用，這才主動提出要將羅獵幾人背過去。

羅獵第一個進入黑水之中，安藤井下在水中現身，讓羅獵踩在他的背上，展開雙臂破浪而行。

眾人看到羅獵踩在那怪人身上向白骨船行去，無不嘖嘖稱奇，其實他們早就覺察到隊伍中多了一人，只是因為安藤井下始終處於隱身狀態，所以並未和他多做交流。

瞎子對安藤井下最為感激，因為安藤井下已經接連救了他三次。

張長弓雖然曾經被安藤井下所傷，還差點丟了性命，不過他之所以能夠轉危為安也是拜對方所賜，更何況張長弓原本就是心胸豁達之人，看到安藤井下接連將幾人渡過，也不禁生出前往白骨船上一探究竟的念頭，大聲道：「先生，可否載我一程？」

瞎子蹲在安藤井下身上，雙手抓住他的肩膀，生怕一時不慎從他的背上跌落下去，聽到張長弓的聲音，瞎子大聲道：「你還是老老實實待在岸上吧，看好你的小情人。」

海明珠被瞎子說得害起羞來，啐道：「等你回來，看我不撕爛你那張嘴。」

羅獵和陸威霖已經沿著大船的白骨舷梯爬到了甲板之上，最初的時候，羅獵認為還存在這艘大船可能用類似白骨的材料製作而成，真正靠近的時候，方才敢確認，這艘船完全是用骨骸排列堆砌而成，用來攀爬的舷梯都是用人的肱骨連接而成，攀爬在人骨舷梯之上，從心底感到一股陰森的味道。

陸威霖雖然冷血，手下人命無數，可是來到這白骨船之上也是有些心寒，這艘船至少有上萬人的骨骼才能建成如此規模，也就是說這艘白骨船上存在著成千上萬個亡魂。

瞎子抓著舷梯向上爬去，生怕一不小心滑落下去，雙手死死抓住一根根的肱骨，感覺手心都快捏出汗來了。好不容易才爬到甲板上，安藤井下也隨後上來，他已經現出了真身。

陸威霖禁不住向他多看了兩眼，安藤井下因為他好奇的目光而憤怒起來，其實陸威霖並無惡意，可是在安藤井下的解讀卻認為他的目光充滿了挑釁和鄙夷，這是因為自卑所致。

羅獵敏銳地覺察到了安藤井下情緒的變化，微笑道：「威霖，忘了介紹，這位是安先生。」

瞎子聽到安先生不由得一愣，可馬上就意識到羅獵不可能把自己介紹給陸威霖，真是巧了，這次成了安家大聚會了。其實安藤井下不姓安，羅獵不方便暴露他的本來身分所以才省略稱呼。

陸威霖也感覺到了來自於安藤井下的森然殺機，心中暗歎，此人的殺機好重，經羅獵提醒，他頓時醒悟了過來，向安藤井下主動伸出手去：「安先生您好，我是陸威霖，很榮幸認識您。」

一句客氣謙恭的話足以讓安藤井下怒氣全消，安藤井下開始意識到可能是自己遠離人群太久，再加上外貌變化的緣故，關鍵還是心態，他再不是過去那個心高氣傲的學者，而是一個人見人怕的怪物。

瞎子主動過來拍了拍安藤井下的肩膀，安藤井下極其敏感的猛然轉過身來，瞎子笑道：「搞了半天咱們是本家，我也姓安，安翟！」

安藤井下點了點頭，他和陸威霖握了握手，這對他而言已經算得上歷史性的一步。

羅獵的話讓所有人回到現實中來：「你們有沒有感覺到，這艘船非常穩固，沒有任何的晃動？」

幾人經羅獵提醒方才意識到這件事，陸威霖點了點頭道：「不錯。」

瞎子道：「難道說這艘船已經擱淺了？」可即便是擱淺，也會因為海浪的起伏而發生微微晃動，而他們腳下的這艘白骨船卻是紋絲不動。最可能的解釋就是，這艘白骨船只是外形上是一條船，可實際上卻是建築在水上的建築。

瞎子道：「究竟誰那麼無聊，在這兒用白骨建了一艘船？」

羅獵道：「歐洲黑死病流行的時候，因為死亡的人數太多，歐洲的許多國家就利用人骨修建了人骨教堂。」人骨建築絕不是這裡的獨創。

瞎子歎道：「不看不知道，世界真奇妙，不知這船上有鬼沒有？」

陸威霖道：「話不能亂說，萬一被你說中豈不是麻煩。」

羅獵笑道：「不做虧心事不怕鬼敲門，再說鬼怕惡人，遇到你們兩個也是避之不及。」

瞎子哈哈笑了起來：「我可不是惡人，就算遇到鬼，最好是個女鬼，漂亮女鬼……」

「呵呵呵……」船頭處忽然傳來一連串銀鈴般悅耳的笑聲。

瞎子嚇得頓時停住了說話，他看了看兩旁，生怕是自己出現了幻聽，可看到其他人也是一臉嚴峻，馬上意識到自己沒有聽錯。

羅獵揮了揮手，示意四人分別從船的兩側包抄，瞎子和安藤井下沿著右側船舷繼續行進，羅獵則和陸威霖一起繞行到船舷的左側，他們躡手躡腳，儘量不發出聲息。

四人在船頭甲板重新會合，船頭甲板上空無一人，只立著一把大劍，那大劍長度達到了誇張的兩米，劍身寬闊接近一尺，劍刃的兩側都呈鋸齒形狀，劍鋒有小半插入甲板之中，這柄大劍無論從形狀還是鍛造工藝都並非來自東方。

瞎子道：「這是模型嗎？」他生出這樣的想法也是再正常不過，畢竟普通人無法使用這樣大的一柄劍。

羅獵留意到劍身正反兩面各自刻有一個人首蛇身的裸女雕像，頭頂生有數百條小蛇，小蛇盤繞在劍格之上，又一直延續到劍柄。

陸威霖道：「美杜莎！」

羅獵點了點頭，安藤井下走過來一把將劍柄抓住，他的身高在兩米開外，縱然如此這柄劍對他而言也大了一些，安藤井下雙臂用力，試圖將這柄大劍從甲板之上抽離出來，可是他用盡全力大劍仍然紋絲不動。

瞎子道：「你向下扳試試。」他認為就是用腳指頭想這大劍也不可能充當武器，這位姓安的本家顯然不算聰明人。

安藤井下聽瞎子這麼說，方才意識到自己有可能搞錯了，抓住劍柄用力拉下，隨著他雙臂不斷用力，那柄大劍果然一點點開始移動。

羅獵提醒眾人務必要小心，以防周圍有機關暗算他們。

安藤井下騰出右手，擺了擺手示意他們先找安全的地方躲避起來，他的身體擁有超強的防禦力和自我修復能力，即便是有機關，他相信自己應當也扛得住，而羅獵幾人則不然。

等到羅獵幾人隱蔽好，安藤井下繼續扳動劍柄，隨著大劍的落下，只聽到轟隆隆一聲巨響，只見船頭甲板向兩側緩緩分開，露出一個長方形的大洞，洞口的邊緣白骨累累，宛如犬牙般排列，乍看上去如同惡魔的嘴巴一樣。

安藤井下鬆開劍柄，看到那大劍並未移動，羅獵幾人走了過來，瞎子朝那洞口看了一眼，倒吸了一口冷氣道：「我靠，裡面該不是住著白骨精吧？」

陸威霖哈哈笑道：「如果是裡面有白骨精，你就是貪吃好色的豬八戒。」

瞎子呸了一聲道：「我是豬八戒你是誰？你最多也就是一匹白馬，還以為自個兒是孫悟空？」說話的時候向安藤井下看了一眼，心想這貨如果不是身材過於高大，這張雷公臉倒是有些孫悟空的意思，羅獵就是唐僧？不對不對，這貨怎麼也跟唐僧不挨邊。

羅獵側耳傾聽了一會兒，並沒有聽到異常的聲音，可剛才他們四人分明都聽到了女子的笑聲，難道他們的聽覺同時出了問題？這種可能性微乎其微。

葉青虹通過望遠鏡觀察著白骨大船上的情景，四人上船後，因為角度的緣故就已看不到他們的身影。水面上升起淡淡霧氣，那艘白骨大船也變得若隱若現。

張長弓知道葉青虹擔心羅獵，勸慰她道：「羅獵做事穩妥，而且他的運氣向來都不錯，你不用擔心。」

葉青虹道：「我有些後悔到這裡來了。」

張長弓道：「開弓沒有回頭箭，既然到了這裡，咱們就只能走下去。」

海明珠點了點頭道：「張大哥說得對，既然咱們都來了，一定要找到寶藏才回去，你們說這白骨大船裡面是不是有許多寶藏呢？」

葉青虹沒心情搭理她，張長弓也是哭笑不得，這種時候仍然惦記著寶藏的只有海明珠，畢竟是海盜出身。張長弓道：「如果不能活著離開，再多的寶藏對咱們都沒有任何意義。」

海明珠眨了眨雙眸望著張長弓，心中忽然想起了一句話，易求無價寶難得有情人，不知為何張長弓在她心中的位置變得越來越重要，即便是拿天下間最珍貴的寶貝來換，自己也未必願意。

葉青虹道：「不知道還能不能回去。」

老安道：「機會肯定有。」他望著海明珠。

海明珠不知他突然又看著自己，目光投向遠方裝出一副若無其事的樣子，她不想別人知道自己和老安的關係。

老安道：「海龍幫的兩條船一直都在追蹤著咱們，沒有找到明……海姑娘之前，他們應當不會回去。」老安本想說明珠，可話到唇邊卻被海明珠的目光瞪了回去，老安慌忙改口。

葉青虹點了點頭，世事弄人，想不到他們此前一心想要避開的海龍幫，如今卻成了他們離開的最大希望。

瞎子從羅獵的表情已經看出他肯定要進入這白骨洞內，明知自己的奉勸不會起到半點的作用，可瞎子還是說了一句：「苦海無邊回頭是岸，小羅，葉青虹還在岸上等著你回去。」

瞎子向陸威霖擠了擠眼睛，示意他出聲附和自己的意見，可陸威霖卻來了一句：「我無所謂，反正也沒有人等我。」

安藤井下指了指洞口指了指自己，他的意思是自己先下去。

羅獵搖了搖頭道：「我和瞎子下去，你和威霖在上面守著。」

安藤井下搖了搖頭，並不是不同意，而是表示不解。

羅獵道：「這艘船應該不會太大，看樣子這骨洞應當是進入底艙的入口，如果只有表面的這部分，我們兩人用不了太久就能搜索完畢。」其實羅獵早就判斷出他們所看到的只是水面上的部分，這座用人骨堆成的水中大船，不知水下是怎樣的規模。

羅獵越來越認為這次是個圈套，可是他的性情卻向來是勇往直前，即便是圈套，他也要將謎底解開。

通向底艙的台階也是用白骨排列而成，這些白骨彼此間結合得似乎並不穩固，踩在上面發出吱吱嘎嘎的聲音，讓人禁不住擔心這白骨排列成的階梯隨時都可能垮掉。

羅獵用手電筒的光束照向下方，瞎子顫聲道：「我現在總算知道，你跟我最好，無論什麼事情總會第一個想到我。」

第六章

畫中的女人

陸威霖想反駁，可耳邊卻傳來一陣女人笑聲，
他呆在原處，掐了掐自己的掌心，
確信自己沒有聽錯，抬頭再看那幅畫像，
震驚的是，畫框內空空如也，那黑衣女人突然不見了。

羅獵笑道：「知道就好。」他停下腳步，從一旁豎立的人頭扶手上摘下了一串寶石項鍊，遞給瞎子。

瞎子看到那項鍊頓時小眼放光，拿著那串項鍊左看右看，真是感覺到愛不釋手，嘖嘖讚道：「真有寶貝嘍，小羅，我好像不那麼害怕了。」

羅獵道：「死人沒什麼好怕，真正可怕的是野心。」

走到階梯盡頭，來到了底艙的甲板，抬頭望去，卻見上方的天花板上排列著六盞人骨吊燈。不得不承認，這些吊燈都是藝術品，雖然透著詭異可是也有一種邪魅的美感。

羅獵曾經造訪過人骨教堂，所以對這樣風格的建築並沒有震驚的感覺，瞎子卻是第一次見到，望著周邊的累累白骨，雖然他也承認這些用骸骨堆積成的建築和工藝品的確巧奪天工，可是仍然覺得有些殘忍了，尤其是那用來充當扶手的顱骨，分明都來自於兒童。

瞎子道：「這得死多少人啊。」

羅獵道：「或許這些人過去就是島上的居民。」

瞎子道：「什麼人殺死了他們？」

羅獵搖了搖頭，這些人究竟是被殺還是病死還很難說。

此時聽到上方急促的腳步聲，卻是陸威霖和安藤井下兩人沿著台階衝了下來，陸威霖大吼道：「羅獵，我來了！」

羅獵內心一怔，不知他們兩人出了什麼狀況？

瞎子道：「不是讓你們在上面守著嗎？」

陸威霖和安藤井下已經來到了底艙，陸威霖愕然道：「我剛剛聽到你們求救，所以才……」

羅獵和瞎子對望了一眼，他們自從進入這裡之後並未發出過任何的求救信號，可陸威霖又不會說謊，難道是他聽錯了？身後傳來吱吱嘎嘎的聲音，那聲音從頭頂傳來，羅獵暗叫不妙，安藤井下也同時反應了過來，他大踏步向入口處奔去，安藤井下奔跑的速度快如疾風，可是他仍然沒有在上方洞口關閉之前趕到。

那柄此前被他壓下的大劍，此刻又緩緩豎立起來，隨著大劍的豎立，原本打開的洞口再度被掩上，他們四人全部被關在了底艙內。

安藤井下怒極，揚起拳頭照著被封閉的洞口就是一拳，蓬的一聲，震得船身都震動起來，那些白骨發出嘩啦啦一聲巨響，一盞白骨吊燈從天花板上掉落下來，羅獵一把將瞎子拽到一邊，那吊燈就砸在他們的腳下，立時散了架，散落了一地的白骨。

瞎子叫道：「恩公，別砸了，小心門沒有砸開，把甲板給砸塌了，到時候咱們可就被活埋了。」

安藤井下經瞎子提醒之後慢慢冷靜了下來，的確如此，如果他將甲板給砸塌，被活埋的還是他們幾個，不過剛才的那一拳已經讓安藤井下意識到就算自己用盡全力也未必能夠將上方厚重的大門砸開。

陸威霖滿臉懊悔，羅獵讓他們兩人留守甲板就是擔心這樣的事情發生，想不到最終還是被他們給搞砸了，如今他們四人全被困在底艙，又有誰去拉下那柄大劍？如果那道門只能從外面打開，那麼他們又該如何出去？

羅獵並沒有責怪陸威霖的意思，只是輕聲道：「你們剛才聽到了什麼？」

陸威霖道：「我聽到了瞎子的慘叫，然後聽到你高呼救命的聲音。」

瞎子切了一聲道：「你發夢吧？我何時慘叫過？」

陸威霖自知理虧，瞎子雖然語氣不善，他也沒有計較。羅獵向安藤井下看去，安藤井下點了點頭，表示自己和陸威霖聽到了同樣的動靜。

羅獵越來越感覺到事情變得詭異，他們剛剛登上白骨船，就聽到一個女子的笑聲，在他和瞎子進入底艙後，陸威霖和安藤井下又聽到了這樣的狀況，羅獵可以初步判定，他們應當是產生了幻覺，可既便如此，每個人產生的幻覺也不應當完全一樣？難道在暗處有人操縱他們的意識？

瞎子低聲道：「有鬼！」

羅獵道：「這世上的鬼有一半多是人扮的，剩下的都是自己想出來的。」

陸威霖點了點頭，他和羅獵的想法也是一樣。

四人在底艙內搜索，因為發生了剛才的事情，他們決定不再分開，走了幾步，陸威霖聽到前方傳來女子的嬌笑聲，他低聲道：「你們有沒有聽到？」

瞎子道：「聽到什麼？」

陸威霖道：「有女人在笑。」

瞎子側耳聽了聽並沒有聽到任何的聲音，羅獵舉起手電筒，手電筒的光束投向右側的牆壁，牆壁上掛著一幅油畫，畫的是一個黑衣女人，那女人背影朝著他們。

瞎子道：「一幅畫而已。」他的話剛剛說完，卻見那畫中的女人竟緩緩轉過身來，瞎子嚇得大叫了一聲，一把就抓住羅獵的手臂藏在他的身後。

其他三人都是一愣，他們不知瞎子因何表現得如此畏懼，羅獵道：「怎麼了？」

瞎子將頭埋在他背後，指著牆上的那幅畫道：「那……那女人……轉身了……」

羅獵三人再次向那幅畫望去，卻見牆上的那幅畫好端端掛在那裡，還是原來的樣子，陸威霖不禁笑道：「一幅畫而已。」

瞎子用力揉了揉眼睛，再去看那幅畫，果然還是原來的樣子，畫中的女人並未回頭，瞎子訕訕笑了笑自我解嘲道：「我就是試試你們的膽子。」

陸威霖道：「這樣的玩笑最好別開。」

瞎子道：「你剛剛不是說聽到女人在笑？」

陸威霖正想反駁，可耳邊卻又傳來一陣女人的笑聲，他整個人呆在了原處，悄悄掐了掐自己的掌心，確信自己沒有聽錯，抬頭再看那幅畫像，讓他震驚的是，畫框內空空如也，那黑衣女人突然不見了。

身後傳來呼吸聲，陸威霖猛然轉過身去，卻見那黑衣女人正站在自己的身後，他舉槍欲射。

手腕卻被羅獵一把抓住用力推了上去，呯的一聲，子彈射中了上方的天花板，陸威霖因這聲槍響而清醒了過來，哪有什麼黑衣女人，他看到黑衣女人的地方明明是瞎子，瞎子被嚇得面無血色，剛才如果不是羅獵及時抓住陸威霖的手腕，將槍口推開，陸威霖的子彈恐怕就射中了自己的胸膛。

瞎子愣了好一會兒方才大吼道：「你特媽瞎了！是我！是我！」

陸威霖大口大口喘著氣，他看到一團團的白霧從自己嘴裡噴出，周身都因空前的恐懼而顫抖著，讓他害怕的是，他剛才幾乎親手殺掉了自己的朋友。陸威霖將手槍扔在了地上，然後蹲下去雙手用力揪住自己的頭髮，利用這樣的方式讓自己回復清醒，把剛才看到的幻象驅除。

瞎子罵完陸威霖之後，也明白他是無心，應當是發生了和剛才自己一樣的狀況，瞎子也蹲了下去，右手落在陸威霖的頭頂，揉了揉他的頭髮道：「你等著，等出去後我一定飽揍你一頓。」

陸威霖抬起頭臉上充滿了感動，瞎子沒有怪他。

羅獵道：「你們儘量避免到處亂看。」每個人對外來誘惑的抵抗不同，自己和安藤井下在最初也聽到了女子的嬌笑聲，可是那笑聲對他們兩人並無影響。而瞎子和陸威霖的反應卻更加敏感，平靜下來之後，陸威霖將自己剛才的所見說了一遍，說話的時候他的眼睛再不敢向那幅畫看上一眼，瞎子也是一樣。

羅獵抬頭看了看那幅畫像，畫像還是原來的樣子並沒有任何改變，可是瞎子和陸威霖一個看到那黑衣女人轉身，另外一個更加離譜，居然看到那女人從畫像中走了出來，這樣的故事實在是太過離奇，羅獵認為這種事只能存在於神話志怪小說中，現實中根本不可能發生，應當是這艘白骨船上的某些因素影響到了陸威霖和瞎子的腦域，從而讓他們產生了這樣的幻覺。

避免他們陷入幻覺的最好辦法就是不停和他們交談，讓他們的注意力不被外界干擾。

安藤井下雖然口不能言，可是從他們三人的對話中也知道發生了什麼，他俯身從腳下撿起一根白骨，這白骨粗長一看就知道來源於人類的股骨，安藤井下一揚手，那股骨被他全力擲了出去，羅獵再想阻止已經來不及了。

只見那根股骨嗖地飛了出去，正中牆上的那幅油畫，安藤井下的力量何其強大，全力投擲之下，那根股骨猶如出膛的炮彈一般，竟將油畫砸了個大窟窿。

羅獵看到那幅畫除了破損之外，並未從中走出一個人來，也稍稍放下心來，向其他人道：「一幅普通的畫罷了……」他的話並沒有說完，卻見殷紅色的液體緩緩從油畫的破裂處流了出來。

瞎子目瞪口呆道：「流……流血了……」

羅獵劍眉凝結，心中暗忖一幅畫怎麼可能流血？那幅畫背後一定暗藏玄機。

安藤井下也和羅獵抱著同樣的想法，他一躍而起，沿著骨牆攀爬上去，迅速爬到那幅畫的旁邊，伸手抓住畫框邊緣想要將那幅畫摘下來看個究竟。

羅獵提醒他道：「小心！」

安藤井下第一次並未能夠將那幅畫摘下來，原來那幅畫並非是懸掛在骨牆之上，而是和牆壁緊密釘在一起，安藤井下稍稍用力，只聽到喀嚓一聲，畫框被他掰斷，脫離畫框固定的油畫從上方飄落下來，在油畫的後方暴露出一個方形的洞口，洞口邊緣不停有血水滲出。

那幅油畫掉落在羅獵的腳下，正面貼地，反面暴露在眾人面前，羅獵垂目望去，油畫的背面畫著一個女人的正面，那女人一身黑衣，面色蒼白，雙目注視著他，臉上的表情似笑非笑，人像極其傳神，無論你轉向哪個角度，女人的雙目都死死盯住了你。

瞎子忍不住多看了一眼，驚呼道：「我……我剛才看到她回頭的樣子，一模一樣……」

血水已經流到了畫像的邊緣，畫像上女人潔白的雙手染上了殷紅色的鮮血。

陸威霖蹲了下去，伸手蘸了一點鮮血，湊在鼻子上聞了聞，並沒有任何血腥的味道，反而透出一股淡淡的檀香氣息，陸威霖道：「不是血，我敢斷定！」

安藤井下叫了一聲，三人抬起頭來，卻見安藤井下指了指那洞口，羅獵並沒有急於決定是否進去，在此之前，他要仔細檢查一下周圍的環境，看看還有沒有其他的發現。

有了剛才的經歷，陸威霖和瞎子再不敢離開羅獵的左右，他們雖然各有各的本事，但是在意志力方面要遜色於羅獵，在眼前就表現在對抗外界干擾的方面。

他們所在的這間應當只是底艙的一小部分，除了那幅畫像，並無其他特別的東西，四人搜索了一周，重新回到畫像旁，那張落在地上的畫像已經完全被浸泡在紅色的液體之中，畫像上的人居然消失了。

陸威霖看到眼前狀況內心不由得又是一沉，羅獵道：「這紅色的液體應當含有某種可以使畫褪色的成分。」這是目前最為合理的解釋，羅獵從來都是個無神論者，他才不會相信畫像上的人當真從上面走下來。

既然沒有其他出路，他們就只能進入畫像後方隱藏的洞口，羅獵其實早就留意到一件事，畫像上的女人應當以真實比例繪製，進入畫像後方洞口並不困難。

安藤井下第一個爬了上去，垂下繩索，羅獵三人依次爬了上去，洞高兩米，除了安藤井下需要躬身通行之外，其餘三人都可以直起腰身。

腳下紅色的液體黏稠且滑膩，所有人都不敢邁開大步，小心翼翼行走以免跌倒，還好走出不到十米就看到前方變得寬闊，上方縫隙中，不停有紅色的液體滴落下去，宛如形成了一道紅色的珠簾，穿過這道簾幕就到了後方的洞口，因為地勢變高的緣故，紅色的液體只能向一個方向流淌。

他們的前方出現了一個骷髏，那骷髏躬身單手做出邀請的姿勢。

瞎子從骷髏身邊走過的時候，察覺到骷髏一雙漆黑的眼眶中突然閃過藍光，定睛望去，原來它的眼眶內放著兩顆碩大的藍寶石，頓時又生出貪念，伸手想去將那兩顆藍寶石取出來，卻被羅獵及時喝止。

羅獵雖然無法斷定這兩顆寶石有無暗藏的機關，可是當初建設這裡的人不會無緣無故作出如此設計，若是有人挖出這兩顆寶石，只怕會觸動機關。

瞎子笑了笑道：「我就是看看。」

安藤井下抬起腳，一腳就將那骷髏踢得飛了出去，那骷髏的腦袋在地上嘰哩咕嚕滾了幾下，蓬的一聲炸裂開來，六隻鐵蒺藜從炸裂的頭顱內射出，因為被安藤井下踢開，所以並未對他們造成任何威脅，鐵蒺藜叮叮噹噹全都射在骨壁之上，深深嵌入骨縫之中，足見勁力之強。

羅獵向瞎子意味深長地點了點頭，瞎子明白他的意思，自己剛剛躲過了一劫，如果直接伸手去拿那兩顆藍寶石，只怕現在已經被鐵蒺藜近距離射殺了。

那兩顆碩大藍寶石滾落在地之後，卻突然移動起來，速度奇快向瞎子衝來。

陸威霖眼疾手快，舉槍接連兩槍擊中了那兩顆藍寶石，只聽到吱吱慘叫，兩顆碩大的藍寶石卻是兩隻泛著藍光的老鼠。

瞎子嚇得嘴巴張得老大，好半天都沒有合攏，幸虧羅獵阻止自己，不然自己豈不是直接抓在了老鼠身上，這老鼠還不知有沒有毒。

再往前走就到了兩扇門前，白骨大門左右各自站著身穿青銅甲胄的武士，羅獵用長刀挑起甲胄的護面，看到其中都是一個骷髏頭。

陸威霖道：「排場真是不小，裡面到底是什麼地方？居然還要衛兵守門？」

羅獵道：「記不記得咱們在鳴鹿島看到的一切？」

瞎子沒明白他的意思，向安藤井下看了一眼，如果說在鳴鹿島記憶最深的也就是安藤井下了，不單是記憶，還是他們的收穫。

羅獵道：「船棺！」

瞎子這才明白羅獵指的是什麼，他們在鳴鹿島所遇的船棺沒有那麼大，不過墳墓的規模都有大小，帝王將相和貧民百姓的自然不同。瞎子在這方面的知識儲備要比普通人豐富，可是他搜腸刮肚也想不起有白骨大船作為墓葬的先例。

陸威霖道：「如果這艘船是一座墳墓，那麼墓主是誰？是那個黑衣女人？」

羅獵道：「有可能。」

安藤井下已經來到兩扇白骨大門之前，展臂去推其中一扇房門，他本以為很難開啟，卻想不到並沒有花費太大的力氣就已經將房門推開。

門開之後，羅獵示意同伴不要急於進入其中，瞎子已經看到入門就是一面屏風，所以擋住了他的視線，屏風共分六扇，每一扇屏風上都畫著一個裸體的美人兒，瞎子看得眼熱。

手電筒的光束投向室內，在光束之中可以看到無數漂浮的粉塵。

陸威霖皺了皺眉頭，用布蒙上了口鼻。

羅獵決定自己和安藤井下先進入室內，讓瞎子和陸威霖在門外暫時留守。此前發生的一幕仍然記憶猶新，現在也算得上是吃一塹長一智。

兩人繞過屏風，從室內的陳設和佈局來看，這裡應當是一間書房，房間呈圓形，環繞四壁，都是用白骨組成的書架，書架上擺滿了形形色色的書籍，在房間的正中，有一張書桌，書桌乃是花梨木製成，書桌後的椅子上坐著一個女人，那女人手捧一本書正在閱讀，身穿黑衣，臉上也用黑紗敷面，不過仍然可以看出她並未腐爛，身體和真人無異。

羅獵讓安藤井下在原地等候，自己小心走了過去，繞過那書桌，看到女人的下半身竟然是一條蛇尾，羅獵素來膽大，在東西方神話中都有人首蛇身的神祇，可是在歷史和現實中並未有人見過。

羅獵湊近了那女子，並未從她的身上感到氣息，認為這女子很可能是一尊蠟像，伸出手去解開敷在她臉上的黑紗，用指尖輕輕碰了碰女子的面龐，讓他大吃一驚的是，那女子的肌膚充滿了彈性，除了體溫冰冷之外，和正常人的觸感無異，難道這就是一具真實的肉體？

羅獵提醒自己一定要守住心神，千萬不可被假像所迷惑，目光落在那女子手中的書上，那本書因為年月久遠的緣故已經泛黃，不過書頁上卻連一個字都沒有，羅獵低頭看了看封面，只見封面上寫著《黑日禁典》四個字。

羅獵心中暗忖，黑日禁典不是藤野誠一從天廟中盜走的那本嗎？可這本書因何沒有文字？難道是因為時間太久字體已經褪色？又或者這本是假的，只不過是用來充充樣子。

安藤井下也走了過來，望著那女子，臉上流露出極其憤怒的神情，羅獵從他的表情推測出安藤井下興許認得這女子，慌忙將他攔住，生怕安藤井下衝動之下做出不理智的行徑。安藤井下指著那女子，又指了指自己，情緒激動到了極點。

羅獵猜到他之所以落到這種地步很可能和這女子有關，低聲道：「她已經是個死人，你就算再恨她也是無用。」

安藤井下搖了搖頭，表示羅獵誤會了自己的意思，他伸出利爪在那女子的手背上劃了一下，安藤井下的手爪非常鋒利，輕輕一劃就已經將那女子的肌膚劃開，只見那女子的傷口處湧出牛乳樣的液體。

羅獵道：「她只是一具屍體罷了。」

安藤井下苦於無法說話，目光落在書桌上，他突然醒悟，利用尖利的指尖在桌上刻寫道：「她是藤野優加，藤野家唯一的女性家主，她害死了我的父母。」

羅獵這才知道安藤井下如此激動的原因，有人生存的地方就有恩怨，他雖然對藤野家族缺乏深入的瞭解，可是從目前掌控的資料來看，藤野家族在日本也是一支強大的家族力量。

安藤井下寫道：「她應當死於三十年前。」

羅獵點了點頭，三十年的時間說長不長說短不短，藤野優加死了三十年可仍能保持屍身完整，實在讓人驚歎，要知道她的屍體就是直接暴露在空氣中。

羅獵認為她之所以能夠屍身不腐和她體內的白色液體有關。

羅獵低聲道：「難道她就是這白骨船的主人？」

安藤井下無法給出答案，他伸手將藤野優加身上的長裙扯落，羅獵微微皺了皺眉頭，在他看來安藤井下的舉動對死者太過不敬，雖然他和死者有仇，可藤野優加已經死了三十年，他又何必侮辱她的屍體。

安藤井下指著屍首，臉上的表情充滿了驚奇。

羅獵意識到安藤井下並非是要報復，而是因為他看到了藤野優加下半身的蛇身，所以才撤掉她的長裙，看個清楚明白。

藤野優加上身豐滿圓潤，和尋常女性無異，可是在她的肚臍之下佈滿了黑色的鱗片，本應該是雙腿的地方變成了一條蛇尾。羅獵看得清清楚楚，這條蛇尾絕非是偽裝，而是生長在她的身上。

安藤井下也是目瞪口呆，他本以為自己是追風者計畫最早的實驗者，可是藤野優加顯然也是一個變異者，難道在他之前追風者計畫就早已開展，而藤野優加是一個實驗的失敗者？

羅獵道：「她死了，的確死了。」心中充滿了疑問，藤野優加因何變成了這個樣子？她的變異和黑日禁典有無關係？她死後究竟又是誰將她留在這裡，還保持著遮掩的姿勢？

兩人檢查了一下室內，書架上的書要有幾千冊，想要將這間書房全都檢查一遍恐怕要花費很長一段時間，羅獵讓瞎子和陸威霖兩人進來，四人一起動手對書架進行檢查。

羅獵總覺得那本藤野誠一當初盜走的《黑日禁典》或許就在書架的某處，那本書上所記載的秘密或許就是解開眼前迷局的關鍵。

葉青虹抬起手腕看了看時間，羅獵他們已經進入白骨船整整兩個小時了，到現在仍然沒有回來，她的內心開始變得焦躁起來。

老安道：「總這麼等下去也不是辦法，咱們是不是該做點什麼？」

張長弓道：「安伯您的意思是……」

老安道：「海蜘蛛一般都是晝伏夜出，現在應該已經天亮了，那些海蜘蛛在日出之後自然退散，我覺得應該去外面看看。」自從得知海明珠就是自己的親生骨肉之後，老安的內心中升騰起迫切離開這裡的想法，無論怎樣他都要將女兒平安帶出去。

張長弓道：「可是羅獵他們還沒有回來。」

老安笑道：「你們在這裡等著，我自己過去，這條路走過了一次，不會有什麼危險。」

海明珠道：「那怎麼行，你單獨一個人回去，萬一遇到危險如何應付？」

老安聽到女兒關心自己，心中感到前所未有的溫暖，點點頭道：「可畢竟得去看看，萬一有船來找，看不到我們，說不定就會離開，再也不會回來。」

幾人都沉默了下去，老安所說的可能性的確存在，即便是海龍幫的那些人追蹤到了這裡，如果看不到人影，他們也不會在此停留，肯定會去搜索其他地方。

海明珠道：「一起去？」反正這裡他們也幫不上忙。

葉青虹冷冷道：「要去你們去，我在這裡等著。」

海明珠眼巴巴地看著張長弓，張長弓道：「我看羅獵他們不久就會回來。」

老安道：「還是我去吧，這條路我記得清楚。」

張長弓將求生行囊遞給了老安道：「你帶上。」雖然老安記得來時的道路，可是如果缺乏這些求生工具，老安也很難順利返回。

葉青虹欲言又止，她並不信任老安，看到張長弓將求生工具都給了他，不由得擔心老安若是一去不返，豈不是連這些工具都遺失了，雖然平時這些工具算不上什麼，可是在目前的困境中，這求生行囊中的工具卻可能拯救他們的性命，也是他們逃脫困境的依仗。

轉念一想羅獵還帶走了一只，如果羅獵安然返回，自然不用擔心回去的問題，如果……她慌忙停下胡思亂想，將腦海中不好的念頭驅散。

老安望著那行囊笑了起來：「你不怕我帶著行囊一去不返？」

張長弓尚未回答，海明珠已經搶先道：「不怕，你不是那種人。」

沒有什麼比女兒的信任更讓他感動，老安點了點頭，背起求生行囊道：「你們等我的好消息。」

走了兩步又回過頭來，看了一眼海明珠，他向張長弓招了招手，張長弓知道他有話想單獨跟自己說，於是走了過去，兩人來到遠處，老安方才壓低聲音道：「照顧好她們。」

張長弓笑著點了點頭道：「你自己多加小心。」

葉青虹冷眼旁觀著海明珠的表情，海明珠一直目送老安走遠，雙眸之中仍然悵然若失，她回過頭方才意識到葉青虹在看著自己，皺了皺眉頭道：「你看我做什麼？」

葉青虹道：「你對安伯還真是難捨難分呢。」

海明珠怒道：「要你多管。」

葉青虹道：「沒人樂意管你。」

海明珠哼了一聲起身向張長弓迎去，走了兩步她的臉色卻突然變了，驚呼道：「張大哥小心。」

張長弓心中一怔，回過頭去並沒看到任何人影，可突然一雙手臂從紅色沙灘下方探伸出來，一把將張長弓的雙腳抓住，全力一拉，張長弓失去平衡跌倒在沙灘之上。

蓬！血沙四處飛濺，一個矮小的身影從沙面下騰躍而出，跳到了張長弓的身上，抓住他的脖子一口咬了過去。

葉青虹也在同時發動，舉槍瞄準了那襲擊者接連開槍，子彈射中襲擊者的面部，只聽到叮噹聲響，卻沒有穿透覆蓋在他面部的鱗甲，此時張長弓也已經看清，襲擊他的人正是此前幾度現身的侏儒。

葉青虹雖然未能將侏儒成功射殺，可是也阻擋了侏儒的進攻，張長弓抓住這難得的時機，騰出手來掐住侏儒的頸部，然後揚起右拳狠狠擊中侏儒的面門，這一拳如同擊打在鐵板上一樣，發出咚的一聲悶響。

侏儒矮小的身體被張長弓打得橫飛出去，在血色沙灘上接連翻滾。張長弓爬起身來，不等侏儒起身，衝上去一腳狠狠踢中侏儒的腹部。那侏儒哪禁得住他一腳，再度騰飛而起，飛到高處呈拋物線落下，腦袋朝下扎入了黑水之中，激濺起大片的水花。

葉青虹舉槍瞄準侏儒的落水處，警惕他捲土重來。

海明珠道：「這小侏儒怎地陰魂不散？」

一個身影緩緩從水中站起，正是那落水的侏儒，他雙手各自握著一柄斧頭向岸上走來，海明珠舉槍就射，子彈咻咻射了出去，侏儒出手如同閃電，一雙斧子來回劈斬竟然將高速射向自己的子彈阻擋開來。

張長弓三人為之咋舌，僅憑一雙斧頭竟可以擋住子彈，這侏儒的反應和眼力都超出常人。更讓他們驚奇的是，那侏儒的身體竟然在慢慢膨脹，一點點變大。

三人幾乎同時眨了眨眼睛，以為是自己看錯，張長弓摘下角弓，瞄準那侏儒就是一箭，侏儒反手一斧，這一斧頭雖速度奇快，可終究還是比不上那一箭的速度，羽箭射中侏儒的右胸，噹！撞擊出數點火星，並未對侏儒造成任何傷害。

那侏儒卻騰空躍起，猶如一顆出膛的炮彈一般向空中彈射而去，三人瞄準了空中的目標接連射擊，可是那侏儒將一雙板斧揮舞得風雨不透，將他們的攻擊盡數阻擋在外。騰躍到最高處身形突然就是一變，揚起一雙板斧照著張長弓的頭頂狠狠劈了下去。

張長弓在他發動近距離攻擊之前已經將大砍刀抽了出來，雙手握住刀柄向上反格，雙斧砸在砍刀之上，只聽到噹的一聲震得幾人耳膜嗡嗡作響，張長弓因為上方驟然增加的強大壓力雙足向血沙內陷入足有一尺的深度。

侏儒一招沒有得逞，馬上雙斧一分，以斧背向張長弓的雙耳砸去，張長弓將長刀棄去，看準侏儒的雙手，一個野馬分鬃，將對方的一雙手腕握住，現在這侏儒的身軀已經增長到不次於張長弓，更為恐怖的是，他的頭上生滿了鋼針一般的鬃毛，這鬃毛一直沿著背脊延續下去。臉色發青，獠牙外露，此刻的模樣簡直就像是傳說中走出來的野豬精。

張長弓抬腳照著侏儒的小腹狠狠踢了過去，侏儒雖然身材膨脹變大不少，可是他的身材仍然不成比例，一雙腿比起張長弓短了不少，張長弓連續踹了他三腳，侏儒也還了三腳，張長弓這三腳無一例外踢中了侏儒，侏儒這三腳全都踢空。在兩人的比拚中顯然大長腿占盡優勢。侏儒性情暴躁，氣得哇哇怪叫。

侏儒想要掙脫開張長弓的控制，張長弓哪裡肯輕易放了他，死死攥住他的手腕，利用腿長的優勢接連展開下盤攻擊，侏儒被張長弓踢得心急如火，情急之中，頭顱後仰，然後狠狠向張長弓的面門撞去，張長弓來不及躲避，也是同樣用額頭頂了過去，兩人的額角撞擊在一起，發出一聲沉悶的撞擊聲，都被撞得眼前金星亂冒，硬碰硬的交鋒中誰也沒有占到便宜。

海明珠繞到侏儒的身後，瞄準他後心開了兩槍，子彈射中侏儒的身體無一例外地被反彈掉落在地。

張長弓忽然爆發出一聲大吼，一個背摔將侏儒狠狠摜到了地上，趁機搶下侏儒手中的一柄板斧，侏儒極其頑強，死命護住了另外一柄。

侏儒從地上爬起，雙目中流露出些許的畏懼之色，他並沒有料到一個人類竟然擁有如此驚人的力量。

張長弓指著那侏儒道：「我不殺你，你最好離開！」

侏儒壓根沒有理會他的話，舉起斧頭向張長弓衝去，張長弓也揚起另外一柄板斧，雙斧交錯之後，張長弓身體猛然矮了下去，順勢旋轉到侏儒的身後，以斧背重擊在侏儒的腦後，張長弓仍然沒想置他於死地。

那侏儒腦袋被敲了一記居然硬生生承受了下來，反手斧頭劈砍在張長弓的右腿之上，斧刃劃過張長弓的大腿，鮮血四濺，一個寸許長的傷口深可見骨。

海明珠和葉青虹同時驚呼起來。

接下來的一幕更加不可思議，只見張長弓流血的傷口迅速止血，然後以肉眼可見的速度癒合。

侏儒被張長弓剛才的一記敲暈了腦袋，腳步踉蹌在沙灘上來回搖晃，張長弓沒有放過這次機會，一個箭步衝了上去，再次用斧背，重擊在這廝的額頭之上，那侏儒雖然強悍，可是也承受不住張長弓接連兩次的重擊，一雙眼睛鬥雞眼一樣對在了一起，然後四仰八叉地倒了下去。

張長弓擔心這廝使詐，走過去將侏儒的斧頭踢到一邊，又在他身上踢了一腳，侏儒毫無反應，不過他在昏迷之後，身體迅速縮小，竟然比起眾人最初見到他的時候還要小，等到停止縮小的時候，他的身高至多只有一米，身上的鱗甲也消失於無形，整個人就像一個三四歲的小男孩。

葉青虹可沒把這廝當成小男孩看待，舉槍瞄準了他青紫的額頭，張長弓道：「算了，他也是被人所害。」不知為何，張長弓看著這侏儒竟生出一種同病相憐的感覺，在接受治療後，他總在擔心自己有朝一日也會變成安藤井下那副模樣。

葉青虹放棄了開槍擊斃這侏儒的念頭，她向張長弓道：「他的存在始終是個危險，如果他甦醒過來，十有八九還會攻擊咱們。」她看出這侏儒已經喪失了理智，他才不會分什麼敵我，只要進入這裡的人都會遭到他的攻擊。

張長弓道：「我能對付得了。」他低頭看了看自己大腿上的傷口，此刻已經完全癒合。

海明珠也在望著張長弓，她下意識地咬了咬櫻唇，張長弓驚人的癒合能力顯然是那怪物所賦予的，對他而言還不知是壞事還是好事？

葉青虹幽然歎了口氣道：「希望羅獵他們沒有遇到麻煩。」

羅獵四人耗費了不少時間，但並沒有什麼收穫，瞎子嘟囔著哪有什麼《黑日禁典》，說話的時候，手中剛拿起的一本書不慎掉落下去，瞎子歎了口氣，看到其他人仍然在書架上認真檢索尋找，自己只能爬了下去，攀爬在白骨製成的書架上對體力也是一種極大的考驗，瞎子準備歇一會兒再幹，從地上撿起那本書的時候，發現書桌下居然閃閃發光，定睛望去，原來是一枚金幣。

瞎子悄悄看了看同伴，羅獵幾人都在專心檢查書架，沒有人留意到自己，瞎子心中竊喜，悄悄爬到書桌下方，將那枚金幣撿起，撿起金幣的時候，卻發現桌底竟然繪製著一幅地圖，普通人即便是爬到桌下，也不可能看到桌底的地圖。

得虧瞎子擁有一雙夜眼，瞎子盯著地圖看了一會兒，馬上就判斷出這地圖顯然是他們所在這艘白骨大船的結構圖，瞎子激動道：「地圖，這兒有地圖。」

羅獵幾人被瞎子吸引了過來，羅獵拿著手電鑽到了桌子的下面，平躺在地面上，照亮桌子的底部，瞎子跟他並排躺著，因手電筒的光束把小眼睛給瞇上了，低聲道：「我看這地圖應當是這艘白骨船的結構圖。」

羅獵看了一遍之後點了點頭道：「應該如此。」

瞎子因為受不了強光，從桌底爬了出來，陸威霖笑道：「能耐啊，這都能被你發現，不過你鑽到桌子底下幹什麼？」

瞎子自然不能坦白自己鑽下去是為了撿金幣，嘿嘿笑道：「這就是感覺，身為一個冒險家必須要對周圍的一切有敏銳的感覺，說了你也不懂。」

陸威霖不屑道：「瞧你那得瑟勁兒！」

安藤井下卻向瞎子豎起了拇指，他佩服的不是瞎子所謂的敏銳感覺，而是瞎子能在黑暗中視物的那雙夜眼。

羅獵看了一會兒就將那幅地圖牢牢印在自己的腦子裡，他的記憶能力在不斷增強，尤其是在體內種下智慧種子之後，這方面的本領更是突飛猛進。

羅獵讓瞎子幾人繼續檢查書架，自己則拉開書桌找到幾張泛黃的紙張，利用鉛筆循著記憶將地圖勾勒了一遍。

瞎子他們將書架搜索一遍之後，羅獵也繪製完成了四幅一模一樣的地圖，他將四幅地圖給同伴分了，這是為了以防萬一，萬一他們中間有人脫離了隊伍，依靠這幅地圖應該也能夠返回到這裡，當然前提是桌下的地圖完全正確。

繪製地圖的同時，羅獵將地圖的細節已經研究透徹。

陸威霖看了看地圖道：「下一道門位於書架後方？」

羅獵點了點頭道：「開啟這道門的關鍵在書桌。」

瞎子湊在地圖上：「你怎麼知道？地圖上沒有標記？」

羅獵道：「感覺！」然後他擰動書桌的底腿，將四條底腿依次逆時針旋轉了一周，只聽到對面發出吱吱嘎嘎的聲音，位於中心的書架緩緩轉動，暴露出隱藏在書架後方的洞口。

瞎子目瞪口呆道：「你……你怎麼知道？」

羅獵笑著拍了拍瞎子的肩膀道：「要注意觀察，你只看到了地圖，沒看到上角的標記。」

瞎子將腦袋又低了下去，這次他看到了羅獵所說的標記，只不過是地圖上一個用來標記南北的指南針符號，他當然看到了這個符號，可並沒有引起足夠的重視，竟然白白放過了這麼明顯的線索。

陸威霖哈哈笑了起來：「羅獵，你說了他也不懂。」

瞎子撓了撓後腦勺道：「你懂，就你聰明。」

羅獵道：「這幅地圖只能用來參照，不可全信。」他猶豫了一下，終於還是決定把心中的疑惑說出來，低聲道：「我懷疑這次可能是個圈套，有人故意將咱們引到這裡來。」

咱們之中自然不包括安藤井下，因為他並不在羅獵最初的冒險計畫中。

瞎子道：「誰特媽這麼陰險，羅獵，既然是圈套，咱們就沒必要走下去了，不如現在就回頭……」

「回得去嗎？」陸威霖反問道。

瞎子被問住了，事到如今的確已經回不去了，甲板上的那道門被封，他們沒了後路。

羅獵道：「我看過地圖，地圖上標記了可能的出口，既然我們回不去，乾脆就向前繼續行進，如果找不到出口，咱們再返回這裡另想其他的辦法。」

陸威霖點了點頭道：「就按你說的辦。」

羅獵提醒同伴道：「務必要記住，一定要守住本心，不要被外界的因素所干擾。」他仍然記得剛才陸威霖舉槍射擊瞎子的險情，如果不是自己及時出手，悲劇只怕已經釀成。

陸威霖面露慚色道：「我記得了，瞎子，你看緊我。」

瞎子歎了口氣道：「我也是泥菩薩過江，咱們倆還是分開點好。」他並不糊塗，看出他們四人之中受到干擾最少的要數羅獵和安藤井下，在抗干擾方面，陸威霖和自己的確要弱不少。

羅獵點了點頭道：「威霖跟我一組，瞎子跟安先生！」他看了看安藤井下。

安藤井下點了點頭。

陸威霖搶先走到了羅獵前方，兩人先後進入書架後方的洞口，陸威霖向羅獵低聲道：「如果我再犯迷糊，你就先把我打暈。」

羅獵笑道：「放輕鬆點，越是緊張，越是容易被人有機可乘。」

陸威霖道：「你是說除了咱們，這裡還有其他人？」

羅獵搖了搖頭道：「不好說。」目前可以斷定的是，這艘白骨大船和藤野家族有著極其密切的關係，藤野家族的興衰和《黑日禁典》有關，而黑日禁典又從天廟而來，乃是已經灰飛煙滅的昊日大祭司畢生心血所著。

天廟的回憶對羅獵而言是極其痛苦的，他一直都想將記憶深埋，而現實卻一次又一次地揭開他心中尚未癒合的傷疤。

白骨累累，冷氣森森，這是陸威霖進入後的第一印象。

羅獵和陸威霖走入之後，瞎子和安藤井下也緊跟著他們的腳步進入其中，兩人剛剛進入，不想那書櫥就轉動起來，安藤井下伸出手臂，撐住那旋轉的書櫥，可是他的臂力仍然無法和書櫥轉動的扭力相提並論，在瞎子進入其中之後，他也趕緊衝了進去。

眼前一片黑暗，瞎子瞪大了雙眼，並沒看到先行進入的羅獵和陸威霖，他愕然道：「小羅，老陸！」他的聲音在空曠空間內迴盪，卻並未聽到兩人的回應。

第七章

防護衣

瞎子沒想到自己的一拳擁有這麼大威力，
望著死在面前的怪物，瞎子意識到是這套衣服緣故，
就算把吃奶力氣都使出來，也不可能擁有這樣的拳力，
更別說還可以帶出閃電。

瞎子吃了一驚，轉身望去，還好安藤井下就在自己的身後，安藤井下指了指身後關閉的書架，這書架以中心為軸旋轉，他們兩人進入的時候，書架剛好開始旋轉，兩人雖然在書架關閉之前衝了進來，可是他們卻走錯了地方，和羅獵、陸威霖他們進入了一個完全不同的區域。

瞎子趕緊展開羅獵給他的那幅地圖，按照地圖所示，洞口後方不遠處應當是一道旋轉樓梯，向前走了幾步果然看到了旋轉樓梯，那樓梯也是用白骨串聯而成，地圖既然能夠跟他們這裡對應起來，就證明羅獵和陸威霖走錯了地方。

羅獵聽到身後的關門聲，本以為瞎子和安藤井下都已經跟了上來，可是回身望去後方卻沒有一個人影。

陸威霖道：「怎麼了？他們又被關在外面了？」

羅獵搖了搖頭，在進入這裡之前，他們故意等待了一段時間才開始行動，就是防備進入之後入口關閉，想不到仍然還是發生了這種事，看來一定是他們在進入之後方才觸動了機關。

羅獵回到入口處用力推拉了一下，大門紋絲不動，陸威霖在前方對照了一下地圖，愕然道：「羅獵，你這地圖完全不對啊！」

羅獵走了過去，看到前方不遠處就是一座白骨吊橋，可地圖上的標記明明是旋轉骨梯，羅獵盯著地圖想了一會兒道：「咱們可能走錯地方了。」

陸威霖有些不解地看著他，羅獵道：「入口的書架以中軸旋轉，咱們進入之後，它就開始緩慢旋轉，其實書架背後有兩個入口。」他現在方才想明白到底是怎麼回事。

陸威霖道：「那瞎子他們豈不是麻煩了？」

羅獵道：「興許麻煩的是咱們才對。」如果瞎子和安藤井下進入的地方和地圖無異，那麼他們循著地圖找到出口應當不難，而自己和陸威霖則進入了一個地圖上沒有標記的陌生區域。

陸威霖道：「求生行囊在我這裡。」

羅獵點了點頭，這對他們來說算得上是一個好消息了。

既然無法回頭，就只能勇往直前，陸威霖率先走上了白骨吊橋，雖然陸威霖殺人無數，可是來到這裡仍然心頭有些發怵，沿著晃晃悠悠的吊橋走到了中心，稍稍停頓了一下，等到吊橋晃動的幅度稍稍減弱，再繼續前行，他笑道：「感覺進入了閻王爺的森羅殿。」

羅獵道：「能活著得到閻王爺的接見，這種機會可不多。」

陸威霖哈哈大笑，他這一笑，整座吊橋都隨之晃動起來，骨骼相撞發出嘩啦嘩啦的聲響，嚇得陸威霖趕緊止住笑聲，老老實實抓住吊橋的護欄，等到晃動稍稍平息，方才一鼓作氣走過吊橋。

羅獵在陸威霖走過吊橋之後，然後才開始進入橋面，因為他擔心這座白骨串聯而成的吊橋無法同時承受兩人的重量，行走其上吊橋晃晃悠悠，白骨相互摩擦發出嘩啦嘩啦的聲響，讓人禁不住擔心這吊橋隨時都可能散架掉落。

羅獵低頭向下望去，之間下方的深壑內瀰漫著白色的霧氣，氣溫明顯下降了不少。先行抵達對岸的陸威霖已經無法承受如此低溫，他打開求生行囊從中尋找可穿的東西。

裡面能夠勉強稱得上衣服的也就是一套銀色珍珠魚皮一樣的防護服，另外一套在瞎子那裡。

陸威霖雖然已經熬不住寒冷，可面對唯一的一套衣服仍然表現出謙讓，向羅獵道：「你穿上……吧……」他凍得牙關打顫。

羅獵笑了起來，在抗凍方面他比一般人都要強得多，羅獵搖了搖頭道：「嘴唇都凍紫了，你逞什麼強？趕緊穿上。」

陸威霖看到他神情自如，知道羅獵比自己更加抗凍，自己如果再這樣下去只怕要被凍僵了，也不跟羅獵繼續客套，將那身珍珠魚皮一樣的衣服套上，衣服是連體的，穿上之後，感覺溫暖了一些。

羅獵指了指那個透明頭罩，示意陸威霖將這個頭罩也戴上。

陸威霖索性將頭罩套在腦袋上，頭罩卡在身上之後感覺後心開始發熱，有一股熱力從後面的方匣子裡源源不斷地發生，迅速傳導到全身，頭罩雖然沒有可供換氣的孔洞，卻感覺不到絲毫氣悶。

陸威霖又驚又喜，壓根沒想到這套衣服竟然擁有如此的妙處，他向羅獵道：「這衣服會自己發熱。」

羅獵聽到陸威霖說話，卻不是他的原聲，羅獵心中暗忖，這衣服是得自於飛碟內，看來這套衣服一定融合了一些外太空的高科技，超越了他們的認知，他想起從飛碟駕駛員的身上得到的圓形儀器，取出來一看，螢幕上仍然漆黑一片，心中難免失望，在西夏王陵的時候，他曾經得到過一些來自於未來的裝備，可是那些裝備在和雄獅王的決戰之後盡數損毀。

羅獵之所以撿起這個圓形的儀器，是覺得這東西有些像探測儀，如果能找到一個探測儀，那麼對他們接下來的探索將會有莫大幫助。可現實和理想總是存在相當的距離，即便他撿到的這個東西當真是探測儀，缺少能量的探測儀也等同於頑石一塊。

陸威霖的身體已經徹底暖合過來了，然而這還不算是最大的驚喜，他感覺這套衣服明顯在收緊，變得貼合他的身材，如同量體裁衣的訂製。

「羅獵，你看，這衣服會變形啊！」

羅獵點了點頭，他也發現了這一變化。

陸威霖道：「該不是我發夢吧？」因為有了把瞎子看成黑衣女郎的先例，陸威霖的自信心有些動搖。

羅獵道：「你沒做夢，看來秘密在你背後的盒子裡。」從父親留給他關乎於未來的記憶知道，未來這種根據仿生科技製造的防護服並不稀奇，這種防護服不但可以根據人的身材調節大小，而且可以根據外界的環境調節溫度，甚至變色。

陸威霖穿在身上的這套防護服其中蘊含的科技成分或許還超過了父親所生存的時代，畢竟這防護服是從飛碟中得到的。

陸威霖感覺身體狀態恢復之後，又向羅獵道：「要不我脫下來，你穿上暖和暖和？」

羅獵笑道：「我不冷，再說了，你跟這套衣服有緣。」聳立在他們面前的是一座白骨堆積的小山，在小山的中心有一道峽谷，羅獵再對照了一眼地圖，眼前的一切在地圖上根本沒有任何的標記，他們走錯了。

瞎子道：「這兒有座神社，沒錯，就是這裡，從神社後面的小路走出去就到了通往出口的骨洞。」他們這一路走得極為順利，主要還是仰仗了那幅羅獵手繪的地圖。

安藤井下卻向那小教堂走去，瞎子看他走錯了道，慌忙拉住他道：「錯了，錯了，咱們直接從後面繞過去才對。」

安藤井下用力摔開瞎子的手腕，然後繼續沿著白骨鋪成的小路走向那神社。

瞎子知道自己無法阻止安藤井下，一時間不知應該隨同他前去還是留在這裡，眼看出路就在近前，偏偏又出了這個岔子，不由得暗暗叫苦，瞎子道：「恩公，那神社內不可能有人，你去那裡做什麼？」

安藤井下停下腳步，瞎子還以為他聽從了自己的奉勸，總算改變了主意。

安藤井下躬身抓起了一顆骷髏頭，猛地向神社前方的白骨鳥居砸去，骷髏頭重擊在鳥居之上，鳥居轟然倒塌。

蓬！蓬！蓬！蓬！安藤井下甩出去的這顆骷髏頭如同引燃了火藥桶，從後方的鳥居中一隻隻血紅色的生物飛了出來，牠們通體血紅無毛，體型如同獵犬般大小，一雙肉翅，翼展在兩米開外。

那些生物圍繞著神社的上方盤旋，一時間並未作出攻擊的動作。

瞎子本以為是大蝙蝠，可定睛一看，那些生物的面孔竟然像極了人臉。

安藤井下向後退了幾步，擋在瞎子面前，他雖然無法開口說話，可行動表明他在第一時間想到的還是要保護這位同伴。

瞎子心中暗歎，早知如此何必當初，這位恩公的小暴脾氣真是難以捉摸，明明他們可以繞過神社，他卻為何非得去招惹這個麻煩，現在好了，一顆頭骨引來了一大群怪物。

瞎子道：「我沒看錯吧？」

安藤井下搖了搖頭，他時刻提防著空中的怪物，那些怪物共有十八隻，目前只是在他們的頭頂上方盤旋，並沒有擺出攻擊的架勢。

安藤井下拍了拍胸脯，指了指那條退路。

瞎子明白了他的意思：「你是說讓我先走，你來斷後？」

安藤井下點了點頭，他見識過瞎子的戰鬥力，如果戰鬥真的打響，瞎子非但幫不上忙，反而還會成為自己的累贅。

瞎子道：「你確信能夠對付得了？」

安藤井下點了點頭，又擺了擺手，示意瞎子在那些怪物沒有發起攻擊之前儘快離開。

瞎子歎了口氣，最終還是做出了先行撤退的決定，他也明白安藤是嫌棄自己累贅，瞎子背起求生行囊向教堂後的小路悄悄溜了過去。

在瞎子移動之後，空中那十八隻盤旋的怪物突然發出陣陣怪叫，一隻怪物率先從空中向瞎子俯衝而來。安藤井下的雙臂著地，四肢並用向前方奔去，迅速超過了瞎子，雙腿一蹬，身軀騰空躍起，迎向那空中怪物，一把抓住怪物的一對肉翅膀，雙臂用力，硬生生將那怪物撕裂成兩半。

安藤井下的行為引燃了所有怪物的憤怒，所有的怪物都將目標集中在了他的身上，一個個瘋狂向安藤井下撲去。

因為安藤井下成功吸引了所有怪物的注意力，瞎子反倒變得無人問津，他趁機逃向神社後方，沿著神社後方的小路一溜煙逃到了地圖上標記的骨洞前方，按照地圖的描繪，穿過這骨洞就可離開白骨大船，瞎子跨入骨洞之前禁不住回頭看了一眼，卻見安藤井下被十多隻怪物所包圍，他雖然勇猛，可是卻無法飛翔。

那些怪物在損失了一名同伴之後，就改變了戰術，牠們採用車輪戰，偷襲安藤井下，偷襲得手之後馬上飛高，安藤井下的周身被抓出無數傷痕，雖然他擁有強大的自癒能力，可是身體舊傷未癒，新傷又添，流出的血跡四處紛飛，灑滿了白骨。

瞎子咬了咬嘴唇，雖然前方就是出口，可是自己如果獨自離去，豈不是等於將同伴的生死棄之於不顧，更何況安藤井下還是自己的恩公，不止一次救了自己的性命，他現在拚命搏殺，吸引了怪物的注意力，為的也是自己能夠順利逃脫。

瞎子摸了摸手槍，他拉開求生行囊，將那身珍珠魚皮似的衣服穿在身上，又把頭罩給套上，按照瞎子的想法，多一層保護總是好的，這透明頭罩至少可以防護面部，自己還沒討老婆，這張臉千萬不能被毀容了。

瞎子穿上防護服，開始時候覺得有些緊，可剛有這個想法就感覺防護服似乎擴展了一些，貼合身軀極其舒服，瞎子抽出手槍，咬牙切齒地罵了一聲道：「姥姥滴，幹死你們這幫怪胎。」

瞎子大吼道：「恩公，我來了！」他舉槍瞄準空中的怪物進行射擊，這麼大的目標，瞎子一槍一個準，那些怪物皮肉堅韌，雖然被子彈擊中，但是並未傷及要害，仍然沒有喪失飛行的能力。

瞎子槍裡的子彈有限，僅有的五發子彈已經射得乾乾淨淨，此時一隻怪物已經閃電般飛到他的面前，一雙利爪向他的面門抓去，瞎子嚇得慘叫一聲，心中暗叫我命休也，可是那怪物的爪子抓中面罩卻未能將之抓破，瞎子回過神來，一把抓住怪物的爪子，然後一拳重擊在那怪物醜陋的面孔之上，這一拳用盡全力，打得怪物的面孔扭曲起來，讓瞎子更為詫異的是，在他竭力揮拳的剎那，一道藍色的電光從他的拳頭傳導了出去，這電光啪地一聲擊中了怪物的腦袋，那怪物的頭顱從內部爆炸開來，竟然被瞎子如同捶西瓜一樣轟了個稀巴爛。

瞎子做夢都沒有想到自己的一拳竟然擁有這麼大的威力，望著死在自己面前的怪物，瞎子意識到這是因為這套衣服的緣故，就算他把吃奶的力氣都使出來，也不可能擁有這樣的拳力，更別說還可以帶出閃電。

瞎子還沒從勝利的興奮勁兒恢復過來，又有一雙利爪從後方抓住了他的後心，怪物的一雙爪子抓住他的行囊將他脫離了地面，瞎子反手去抓，可惜手臂太短無法抓住怪物的翅膀。

還好安藤井下及時發現瞎子遇到了麻煩，衝上來照著怪物的背脊就是一拳，安藤井下雖然沒有瞎子放電的本事，可是這一拳力量奇大無比，足可開碑裂石，拳頭砸在那怪物的背脊之上發出喀嚓一聲，骨頭已然碎裂。

瞎子趁機掙脫開來，雙手抓住怪物的左腿，奮起神威，竟然將那怪物的身軀抓起拋了出去，怪物先中了安藤井下一拳，又被瞎子拋起，在空中翻騰了兩周和一名同伴撞擊在了一起，雙雙掉落在了地上。

瞎子接連得手此時也是信心倍增，抽出從鳴鹿島得到的太刀，一個箭步就衝了上去，刷刷兩刀，將兩隻怪物的腦袋齊著脖子根兒斬斷。

瞎子有生以來都沒有如此威風過，遇到戰鬥他通常都是被照顧的一個，而現在這身衣服讓他的防護力和攻擊力倍增，瞎子哈哈大笑，威風凜凜大吼了一聲道：「還有誰？」

很多時候實力的增加會給人以勇氣，陸威霖雖看不到瞎子如今拉風的打怪場面，可是他也擁有了和瞎子一樣的裝備，這身裝備帶給陸威霖的最大感受就是溫暖，他主動走在前方，從周圍白骨上凝結的寒霜就能夠猜到周邊溫度仍在下降。

如果沒有這身衣服，恐怕自己真的要被凍僵了，陸威霖禁不住看了羅獵一眼，真不知道羅獵是怎樣忍受的，作為朋友，自己理應和羅獵共同分擔的。

羅獵的確感到寒冷，不過每當他感覺到自己就快無法承受的時候，丹田內就會湧出一股暖流，然後寒冷的感覺就會被驅散許多。羅獵表面上雖然風輕雲淡，實際上卻在默默感受著柳暗花明峰迴路轉的感覺，這過程充滿了波折和痛苦。

陸威霖道：「我脫下來給你暖和暖和。」他是真想脫掉這身衣服與羅獵共用。

羅獵阻止他道：「不必，你熬不住的。」他抬頭看了看兩側，不由得有些擔心，他們已經處在峽谷的中心，兩旁都是高高堆起的白骨，如果在此時發生坍塌，他們必然會被活埋。

陸威霖道：「不知瞎子他們走出去沒有？」

羅獵正想回答，卻聽到頭頂傳來窸窸窣窣的聲音，抬頭望去，卻見白骨堆的上方站著一道黑影，羅獵的第一反應就是儘快逃離這裡，大聲道：「快跑！」

陸威霖也發現不妙，邁開步伐向外面跑去，進入奔跑狀態，陸威霖方才意識到現在的自己腳步輕盈，奔跑速度成倍增加。

羅獵在陸威霖身後，以他對陸威霖的瞭解，自己的奔跑速度應該勝過陸威霖的，可是如今的陸威霖如同一頭銀色的獵豹瞬間就拉開了和他之間的距離，而且這種距離越拉越遠。

羅獵已經沒有時間去多想，兩側的白骨嘩啦啦向下方滾落，白骨宛如雪崩一般向中心的峽谷湧去。

陸威霖率先奔出了白骨峽谷，轉身望去，看到羅獵仍然還在峽谷內，羅獵竭力奔跑，後方白骨宛如巨浪般向他湧去，陸威霖大吼道：「快，快跑啊！」

羅獵用盡了所有的力量，眼看他就要逃出那道峽谷之時，突然腳下一空坍塌的不止是兩側的白骨山，羅獵一腳踏空之後，感覺如墜雲端，雙手揮舞著試圖抓住前方斷裂層的邊緣。

陸威霖騰空一躍，試圖在羅獵墜落之前將他抓住，可是他竭盡全力，距離羅獵揮舞的手臂仍然差了一尺的距離。

陸威霖看到羅獵向下方無盡的黑暗中墜落。

瞎子怪叫一聲，一拳將最後一隻怪物打得橫飛了出去，揮出的右拳電光閃爍，瞎子宛如戰神附體，保持著一拳擊飛怪物的架勢足足十五秒都沒有改變姿態，心中暗想，若是周曉蝶在這裡該有多好，看到自己如此威猛神勇，豈不是要愛死？

安藤井下從最初的震驚中平復了過來，一個人的戰鬥力在短時間內提升肯定不正常，瞎子沒有注射過化神激素，就是個普普通通的人，他的戰鬥力突然爆表，真正的奧秘就在那套銀色的衣服上，安藤井下有些好奇地伸手摸了摸瞎子的銀色外套。

瞎子有些敏感地向後退了一步：「恩公，別亂摸，都是男人。」

安藤井下喉頭發出呵呵的怪聲，瞎子聽出他在發笑，瞎子道：「我說恩公，你聲音還是蠻洪亮的，不如大膽說兩句。」

安藤井下何嘗不想說話，只是他的身體因為變異而改變了喉頭的聲帶結構，的確無法言語。前方傳來翅膀的撲騰聲，卻是一隻怪物還沒有完全斷氣，安藤井下來到那怪物身前，低頭望著那怪物，這怪物雖然長著人臉，可是除了這張面孔之外，身上再無和人類相似的地方。

那怪物張開嘴巴露出犬牙交錯的利齒，試圖發起最後的攻擊，安藤井下抬起腳來狠狠踏了下去，將怪物那張醜陋的面孔踩扁。

瞎子卻從一個死去怪物的身上找到了金屬銘牌，這銘牌他曾經在侏儒的身上見到過，不過並不是每隻怪物的身上都有銘牌，被他和安藤井下聯手全殲的怪物之中，也只找到了這個銘牌。

安藤井下湊近銘牌看了看，瞎子將銘牌遞給了他，上面都是日文，他不知道具體是什麼意思。

安藤井下看到那銘牌不由得皺起了眉頭，種種跡象表明，這座島嶼和藤野家族有著密切的關係，而藤野家族在日本又是一個極其神秘的存在，安藤井下和藤野家族有不共戴天之仇，藤野優加害死了他的父母。

安藤井下剛才的憤怒是因為他看到了神社入口處的鳥居，鳥居的供奉人是藤野優加，殺害他父母的仇人，所以安藤井下才會失控，投擲骷髏頭摧毀了鳥居，事先並未預料到會驚動鳥居中的怪物。

此前的侏儒和這些剛剛圍攻他們的怪物全都是藤野家族一手改造出來的怪物，安藤井下過去一直以為他有份參與的追風者計畫是軍方最為隱秘也是唯一的人體基因改造計畫，而眼前所見的這一切卻顛覆了他的認知。原來從事有關實驗的不僅僅是他們，他不知藤野家的實驗和軍方有無關係，可是從見到的一切已經可以判斷出，藤野家族在人體改造方面的能力已經遠遠超過了他們。

「走吧！」瞎子催促安藤井下道。

安藤搖了搖頭，此時他們感到腳底傳來了一陣劇烈的震動，這震動明顯來自於他們的下方。瞎子等到震動過去，方才敢大口呼吸，心中暗忖，難道是地震了？轉念一想他們仍然處在這艘白骨大船內，剛才的震動雖然強烈，不過並沒有持續太久的時間，難道是羅獵他們遇到了麻煩？

安藤井下和瞎子想到了一處，這艘白骨大船很大，他們剛才在外面看到的只是冰山一角，他們現在經過的距離已經遠遠超過了水面可見的範圍，按照他們最初的判斷，這艘大船應當是一座大船一樣的建築，並非漂浮在水面，在水面之下，擁有著更為驚人的龐雜結構。

安藤井下指了指那間神社，他要毀掉這間神社。

陸威霖望著眼前的白骨堆，整個人失魂落魄地坐在了地上，眼睜睜看著好友被白骨掩埋卻無能為力，這是一件何其痛苦的事情，如果自己早一刻發現羅獵的困境，早點轉身去救他，或許就能夠在白骨山坍塌之前將他營救出來。陸威霖努力回憶著羅獵被掩埋的情景，當時羅獵本應該有機會逃出來的，只是在最後時刻地面突然出現了一個大洞，羅獵才掉了進去。

興許羅獵不會有事，他一定不會有事，陸威霖相信羅獵的生存能力要比自己強大得多，望著眼前的白骨堆，他默默下定了決心，開始用最笨的方法，一點點移開白骨，希望能夠找到那個羅獵陷入其中的洞口。

身後傳來輕盈的腳步聲，陸威霖緩緩轉過身去，遠處一個身披黑色斗篷的人正緩步朝他走了過來，雖然看不清那人的面孔，可是陸威霖仍然從對方婀娜的步態判斷出這是一個女人。

陸威霖抽出手槍，槍口瞄準了來人，冷冷道：「別動！」

黑色的人影果然停下了腳步，低垂著頭，因為斗篷的緣故，她的整個面部都在陰影中，陸威霖看不清她的樣子，可是覺得這身形有些熟悉。

陸威霖道：「抬起頭來，拿掉斗篷！」

對方伸出雙手取下了帽子，然後慢慢抬起頭來，一張美麗清秀的俏臉出現在陸威霖的面前。

陸威霖因看到她的真容而驚詫地張大了嘴巴，他怎麼都不會想到竟然在這裡見到了顏天心，陸威霖向後退了一步，用力眨了眨眼睛，悄悄提醒自己一切都是幻象，顏天心已經死了，又怎麼可能出現在這裡？不可能，沒有任何可能？聯想起剛剛出現在白骨山上的黑影，如果那黑影就是顏天心，顏天心又怎麼可能傷害羅獵？傷害她心中摯愛之人？

陸威霖搖搖頭，再度睜開雙目，看到顏天心仍站在那裡，容光煥發，似乎比上次見到她時狀態更好，她唇角一彎，淡淡笑了笑：「陸威霖，別來無恙？」

陸威霖沒有聽錯，她準確無誤地叫出了自己的名字，陸威霖並沒有親歷那場和雄獅王的生死決戰，也不清楚當時到底發生了什麼，羅獵雖然清楚當時的狀況，可是他卻不願提及當時的任何事，沒有人願意揭開自己尚未癒合的傷疤。

陸威霖道：「你是誰？你究竟是誰？」

顏天心幽然歎了口氣道：「你連自己都不敢相信了？」

陸威霖咬了咬唇再度舉起手槍瞄準顏天心，大吼道：「顏天心已經死了！」

顏天心道：「你親眼所見？還是你巴不得我死？」

陸威霖道：「你不是顏天心，你絕不是顏天心，她怎麼可能加害羅獵？」

顏天心道：「人總是會變的，愛恨往往就在一線之間，他可以不顧我而去，難道我不可以恨他？」

陸威霖大聲道：「羅獵從來都沒有放棄過顏天心……」停頓了一下，他又道：「可惜你不是！」他果斷舉起了手槍，這一槍瞄準了顏天心的左肩，陸威霖扣動扳機，子彈向顏天心射去。

顏天心美麗的瞳孔驟然收縮，陸威霖開槍之前，她已經判斷出陸威霖對自己並無殺念，可是這一槍卻也不是虛張聲勢，子彈會擦破自己肩頭的皮肉，陸威霖要通過能否給自己造成傷害來判斷她究竟是人是鬼。

顏天心一動不動，射出槍膛的子彈卻在中途突然就放緩了速度，慢到目光足以追蹤它的軌跡，慢到近乎停滯。

顏天心伸出春蔥般纖長的左手，用拇指和中指輕輕鬆鬆就撚住了那顆子彈。

陸威霖無法相信自己的所見，對方的表現已經顛覆了他的認知。

顏天心道：「我們雖然算不上朋友，可是你也不該如此狠毒。」手腕緩緩轉動，掌心向上，中指將那顆子彈向陸威霖彈射了過去。

陸威霖已經做出了閃避的動作，可惜還是慢了一步，子彈射中了他的小腹，一股劇痛讓他的腸胃痙攣，陸威霖被彈頭傳來的強大衝擊力擊倒在地，他低頭望去，子彈並未穿透銀色的外衣，他心中駭然，如果不是這身衣服的保護，只怕那顆子彈已經穿透了他的身體。

顏天心皺了皺眉頭：「想不到，你居然有天羅甲防身，也算你命不該絕。」她並沒有繼續追殺陸威霖，而是轉身向黑暗中走去。

陸威霖大叫道：「你為何要害羅獵？」

即便是墜落過程中，羅獵也沒有放棄思考，自己下墜了應當有二十米，還好他直接跌入了水中，他的命運因自己一直以來的好運氣而扭轉，雖然落入水中沒有被摔得粉身碎骨，可是冰冷的海水卻凍得羅獵周身麻痹，他的手足無法動彈，現在唯一能做的就是屏住呼吸，避免這氣寒無比的水流嗆入自己的呼吸道。

失去活動能力的身體在緩慢下沉，羅獵甚至能夠感覺到自己的心跳正在越來越慢，而他周身的血液也隨著這水中寒冷的溫度越流越慢，羅獵並未掙扎，不僅僅因為他的身體已經麻痹，也因為他不想毫無意義地消耗自身的體力，他要將最後的體力用來喚醒體內沉睡的能量。

羅獵仍在不斷的下沉，在水下他看到前方幽藍色的光芒，他的心跳似乎已經停歇，就在羅獵怎麼也等待不到他下一次心跳的時候，一股暖流終於從丹田處狂湧而出，來得如此迅猛劇烈，期待已久的心跳聲再次響起，隨著暖流的湧出，心跳的速度在短時間內迅速增長，短時間內已經飆升到每分一百六十次。

羅獵的掌心和足心都開始感覺到了暖意，四肢的活動能力也開始得以恢復，他迅速上浮，以最快速度浮出水面，大口大口地呼吸著，活著畢竟還是快樂的。

羅獵的身體狀態恢復正常之後，他開始尋找最近的岸邊，記憶中那幽藍色的光芒就在前方，藍光閃爍的地方卻是一座古色古香的廟宇，這裡的一切都和地圖上完全不同。

羅獵很快就游到了岸邊，岸上開滿了花朵，空中瀰漫著一股淡淡的香氣，羅獵詫異於自己的所見，他清楚記得自己所經歷的一切，他現在應當身處於白骨大船的下方，或許已經深入到了水底之下。

羅獵坐在遍地鮮花之上，片刻的休息讓他感到周身的神經在放鬆，舒服得就想睡去。這樣的感覺卻讓羅獵開始警醒，往往越是這種時候越是容易麻痹大意。

廟宇中傳來陣陣輕柔婉轉的歌聲，羅獵回到水邊，將面孔浸入其中，強迫自己冷靜下來，睜開雙目，卻看到水下漂浮著一個女人的身軀，蒼白的面孔盯著自己，羅獵被嚇了一跳，趕緊抬起頭來，抹去臉上的水漬定睛再看之時，那水中根本沒有什麼人影。

剛才自己一定是看錯了，可那歌聲仍然在斷斷續續，羅獵感覺到自己的眼皮再度開始變得沉重起來，甜甜的花香氣息更加重了他的疲憊感，他意識到這些開在岸上的小花香氣中應當含有催眠的成分。

羅獵決定儘快遠離這片花田，舉步向前方的廟宇走去，他的步幅很慢，一邊走一邊默默調息，當初顏天心通過吳傑轉授給他一套內功心法，那套心法對於迅速恢復體能和神智擁有著莫大的幫助。

羅獵雖然自身意志力非常強大，可是他現在的身體狀態並非很好，在冷水中幾近麻痹，好不容易才激發了自身潛能撿回了一條性命，而剛才在岸邊的那種愉悅感很可能是因為花香中含有毒素的緣故。

對於自己現在看到的景象，羅獵都不敢全信，走過花田，來到了前方石徑之上，在入口處有一座小小的路碑，上面刻著篆字——永生界。

永生界？羅獵心中默默念道，這世上當真有人能夠永生嗎？永生這兩個字只能存在於夢想之中罷了。

羅獵繼續向前方走去，來到廟宇的前方，看到一株大樹，樹上並沒有樹葉，樹枝上綴滿銅錢，走近一看，那棵大樹乃是用青銅鑄成，樹上的銅錢都是方孔錢，羅獵撚起其中一枚仔細看了看，那銅錢乃是來自於秦朝的半兩。

秦始皇統一中原，也統一了貨幣，將半兩錢推行到整個中國，也是從那時起，方孔錢這種銅錢延續了兩千年。在中華大地見到半兩錢並不稀奇，可是現在已經遠離了中華，而且這裡已經進入了臨近橫濱的日本海域。

在這裡發現了秦半兩，而且如此之多，這就讓人深思了，羅獵鬆開手中的那枚銅錢，銅錢蕩了回去，和其他的銅錢撞擊在了一起，銅錢彼此相撞，宛如風鈴般叮咚不絕。

秦時和日方的交流之中最為出名的就是徐福率領五百童男童女前往東海尋找仙山，其目的是要替秦始皇尋得長生不老藥，徐福走後，也杳如黃鶴，從那以後一去不復返，秦始皇眼巴巴等了幾年之後，終於還是沒有等來他的長生不老藥，唯有抱憾死去。

羅獵想起剛才路碑上永生界的三個篆字，字體也符合年代，難道說這裡的一切當真和徐福有關？可種種跡象表明，徐福應當是成功登臨日本的，那麼又是誰流落到了這裡，並在此建起了如此詭異的白骨船？

羅獵在青銅樹上發現了一對青銅鳥，一隻鳥兒雙爪握住了青銅樹枝，另外一隻鳥兒騰空而起，只有嘴喙部和樹枝上的鳥兒結合在一起，看起來就像是正在接吻，在天願為比翼鳥，在地願為連理枝。

羅獵搖了搖頭，或許當初製作這對鳥兒的人應當處於熱戀之中吧。

古廟並不大，只有一間主殿，主殿內供奉的是女媧娘娘，羅獵抬頭看了看那塑像，塑像也是用青銅鑄造，雖然工藝精美，可是青銅塑像無論如何都不可能發聲，更不用說唱歌。

羅獵伸手拍了拍自己的額頭，一定是外面的花香讓自己產生幻覺。

此時歌聲又起，羅獵側耳傾聽，歌聲分明是從他的頭頂傳來，羅獵抬頭望去，卻見一個嬌小的袖珍女孩，她身無寸縷，背後生有一對透明的雙翼，在空中翩然飛舞，一邊飛舞一邊歌唱，她的歌聲充滿魔力，聲音雖然不大，可是卻無孔不入地鑽入到羅獵的耳中。

羅獵捂住雙耳試圖阻擋她的聲音，可是仍然擋不住那小精靈的聲音，充滿魔力的聲音一直深入到羅獵的腦海，羅獵抽出一柄飛刀，覷定空中的小精靈甩手將飛刀射了出去。

精靈抖動雙翅的頻率越來越慢，飛刀在空中飛行的速度也受到了影響，也變得越來越慢，即將飛到精靈面前的時候，飛刀竟然如沙塵般解體，化為銀色的粉屑，彌散在空氣中。

精靈振翅向遠方飛去，銀色的粉屑拖曳在她的身後形成了一道美麗的慧尾，羅獵毫不猶豫地向她追去，神廟突然消失，取而代之的是一片紅色的荒原，羅獵看到一位金髮少女騎著白馬在荒原上馳騁，那金髮少女驀然回首，映入羅獵眼簾的是一張青春洋溢的面孔。

「艾莉絲！」羅獵大聲呼喚道。

艾莉絲嫣然一笑，她縱馬奔行到前方的橡樹下，翻身下馬。

羅獵向她大步奔去，艾莉絲並沒有走遠，黃昏的風吹動她的金色長髮，秀髮遮住了俏臉，她伸出手，將金髮撩向耳後，朝著走近的羅獵伸出了自己的手。

羅獵也伸出手去，兩人的指尖觸及在一起，羅獵甚至能夠感受到她指尖的溫度，兩人執手相看，艾莉絲微笑著撲入他的懷中，少女的體香將羅獵包圍，她的聲音就在耳邊，可是又顯得飄渺不可捉摸。

「羅！我們永遠在一起，再也不分開好不好？」

羅獵的思緒瞬間回到了過去，他和艾莉絲之間的感情是青澀純潔的，甚至他們還未來得及向彼此表達愛意。羅獵擁抱著艾莉絲，可內心深處一個聲音卻又在提醒著他，羅獵的手慢慢垂落下去。

艾莉絲感覺到他正在鬆開自己，於是越發抱緊了他：「羅，留下來，永遠和我在一起好不好？」

「不！」

羅獵的回答讓艾莉絲的嬌軀為之一顫，緊抱住羅獵的手臂開始放鬆。

「艾莉絲已經死了，沒有人會死而復生！」羅獵扶住她的雙肩，輕輕將她從自己的懷中推開。

艾莉絲冰藍色的美眸憂傷地望著他，然後在羅獵的面前慢慢凝固，羅獵抿了抿嘴唇，艾莉絲如同沙塵一般消失在空氣之中，隨之消失的還有周圍的紅色荒原，紅石崖，白色駿馬。

羅獵明白艾莉絲，以及過去他們之間所擁有的一切都宛如流沙般隨風而逝，再也無法追回。

精靈在空中仍然搧動著翅膀，她的歌聲再度響起。

羅獵道：「我不知道你是誰，可是就算你能夠奪走我的生命，你也無法奪走我的意識，無法主宰我的靈魂。」

精靈發出一連串妖嬈的笑聲，她在羅獵的面前盤旋著。

羅獵並未嘗試再次對她發起攻擊，因為他意識到自己可能並非處於清醒的狀態中，羅獵在催眠方面研究頗深，在他學過的一種理論中，人的意識被分為數種層次，通常說的意識如同建造在地面上的房屋，而潛意識就如同房屋的地下室，可意識的層次並非僅僅這兩種，在地下室之下還有一層又一層的意識，因為人的不同層次也不同。

意識越是堅強，其層次越多，本我意識隱藏的越深，換句話來說，這種人被控制意識的難度最大，羅獵正是這種人，他的表面意識和潛意識都已經被人控制，可是他仍然還保留著最深層的本我意識，通常人被控制意識之後，會喪失思考的能力。而羅獵卻仍然在最深層的部分保留著自我思考的能力，對方是一個極其強大的對手，可以讓他產生種種的幻覺，試圖控制他的全部。

可是羅獵仍然能夠堅守住他的本心，這一點理智讓他的整體不至於淪陷，羅獵認為自己的多半意識已經被人控制，所以才會產生種種幻覺，而對方通過控制自己的意識，甚至能夠讀取他隱藏在腦域中的記憶。

羅獵現在最大的問題就是無法清醒過來，明明知道自己的意識被人控制，可是卻無法奪回控制權，猶如一個睡夢中將醒之人，努力想要清醒卻睜不開眼。

精靈繼續向前飛去，羅獵不由自主追隨著她的腳步，他悄悄提醒自己，所有一切都有人在暗動手腳，正引著自己越陷越深，對方在不斷突破他的意識防線，一旦尋找到他最深層的本我意識，那麼他將會喪失主動思考的能力，從而落入對方的掌控之中。

一塊巨大的黑色石碑在他的面前冉冉升起，石碑之上金光閃爍，那金光刺痛了羅獵的雙目，他不得不伸手遮蔽前方閃爍的金光，他從上方的字跡辨認出那是禹神碑，他清楚記得上面的每一個字。

禹神碑的內容剛剛浮現在羅獵的腦海之中，羅獵卻突然警醒，如果入侵者可以看到自己腦域中的景象，那麼對方同樣可以因為自己記憶的閃回而看到禹神碑的全部內容。

禹神碑上的夏文是羅獵擁有的最大秘密，絕不可輕易洩露。

禹神碑緩緩旋轉著，當背面轉向羅獵的時候，他看到一個紅衣女子被鎖在禹神碑之上，烈火正在炙烤著她的雙足，羅獵目眥欲裂，這女子正是顏天心，羅獵幾乎就要衝上前去，可是在他準備撲上去的剎那內心卻又突然想起了一件事，在他的生命中只有過一次徹底放棄腦域的防禦，讓人暢通無阻地進入其中的經歷，那就是龍玉公主。

當時他為了消滅雄獅王而和龍玉公主聯手，天廟生死決戰之後，龍玉公主就失去了蹤跡，羅獵認為她多半死於雄獅王之手，他在天廟並未感覺到她的存在，如果不是吳傑救出了自己，或許自己也將永久被埋葬在天廟的廢墟之中。

羅獵已經猜到幕後的操縱者是誰？也只有她才知道自己那麼多的秘密，才擁有如此強大的精神力，才可以在不知不覺中侵佔自己的腦域。

精靈仍然在羅獵的面前盤旋，羅獵卻停下了腳步，他努力回憶著龍玉公主的模樣，在腦域中搜尋著親吻龍玉公主的記憶，當腦海中浮現出那幕情景的時候，周圍的景物開始變得波動起來。

這細微的波動卻讓羅獵判斷出他現在所處的地方全都是龍玉公主所營造出的幻境，羅獵爆發出一聲怒吼：「龍玉！」

他睜開雙目，一伸手抓住了空中的精靈，毫不猶豫地將她死死握在掌心之中，周圍的景物倏然消散得乾乾淨淨，只剩下遍地紅沙，羅獵如夢初醒，他發現自己躺在紅沙之上。

顏天心身穿黑色斗篷就跪在他的面前，一雙美眸充滿關切地望著他，柔聲道：「羅獵，你醒了？」

羅獵望著顏天心，他清晰感受到了自己重新控制了自己的腦域，周圍不再是幻境，而是現實，望著顏天心的雙目中溫情稍閃即逝，他的冷靜和清醒讓對方的內心再起波瀾。

羅獵平靜道：「你不是她，也永遠不可能代替她。」

龍玉公主嫣然一笑，羅獵因她的笑容險些再度陷入迷亂之中，她的一顰一笑一舉一動，乃至容貌的每一個細節都和顏天心幾乎一模一樣，羅獵的內心陷入極度的痛苦中，因為這具肉體本身就屬於顏天心，在她的腦域世界被雄獅王全部摧毀之後，龍玉公主強大的意識佔據了這裡。

羅獵無法改變。

龍玉公主道：「我是誰？我的身體被雄獅王摧毀，真正屬於我的只有這裡。」她指了指自己的大腦，然後又歎了口氣道：「其實你心中一定矛盾得很對不對？你恨不得殺了我，可又不捨得毀掉顏天心的身體對不對？」

羅獵冷冷望著她。

龍玉公主格格笑了起來，笑得花枝亂顫，好一會兒方才停下笑聲站起身來：「這世上最瞭解你的人其實是我，就算顏天心也不行！」

羅獵皺了皺眉頭，卻無法否認她的這句話，只有她進入了自己的腦域，自己的過去，自己的所有一切對她而言都已經不再是秘密，羅獵終於明白因何西蒙會遠渡重洋找到了自己。

他站起身來：「你控制了西蒙的意識，讓他找到了我，透露給我所謂的秘密，將我吸引到這裡來。」

龍玉公主道：「你那麼聰明，自然能夠想得到，」

「你害死了西蒙！」

「就算我沒有找上他，他也一定會死，而且還活不了那麼久，他鬼迷心竅，害死了自己的女兒……」龍玉公主向羅獵瞟了一眼道：「害死了你的艾莉絲，他死有餘辜！」

羅獵道：「你處心積慮把我引到這裡來，到底有何目的？」

龍玉公主道：「其實是我自己多此一舉，就算我不讓西蒙去找你，你也一定會來，看來冥冥之中你我之間還有未斷的緣分。」說到這裡她心中卻是一動，說不定是羅獵和顏天心的緣分未了，不過顏天心的意識早已灰飛湮滅，在她的腦域世界中找不到丁點兒的存在，除了這具身體再也沒有屬於顏天心的任何部分。

羅獵道：「我不明白，你為何要將我引到這個孤島？」

龍玉公主道：「黑日禁典。」

羅獵皺了皺眉頭，當年藤野誠一潛入天廟盜走了《黑日禁典》，那本禁典乃是昊日大祭司畢生心血所著，從藤野家族層出不窮的高手來看，那本禁典裡面包含的秘密絕不簡單。

龍玉公主道：「我曾經入侵過藤野忠信的腦域，此人能夠掀起那麼大的波瀾已經很不簡單，可是他在藤野家族中卻只不過是一個不起眼的小角色。」

羅獵道：「他的一身本領就是得自於《黑日禁典》嗎？」

龍玉公主道：「他若是得到了禁典的全部，只怕連我都難以對付他。」

羅獵道：「公主殿下能力出眾，你想做的事情天下間又有誰能夠阻攔，區區一本《黑日禁典》又怎能難得住你。」

龍玉公主幽然歎了口氣道：「我若是有辦法又何必麻煩你？」她向前走了一步直面羅獵道：「你我聯手除掉雄獅王，雖然成功可是你我都受到了重創，我現在所剩的能力連昔日的十分之一都不到。」

羅獵知道她並沒有說謊，自己在那場大戰之中也受到了很大的損傷，距離自己巔峰時候的狀態也是大打折扣，只是羅獵認為自己的損失沒有龍玉那麼誇張。

龍玉道：「慧心石的能量被你吸收，這才是你僥倖存活的原因，我檢查過你的身體，你的損耗並沒有我那麼大。」

羅獵道：「你的判斷未必都是正確的。」

龍玉欲言又止。

羅獵道：「所以你就想方設法將我引到這裡來跟你合作？找回《黑日禁典》？」

龍玉道：「我高估了你們，如果沒有我，恐怕你們連這座島都無法離開。」

羅獵道：「既然如此，咱們就此別過。」

龍玉公主道：「你以為你們走得出去嗎？」

羅獵道：「既然能夠走進來，就一定能夠走得出去。」他時刻警惕著龍玉，以防她再次趁虛而入，進入並控制自己的腦域。

龍玉覺察到了他對自己的戒心，莞爾笑道：「你不用擔心，我剛才之所以能夠侵入你的腦域，是因為你的身體狀態極差，而且又吸入了不少轉生花的香氣，即便如此，我仍然控制不住你。」

羅獵道：「控制別人的腦域又能讓你得到什麼？」望著眼前的龍玉，恍如顏天心在世，羅獵的內心不禁一陣陣隱痛，他知道眼前只是顏天心的肉體罷了，她的靈魂早已灰飛湮滅。

龍玉道：「其實我也不知道自己究竟是誰？可是我又能有什麼選擇？」她說的倒是實話，在當時的狀況下她的肉體已經被雄獅王摧毀，唯有利用顏天心的軀體才能繼續存活下去，在她看來顏天心也沒有吃虧，與其失去靈魂在天廟的廢墟中任其自生自滅，不如將肉身送給自己，至少現在顏天心可以以這樣的方式繼續活下去。

卻不知在羅獵的眼中，顏天心和死去無異。

龍玉道：「如果你不喜歡，你不情願我佔據了她的身體，我大可放棄。」她語氣輕柔，卻巧妙地將了羅獵一軍，如果她放棄顏天心的軀體，另尋宿主，那麼顏天心的肉體就會因缺乏靈魂而徹底死去，龍玉看出羅獵是不會輕易放棄顏天心的，她佔據了顏天心的軀體等於成功抓住了羅獵的弱點。

雖然如此龍玉心中卻沒有產生應有的快意，她甚至有些嫉妒，正如她自己所言，她的心中也充滿了迷惘，自己究竟是誰？顏天心的靈魂明明早已被摧毀，可是她為何還會產生嫉妒的感覺？嫉妒一個死去的人？龍玉甚至產生過要放棄這具身體的念頭，為何要活在別人的陰影下？然而她幾度興起這念頭又幾度放棄。

羅獵環視周圍，既是在觀察周圍的環境，也是在躲避龍玉公主的目光，看到顏天心就在自己的面前，可心中又明白眼前的只不過是她的軀殼罷了，想要就此和她劃清界限各分東西，可內心深處又有一絲難捨的情愫作祟，蓋因他仍然不願接受顏天心已經魂飛魄散的事實，即便只是軀體，也是他未滅的希望。

龍玉公主道：「我們或許可以做個交易。」

羅獵搖了搖頭。

龍玉公主被他的冷淡和傲慢激怒了，厲聲道：「難道你眼睜睜看著你的同伴困死在這裡？」

羅獵霍然回過頭去，正看到龍玉冷漠陰森的表情，這樣的表情絕不會出現在顏天心的面孔上。

龍玉在羅獵的注視下內心忽然一陣發虛，她居然將目光垂落下去，咬了咬櫻唇道：「我沒有要脅你的意思，如果沒有你幫我，我絕對無法完成這件事。」她歎了口氣道：「這裡曾經是古時的一個修煉場，昊日大祭司曾經在此修煉過，也將這裡記載在《黑日禁典》內。」

羅獵在天廟之戰的時候就已經判斷出，包括昊日大祭司、雄獅王、龍玉公主在內的這些人絕非尋常的人類，他們和自己的父母也不同，應當不是來自於未來，最大的可能是從遙遠的外太空來到了這裡。

禹神碑、九鼎、神秘的夏文，這一系列的因素都和他們似乎有所關聯，最有可能解開其中答案的人就是龍玉公主，或許她早就知道了答案。

龍玉公主從羅獵古井不波的面容上看不出他的內心是否有所鬆動，又不敢貿然侵入他的腦域，生恐這樣的行為會激怒了他，龍玉公主突然意識到自己對羅獵竟然產生了一些敬畏感，這在她漫長的生命過程中還是從未有過的經歷。

龍玉公主繼續道：「雄獅王的可怕你已經領教過，可是雄獅王最巔峰的實力也難以和昊日大祭司抗衡，那部《黑日禁典》融合了昊日大祭司畢生精華，如果有人參透了那本禁典，將會擁有多麼可怕的實力？」

羅獵沒有否認她的這個說法，可是也懷疑她故意有所誇大，為何龍玉公主要跟自己合作？她又是何時來到了這裡？羅獵心中暗自琢磨著，沉吟片刻低聲道：「你何時到了這裡？」

龍玉公主道：「在你之前不久。」她並沒有正面回答羅獵的問題。

羅獵盯住她的雙眸，這雙美麗的眼睛屬於顏天心之時清澈見底，羅獵可以看到她的內心，而現在卻高深莫測，龍玉的內心中波譎雲詭不可捉摸。

龍玉公主警惕地望著羅獵，生恐被他看透自己的秘密。

羅獵輕聲歎了口氣道：「你我之間只怕無法合作。」

龍玉公主道：「別忘了，你我曾經聯手擊敗了雄獅王。」

羅獵心中暗忖，此一時彼一時，那時是因為無路可退，自己方才放棄防禦任由她進入自己的腦域，而現在這種狀況應當不會再次重現，他們彼此都不相信對方，任何成功的合作都需要建立在彼此信任的基礎上。

第八章

禁錮

這才是龍玉無法離開這座島嶼的真正原因，
來到這座小島的初衷是為了尋找《黑日禁典》，
可是到了這裡，卻發現這裡早已被廢棄，
這被藤野家廢棄的島嶼竟存在著神秘的禁錮力量。

羅獵道：「你行事果然縝密。」

「何出此言？」

羅獵道：「其實你是被困在了這白骨船內對不對？」

龍玉公主內心劇震，她自認為掩飾得天衣無縫，剛才還幾乎掌控了羅獵的腦域，卻沒有料到最終功敗垂成，而羅獵卻能在短時間內恢復對自身意識的控制力，更發現了她的秘密。

羅獵盯住龍玉公主的雙眸道：「你來此之前並無確然的把握，所以才留下了一條退路，控制西蒙的意識，讓他遠渡重洋前往黃浦去找我，在他出發之時你就應當來到了這裡，如果你成功，我是否出現在這裡就無關緊要，如果你失敗，我根據西蒙提供的線索前來，就會成為你脫困的希望。」

龍玉公主格格笑了起來：「羅獵啊羅獵，難怪有那麼多人死心塌地的對你，你果然厲害。」

羅獵道：「所以，你和我們一樣都被困在了這座小島上，對不對？」

龍玉公主此時已經不再掩飾，點了點頭道：「是，我們被困在了同一條船上，所以無論你情願與否，都得跟我同舟共濟。」

羅獵道：「以你的能力應當可以從島上離開。」

龍玉公主道：「走進來就出不去，這裡沒有回頭路。」

羅獵道：「既然如此，大家只好在這裡等死。」他從龍玉公主的雙目中捕捉到了一些資訊：「有出路對不對？」

龍玉公主道：「當真我什麼都瞞不過你，藤野家族根據《黑日禁典》找到了這個地方，並將這裡變成他們家族的秘密基地，可後來這裡發生了事情，一場導致整個基地毀滅的內部紛爭，所以藤野家族不得不撤出並將這裡封閉。」

羅獵道：「你是說這裡已經被廢棄了？」

龍玉公主點了點頭道：「應當廢棄了不少年，只是當時藤野家族的人走得太過匆忙，所以留下了一些怪物，他們以為那些怪物可以自生自滅，卻想不到有不少居然頑強地生存了下來。」

羅獵想起了那侏儒，看來侏儒就是當年藤野家族留下的怪物，在羅獵看來這座小島更像是一個秘密的人體實驗室，所謂的《黑日禁典》極有可能是一本人體改造的百科全書。

龍玉公主作為昊日大祭司的弟子不可能對《黑日禁典》的內容一無所知，難道是《黑日禁典》的內容太過邪惡，所以昊日大祭司在生前並未傳授給她？她這麼積極尋找《黑日禁典》的真實動機難免讓人生疑。

龍玉公主看出羅獵仍然不信任自己，她柔聲道：「你就算不信我，也應當相信顏天心。」

羅獵冷冷道：「你最好不要再提起她的名字。」

龍玉公主柳眉倒豎，鳳目圓睜，她想要發作，可最終還是按捺住了火氣，哼了一聲道：「不提就不提，難道你當真想要在這裡坐以待斃？」其實她算準了羅獵不會放棄，可是因羅獵的態度終於還是沉不住氣了。

羅獵道：「說說你被困在這裡的原因。」

龍玉公主雖然抵觸羅獵這種審問犯人一樣的語氣，可畢竟有求於他，不得不強忍下這口氣，無論前世今生，能讓她如此忍氣吞聲低三下四的羅獵還是頭一個。默默斟酌了一下，終於說道：「這座島嶼有種神秘的限制力。」

「限制力？」

龍玉點了點頭，這才是她無法離開這座島嶼的真正原因，她來到這座小島的初衷是為了尋找《黑日禁典》，可是到了這裡發現這裡早已被廢棄，可是這被藤野家廢棄的島嶼竟然存在著一股神秘的禁錮力量，她的能力在天廟決戰之後就已經大打折扣，到了這裡，再次受到干擾和禁錮，原本所剩不多的能量又再次被削弱，在羅獵到來之前，事實上她已經被囚禁在這裡。

龍玉道：「我一直都在等你到來，希望西蒙能找到你並成功說服你前來。」

羅獵道：「如果我沒有被他說動呢？」

龍玉道：「那我就會永遠等下去，等到我死！」她說這番話的表情像極了顏天心，羅獵的內心忍不住一陣悸動，他意識到自己無法拒絕龍玉合作的要求。

老安去而復返，從他失落的表情就知道結果並不樂觀，海明珠迎上前去：「你沒事吧？」她首先關心的是老安是否平安，而不是他有沒有找到出路，老安心中一暖，沮喪一掃而光，血濃於水，女兒畢竟還是關心著自己，就衝她這句話，當爹的為她犧牲性命都心甘情願。

老安搖搖頭道：「回去的道路都斷了，還沒等我走到瀑布那邊，道路就堵上了，我無法前行，只能回來。」歎了口氣道：「看來，咱們是被困在這裡了。」

海明珠道：「沒事，你平安回來就好。」

老安欣慰地笑了笑，看到葉青虹仍然眼巴巴望著對面，水面上升起白茫茫的霧氣，已經看不到那艘白骨大船了，老安道：「怎麼？他們還沒回來？」

張長弓道：「是啊，去了已經整整三個小時了。」

葉青虹道：「該不會是出了什麼事情？」

老安道：「要不，我過去看看。」

張長弓道：「我跟你一起去。」

海明珠道：「一起去，總在這裡等也不是辦法。」

幾人將目光投向葉青虹，他們還要看葉青虹的決斷，葉青虹雖然擔心，可是她對羅獵的能力是絕對信任的，在場的所有人中，沒有人比她更加揪心，可越是如此，她越是不能喪失理智，想了想道：「再等等，如果羅獵遇到了無法克服的麻煩，咱們去了也於事無補。」

幾人都點了點頭，葉青虹說的沒錯，此次前往白骨大船的四人無一不是本領超群，如果連他們四個都不能平安返回，那麼他們幾人去了也沒什麼作用。

葉青虹道：「再等等，我相信羅獵一定能夠回來。」

瞎子和安藤井下望著眼前一個個巨大的玻璃容器，兩人都被所見到的一切深深震撼到了，這間神社其實是一個實驗室，這一個個玻璃容器內，盛放著形形色色的古怪生物，有的人頭蛇身，有的狼頭人身，好像將不同的生物切割之後重新縫合在一起。

瞎子看得只犯噁心，安藤井下卻從眼前所見看出，這裡根本不是什麼神廟，就是一間人體實驗室，他過去所從事的追風者計畫只是利用從麻博軒體內血液中提取出的神秘物質用來改善身體，可是眼前的一切卻證明有人在偷偷進行有違人道有悖人倫的恐怖實驗。

瞎子顫聲道：「這……這簡直是人間煉獄。」

安藤井下並不認為這是煉獄，這只是一個試驗場，容器裡面的古怪生物都已經失去了生命，牠們應當是失敗品，如同自己一樣，只不過這些實驗品沒有自己那麼幸運，在試驗之後僥倖存活下來，牠們則永遠失去了生命。

安藤井下忽然想到了一件極其可怕的事情，藤野優加難道也接受了實驗？

瞎子甚至連一刻都不想在這裡待下去了，他低聲道：「恩公，咱們走吧，如果繼續待下去，我就要瘋掉了。」

安藤井下卻繼續向裡面走去，他要搞清楚這裡還有什麼邪惡的秘密。

陸威霖仍然堅持移動著那堆白骨，只要他有一口氣在就不可以放棄自己的好朋友，他堅信如果羅獵和自己換個位置，羅獵也一定會這樣做。

陸威霖已經筋疲力盡，就在他心中希望變得越來越渺茫的時候，突然聽到一個親切而熟悉的聲音在身後道：「威霖，你在找我嗎？」

陸威霖的身軀猛然停頓在那裡，然後他迅速轉過身去，看到身後安然無恙的羅獵，一時間百感交集，向來性情冷傲強硬的他竟然虎目蘊淚，當他看到羅獵的身邊還多了一人，驚喜的心情頓時如過山車般大起大落。

顏天心竟然和羅獵在一起。

陸威霖掏出手槍瞄準了顏天心，大吼道：「你是誰？你究竟是誰？」

龍玉公主有恃無恐地望著他：「你敢開槍嗎？」

陸威霖內心頓時猶豫了起來，無論羅獵在或不在，他都很難抉擇是否開槍，畢竟顏天心是他的同伴，更是羅獵心中摯愛，他剛才之所以恨極了對方，是因為他認為羅獵被顏天心所害，現在羅獵安然返回，所謂的仇恨自然不復存在。

羅獵道：「威霖，你冷靜一些。」

陸威霖充滿問詢道：「你知道她是誰？你知不知道自己剛剛掉下去就是她的緣故？」

龍玉公主不屑冷笑了一聲，向羅獵嬌媚道：「羅獵，你是相信他還是相信我？」

面對龍玉公主妖媚目光，羅獵不為所動淡然道：「我相信自己雙眼所見。」

陸威霖抓住羅獵將他拖到一旁，壓低聲音道：「她只是長得像顏天心，可她根本不是顏天心，你明白嗎？」

羅獵微微一笑，這其中的內情他比任何人都要清楚，他若是將發生過的一切告訴同伴，恐怕多半人都不會相信，羅獵不想解釋，現在也沒時間解釋，他低聲道：「威霖，咱們先離開這裡再說。」

陸威霖皺了皺眉頭，隱約猜到羅獵和顏天心之間興許達成了某種協定，出於對羅獵一貫以來的信任，他決定暫時擱置剛才發生的事，點點頭道：「好吧。」

有龍玉公主引路，他們等於有了一張活地圖，龍玉公主帶著他們穿過數道暗門，指著前方的神社樣建築道：「那裡就是藤野家族的秘密基地了。」她聞到空氣中的濃烈血腥味道，馬上意識到這裡應當剛剛發生過一場戰鬥。

羅獵和陸威霖幾乎在同時發現了不遠處的屍體，那是一些怪物的屍體，陸威霖從未見過這樣的怪物，低聲道：「這些是什麼？」

龍玉公主道：「迦陵頻伽！」

迦陵頻伽是出土於西夏的人首鳥身的文物，羅獵和陸威霖在西夏王陵冒險期間曾經不止一次見到過，可他們一直以為那是西夏的某種圖騰，並沒有想到有朝一日可以見到迦陵頻伽的活物樣本，確切地說應當是屍體。

雖然看到了這人首鳥身的怪物，羅獵仍然認為眼前的這些屍體和迦陵頻伽沒有任何的關係，在他看來這些死去的怪物更像是一些變種人，和方克文、安藤井下類似。

陸威霖忽然驚喜道：「瞎子！」

他們舉目望去，果然看到兩道身影從神廟走了出來，其中一人正是瞎子，另外一個身材高大的怪物就是安藤井下。

瞎子他們在神廟內搜索了一周，那些實驗的半成品和失敗品讓兩人觸目驚心，出來之後沒想到就看到同伴出現，對他們來說可謂是意外之喜了，瞎子的興奮勁兒只持續了一小會兒，馬上就發現了羅獵身邊的顏天心，這種感覺比他剛才看到那些變種怪物還要讓他毛骨悚然，瞎子只叫了一聲：「啊……」便硬生生把接下來的話全都吞了回去。

瞎子因為外婆生病所以並未隨同羅獵前往西夏王陵冒險，所以他對顏天心的事情只是聽說，並未親眼見過，根據眾人所說，顏天心已經死於天廟之戰，瞎子因此還為了羅獵傷心不已，在他眼中顏天心至少要比那個屢次欺騙威嚇自己的葉青虹要可愛得多。

已經死了的人突然又出現在自己的面前，給瞎子心靈上的震撼難以形容。

龍玉從瞎子惶恐的表情就看出他害怕自己，當下甜甜一笑道：「瞎子，別來無恙？」她不但佔據了顏天心的身軀，而且讀取了顏天心所有的記憶。

瞎子張口結舌，他感到呼吸困難，將透明的面罩從臉上取了下來，結結巴巴道：「顏……顏天心……你……你不是……」

龍玉格格笑道：「你是不是以為我死了？誰說的？」一雙妙目盯住羅獵道：「你是不是很想我死啊？」

安藤井下警惕地望著龍玉，頸部的鱗甲向上立起，雙拳緊握在一起。

龍玉看都不向他看上一眼，抿了抿櫻唇道：「這裡好冷。」

羅獵道：「那就儘快出去。」

龍玉公主意味深長道：「你很想離開這裡啊？」

羅獵意識到這妖女處處都在跟自己作對，反正自己說什麼她都得懟回來，不過羅獵也看準了龍玉必須要跟自己合作，否則她根本無法離開這個地方。

看到羅獵沒有說話，瞎子可憋不住了，他點了點頭道：「當然想離開啊，總不能在這陰風陣陣死氣沉沉的地方待著，跟鬼作伴嗎？」

龍玉指了指地上橫七豎八的屍體道：「這些怪物都是你殺的？」

瞎子嘿嘿笑道：「小意思。」

羅獵和陸威霖都知道他可沒這樣的本事，十有八九是安藤井下的所為。

龍玉道：「這裡距離離開白骨船已經不遠。」她停頓了一下又道：「你們是不是發現了書桌下面的地圖？」

瞎子朝羅獵看了一眼，不知道自己是不是應該說。

羅獵心中暗歎，這龍玉公主智慧出眾，今天他們來到這裡多半源於她的設計，她既然這樣問，就證明那桌下的地圖搞不好也是她故意留下。

羅獵道：「在這裡耽擱時間沒有任何的意義。」

龍玉明白他的意思，莞爾一笑道：「隨我來。」她向前方走去，安藤井下慌忙閃到了一旁，明顯對這位突然出現的女子充滿了敬畏。他的舉動並未逃過羅獵的眼睛，羅獵心中暗忖，安藤井下所注射的化神激素來自於麻博軒，而麻博軒之所以會發生變異卻是因為九幽秘境的經歷，龍玉公主稱得上九幽秘境的主人，安藤井下對她產生畏懼也是理所當然的事情。

羅獵也留意到龍玉公主始終正眼沒有看過安藤井下，或許是壓根沒有將他看在眼裡，或許她心懷鬼胎故意迴避，自己需要多多留意，以防她從中作梗。

一行人隨著龍玉公主順利找到了出路，沿著骨洞的階梯上行，並沒有遇到任何障礙就回到了白骨大船的甲板之上。

龍玉公主將他們帶到白骨船的尾部，那裡的甲板下藏著一艘小船，那小船並非是用白骨組成，而是貨真價實的一艘船。

他們回到甲板上的時候，水面上的霧氣已經消散，仍在岸上焦急等待的葉青虹等人已經看到了他們的身影，葉青虹始終懸著的心總算落地，不過當那艘小船距離岸邊越來越近，葉青虹臉上的笑容漸漸收斂。

張長弓心中的震駭絕不次於葉青虹，船上多了一個人，羅獵他們此次前往白骨大船的探索之旅最大的收穫是帶回來了一個人，那人竟然是顏天心。

張長弓曾經親歷西夏王陵那場生死冒險，對於顏天心的事情他非常清楚，就算他敲破腦袋也無法想透這其中的道理，顏天心為何突然就出現在了這個地方？

葉青虹咬了咬櫻唇，她甚至懷疑羅獵對此行的目的有所隱瞞，難道他從一開始就知道顏天心在這個島上，所以才會堅持前來，如果當真是這樣，自己被他騙得夠慘。

海明珠小聲道：「那黑衣女人是誰？」

老安道：「正常人不可能待在這種地方。」

海明珠點了點頭道：「換成是我，一天都待不下去。」其實何止是她，只要是正常人都無法忍受這裡的孤寂。

老安打量著船上的女郎，她一身黑衣，膚色欺霜賽雪，看她的樣子根本沒有任何的恐懼，鎮定自若，精神飽滿，她究竟是人是鬼？

葉青虹同樣在考慮著這個問題，眼前的顏天心究竟是人是鬼？

張長弓低聲向她道：「她絕不是顏天心。」

葉青虹內心一怔，小聲道：「她究竟是誰？」

張長弓道：「你有沒有聽說過攝魂大法？」離開甘邊雖然有一段日子，可是張長弓始終無法將發生在那邊的事情忘記，顏天心突然性情大變的事情他依然記憶猶新，因為此事他特地請教過宋昌金，老狐狸宋昌金見多識廣，認為當時的顏天心被龍玉公主所控制，也就是說身體雖然是顏天心的，可意識卻已經被人完全控制。

所以顏天心才會做出許多讓人意想不到的事情，天廟決戰之後，所有人都認為顏天心死了，否則羅獵也不會表現得那麼傷心，還為此隱居了很長一段時間。身為羅獵的好友，他們也不忍心再觸及羅獵的傷疤。

無論怎樣，同伴的平安返回都是讓人欣慰的，幾人上岸之後，龍玉公主的目光鎖定在葉青虹身上。

葉青虹望著龍玉公主，心中卻認定了她是死而復生的顏天心，淺淺一笑道：「這位就是顏大掌櫃了？」

龍玉公主道：「你是誰？」

葉青虹道：「在下葉青虹！」

龍玉公主讚道：「挺漂亮的，難怪能將羅獵迷得神魂顛倒。」

葉青虹也見慣風浪，微笑道：「顏大掌櫃哪裡話，我和羅獵只是普通朋友……」停頓了一下又道：「跟你們的關係一樣。」這話背後的含義就是，我和羅獵沒什麼，你們也是一樣。

羅獵知趣地走到一旁，其他人也是一樣，除了好奇心很重的瞎子之外，沒有人在這種時候湊到近前，瞎子有種於無聲處聽驚雷的感覺，這兩位美女表面上風平浪靜，可是她們的每句話都是暗藏機鋒，瞎子心中暗忖，若是現在發兩把刀給她們，怕不是要拚上一個兩敗俱傷。

可瞎子又有些納悶，顏天心哪裡有被人控制精神的意思，和葉青虹唇槍舌劍也不見落半點下風。

這會兒功夫老安已經將自己剛才想要回去尋找出路的事情簡單說了一遍，羅獵對此並沒有感覺到太大驚奇，畢竟此前龍玉公主就已經說過，想要沿著回頭路離開這裡沒有任何可能。

老安道：「你們那邊的情況怎樣？」既然回頭路走不通，只能寄希望於羅獵那一邊。

羅獵搖了搖頭道：「那條白骨船並沒有出路。」

老安道：「她興許知道什麼？」他口中的她指的自然是龍玉公主。

龍玉公主和葉青虹之間的對話已經告一段落，她笑盈盈走向羅獵，張長弓忽然感到內心有種莫名的壓迫感，這種壓迫感正是龍玉公主帶來的，他轉身向一旁走去，主動躲避龍玉公主的絕不止張長弓一個，安藤井下一個人在遠處的沙灘上孤零零站著，他偷偷望向龍玉公主，內心中頗為不解，這看似美麗柔弱的女子因何會讓自己產生極度的敬畏之心？

他看到朝自己走來的張長弓，也感到了張長弓心中存有和自己類似的恐懼。

張長弓並未走近，還有一段距離的時候就已經停下，兩人彼此對望著，從對方的目光中都看出某種共同的不安。

龍玉公主來到羅獵面前道：「我還以為你是個至情至聖之人，現在看來不過爾爾。」她冷哼一聲，以此來表達對羅獵的不屑。

羅獵仍然是那副風波不驚的漠然表情，淡然道：「現在可以說說咱們怎麼出去了？」

龍玉公主道：「顏天心若是知道你這樣對她，只怕會死不瞑目！」

羅獵並沒有被她的話刺激到：「我的事情無需向你交代，若是想合作，就儘快想辦法離開這裡，如果不肯，那麼咱們就此分道揚鑣。」

龍玉公主點了點頭道：「你果然夠狠。」她意識到羅獵仍然是過去那個極難對付的人，想要激怒他很難，他的智慧不次於自己，又擁有超人一等的冷靜和理智，剛才在白骨船上，羅獵的身體狀態如此低下的狀況下，自己都未能成功控制他的腦域，現在他已經恢復了理智，想要對付他更不容易。

龍玉公主自問經歷漫長歲月，自己的一顆心早已修煉得如同止水，可在見到羅獵之後，她仍然難免情緒產生了波動。龍玉公主知道自己本該不應如此，長眠復甦之後，這是個對她而言完全陌生的世界，她對任何人都沒有感情，她可以毫不猶豫地殺死任何人，在她眼中一切現世的生命都宛如草芥。

然而她對羅獵，這個前世沒有任何瓜葛之人卻下不去手，一度她認為是受到了顏天心的影響，她在讀取顏天心記憶的同時也讀懂了她對羅獵的感情，可感情應當是不能繼承的，尤其是在顏天心的腦域被雄獅王徹底摧毀之後。

現在這具軀體內的意識都是自己全新重建，這具身體的一切都是屬於自己的，她不是顏天心，她是龍玉。在羅獵再次出現在自己面前，龍玉雖然孤獨，可是從未受過這方面的困擾，可是在羅獵出現之後，她止水般的心湖卻泛起漣漪。

被她摒棄，被她遺忘的名字再度出現在她的腦域之中，在羅獵用溫柔和痛苦交織的目光望著她的時候，她甚至產生了自己就是顏天心的幻覺。對龍玉而言，這樣的幻覺是極其可怕的，如果羅獵想要控制她的腦域，產生這些幻覺的時候就是他最好的機會。

龍玉提醒自己，不可讓羅獵發現自己的破綻，她悄悄平復了一下內心，將羅獵當成一個普通人就好，一個合作者，他們的關係僅限於合作，在這一點上，羅獵比自己的頭腦更清楚，他從沒有把自己當成顏天心，也不會把自己當成顏天心，受到困擾的那個人恰恰是自己。

龍玉道：「那個水潭！」

羅獵皺了皺眉頭，馬上明白龍玉所說的水潭就是他遇到水母的那個，低聲道：「你是說，通道在水潭之中？」

龍玉公主點了點頭：「沒錯，就是那個水潭。」

羅獵此前曾經經過那水潭，當時率先下水的安藤井下險些被蜂擁而出的水母蟄死，那些水母能夠放電，羅獵不但救下了安藤井下，還幹掉了那隻巨型水母。

羅獵看了看周圍，並不是每個人都擁有長時間潛泳的本領，張長弓就無法做到。

龍玉公主似乎猜到了他心中所想，輕聲道：「這裡的入口只能單向開啟，通常應該在外面留有一人，在約定的時間從外面開啟入口，而現在咱們所有人都已經進入到了這裡，就只能選擇水潭內的道路。」

「你走過？」

龍玉公主搖了搖頭。

「那你怎麼知道一定走得通？」羅獵對龍玉公主的話將信將疑。

龍玉公主微笑道：「到了現在這種地步，除了相信我，你還有其他的選擇嗎？」她的這句話說中了要害。

羅獵道：「那水潭之中遍佈水母，尋常人很難進入其中。」

龍玉公主道：「你不是一樣過來了？」

羅獵可不是一個只顧自己的人，如果只能他自己離去，那麼他寧願和這群朋友一起留在這裡。

龍玉道：「尋常人自然不可能進入其中，可你不是一個普通人，更何況……」她停頓了一下，目光朝瞎子看了一眼道：「你知不知道他穿的衣服是什麼？」

羅獵搖了搖頭，雖然知道那兩套衣服非常神奇，可是他並不知道來歷。

龍玉道：「天羅甲，不但可以抵禦外來攻擊，冬暖夏涼，而且還可以積蓄來自外部的能量，只要擁有這兩套天羅甲，咱們就能夠順利進入水潭。」

羅獵道：「可惜只有兩套。」算上龍玉公主，他們目前一共有九個人，天羅甲只有區區兩套，即便是通道就在水潭中，憑藉著這兩套天羅甲想要離開水潭也需花費很大的一番功夫。

龍玉道：「沒必要所有人都進去。」

羅獵道：「你的意思是，你跟我？」

龍玉公主微微一笑，默認了羅獵的猜測。

幾乎所有人都認為龍玉是在設置圈套，可在眼前的狀況下，他們也沒有更好的辦法，龍玉不但要和羅獵同去，而且還要借用兩套天羅甲。葉青虹是所有人中最不情願的那個，羅獵猜到了她的心意，緩步來到她的面前，向葉青虹淡然笑道：「你是不是準備勸我不要去？」

葉青虹搖了搖頭道：「我勸你你會聽嗎？」以她對羅獵的瞭解，只要是他做出決定的事情，絕對不會輕易更改，自己又何必白費唇舌，只是自己可以不勸他，卻無法不擔心他。

羅獵道：「你不必擔心，我一定會回來。」

葉青虹道：「你當然會回來，你不會對不起朋友。」

羅獵伸出手去，輕輕撫摸了一下她的俏臉，葉青虹被羅獵這突如其來的親近動作弄得懵住了，旋即又意識到周圍還有那麼多人在，俏臉頓時紅了起來，嬌嗔道：「你做什麼？」心中卻是嬌羞參半，她本是冰雪聰明之人，馬上就意識到羅獵這樣的行為不但是在公開告訴其他人他們之間非同尋常的關係，也是通過這樣的方式給自己一顆定心丸。

龍玉公主卻因眼前看到的這一幕而妒火中燒，在她看來羅獵是故意這樣做，他就是要挑起自己的嫉妒。

瞎子和陸威霖兩人將天羅甲脫下，交給了羅獵，陸威霖在轉交之時提醒羅獵道：「你比我更清楚她是誰！」

羅獵微笑點了點頭。

眾人回到那水潭旁，羅獵和龍玉公主將天羅甲穿上，檢查沒有發現破綻之後，兩人先後躍入水潭之中。

羅獵此時方才發現天羅甲的妙處，他此前就有過進入水潭的經歷，潭水冰冷徹骨，他上次是完全依靠自身的能量溫暖全身抵禦寒冷，而換上天羅甲之後，這套護甲可以自動調節到最舒服的溫度，絲毫感覺不到寒冷，更為奇特的是，透明的頭盔不僅僅能夠保證在水下的視線，而且可以產生可自由呼吸的氧氣，羅獵知道未來社會中會有這樣神奇科技的出現，可是並未想到他會在這裡找到兩件。擁有了天羅甲，他們就能夠長時間待在水底。

老安望著水潭中的兩個身影越潛越深，低聲道：「他們能閉氣多久？」

瞎子一旁道：「那兩套衣服很神奇，只要穿在身上就感覺不到氣悶，待多久都成。」

老安滿臉的不相信，這小子當自己老糊塗了嗎？這麼好騙？他冷冷道：「是人就得浮上來換氣，除非是死人。」

安藤井下忽然指向水中，眾人舉目望去，卻見水下成千上萬個藍色的小光點向水中的兩人聚攏過去，是水母，安藤井下此前在水潭中遭遇水母的圍攻，如果不是羅獵奮力相救，他只怕已經死在了水潭中，所以他對這些水母仍然心有餘悸。

羅獵也留意到周圍水母在靠攏，他拍了拍一旁的龍玉公主，龍玉公主不以為然，仍然繼續向下潛游，衝入那宛如千萬盞小燈泡在閃爍的水母群，水母聚攏吸附在龍玉公主的周圍，羅獵則和上次前來的經歷差不多，這些水母似乎對他存在著莫名的畏懼，並沒有向他聚攏。

龍玉公主被包裹在水母群中，那些水母吸附在天羅甲上之後開始放電，藍色的電光籠罩著天羅甲，又迅速被天羅甲吸收，水母在耗盡能量之後迅速死去，大片蒼白的水母屍體向水面上浮去，很快水母的屍體就覆蓋了水潭，站在水潭周圍觀望的眾人被遮擋了視線，已經無法看到羅獵兩人的身影。

龍玉公主所穿的天羅甲在吸收水母的電能之後，通體泛起藍色的幽光，龍玉公主就像是一個發光體，照亮了水潭深處，根本無需採用其他的照明，她水性絕佳，游在羅獵前方，宛如遊魚。

羅獵尾隨在她的身後，隨著不斷的下潛也開始感覺到水在不斷增加的壓力，這水潭的深度超乎羅獵的想像，龍玉公主終於停止了下潛，在她的左前方出現了一個足有三米直徑的洞口，那洞口周邊透明，竟然是水晶構成。

龍玉公主轉身向羅獵看了一眼，雖然她始終都能夠感覺到羅獵的存在，可是仍然要看一眼方才放心。

羅獵向她做了個一切如常的手勢，龍玉公主點了點頭，毫不猶豫地游入那水晶洞之中。

羅獵緊隨她的身後進入水晶洞，裡面一簇簇的水晶柱如同放射般分佈，總體趨勢向前方延展，水晶洞的內徑在不斷延展的過程中也不斷擴張。

羅獵驚歎於這套天羅甲的神奇，他們進入水晶洞那麼久，絲毫感覺不到氣悶，證明這套神奇的護甲擁有一套完整的內部供氧系統，提供給他們可供自由呼吸的氧氣，不但可以抵抗潭水的低溫，還可以緩解深潛的壓力。

羅獵對於周圍環境變化的感知非常的敏感，隨著他們不斷下潛，身體所承受的壓力也會越來越大，在潛入水晶洞之後，這種壓力驟然增加，不過維持的時間並不算太久，很快這壓力就開始減輕，這並非來自於他們身體自身的適應能力，而是因為這套天羅甲的緣故。

羅獵望著前方引路的龍玉公主，她游泳的姿勢非常少見，雙臂滑動，然後雙腿併攏上下擺動，有若游魚。羅獵水性一流，對於各種泳術均有涉獵，以他的廣博見聞過去也沒有見過這樣泳姿，不過他不得不承認龍玉的泳姿很美。

隨著水晶洞內徑的不斷擴展，水流也隨著螺旋形排列的水晶叢形成了一道漩渦，水的總體流向應當是從外到內，水流衝擊在水晶叢林之後在水底出現了一個個的水泡，這一團團一簇簇的水泡形成一條條的螺旋線。

龍玉公主潛游的速度終於慢了下來，在前方晶瑩的水泡螺旋般聚集，中心處是一個深藍色的洞口，那洞口的光芒向周圍擴展，越往外周顏色越淺。

從羅獵的角度看去，這深藍色的洞口和環繞在周圍的水泡形成了一隻巨大的眼睛，他從內心深處生出莫名的不安，或許只是巧合罷了。

龍玉公主指了指那洞口，意思是要進入其中。

羅獵做了個先請的動作，卻想不到龍玉公主搖了搖頭，然後指了指他。

羅獵充滿疑惑地望著龍玉公主，雖然同意與她合作，可並不代表對她完全信任。

龍玉公主有些幽怨地望著羅獵，突然她伸出手去抓住了羅獵的右手，拖著羅獵一起向那深藍色的洞口游去，隨著接近那藍色的洞口，羅獵意識到那是一團和周圍質地不同的藍色液體，它在哪裡緩緩轉動著，與其說是洞口還不如說更像是一面液體的屏障。

龍玉公主伸出手指小心觸摸著藍色的液面，液面在接觸到她手指的同時，奇妙的一幕出現了，藍色液面在眼前凸凹變形，竟然形成了一個和龍玉公主極其類似的鏡像。

龍玉公主抓緊了羅獵的手，這團液體擁有著非常神奇的力量，它不但可以模仿接觸者的樣子，竟然還擁有讀取接觸者腦域的能力，龍玉公主在竭力和來自液體的吸引力抗拒著，她感覺到自己的意識正在被一股無形的力量全力抽離出自身的腦域，這才是她讓羅獵先行的原因。天廟決戰之後，她雖然僥倖活了下來，可是也受到了極大損傷，意志力大不如前。

這也是她因為追尋《黑日禁典》被困在此地的原因，羅獵的到來讓她欣喜不已，自己留下的這一後手也成為她逃離此地的唯一希望，龍玉嘗試過去控制羅獵的意識，可是她很快就意識到沒有任何的可能，即便是羅獵的身體和精神並未處在巔峰狀態，她也無法得償所願。

讓羅獵先行進入是因為她覺得目前羅獵的精神力強於自己，應當可以抵禦來自於這奇怪液面的吸引力。

液面上很快就浮現出羅獵的影像，兩人手牽手的樣子被即時鏡像到這片液面，這詭異的液面如同擁有生命力一樣，它可以模仿入侵者的樣子，龍玉公主緊緊抿起的雙唇證明她此刻正在竭力抗爭著，電光在她的周身浮掠，無數小蛇一樣的紫色電光順著她的身體傳導到她的指尖，很快就如石沉大海一般被藍色液面吸引進去，龍玉公主的手掌已經沒入了藍色的液面中。

羅獵發現了她的困境，反手將龍玉用力向外拖拽開來，龍玉公主轉過身，在電光的映射下，她的嘴唇一張一合，羅獵從她的口型中讀懂了她在說什麼，龍玉是在要求他進入她的腦域，唯有如此才能幫助她對抗這來自於藍色液體的強大吸引力。

或許是因為羅獵並未直接接觸液面的緣故，所以他並沒有龍玉公主那種精神即將出竅的感受。

龍玉公主向羅獵敞開了腦域，一頭蒼狼衝入一片白色的沙漠，蒼狼望著純然一色的沙漠正在尋找目標的時候，牠的後方傳來驚天動地的波濤聲，回過頭去，看到一堵深藍色的波浪高牆，以鋪天蓋地之勢向牠席捲而來。

一個紅色的小點亡命奔跑在波濤的前方，波濤的陰影已經籠罩住了這嬌小的火狐。

羅獵認出那是龍玉公主的意識在她腦域中的投影，蒼狼沒有選擇獨自逃離，牠向火狐奔去，火狐看到了蒼狼，藍色雙目中燃起希望，迷濛的水汽已經籠罩了火狐的身體，在巨浪吞噬火狐之前，蒼狼斜刺裡衝了過去，一口將火狐叼住，然後迅速掉頭向前方奔去。

蒼狼聽到震耳欲聾的濤聲，濤聲中夾雜著一聲悅耳的雕鳴，火狐抬頭望去，看到空中一隻金雕翱翔。

金雕俯瞰大地，卻見藍色的海浪從四面八方包圍而至，將蒼狼和火狐圍在垓心。白色沙漠只有一部分裸露在外，梭形的沙面在深藍色海水的侵襲下越變越小。

蒼狼放下了火狐，火狐剛剛燃起希望的雙目因為周圍滔天的海浪而變得越來越黯淡，或許下一秒他們都將被巨浪吞噬。

僅存的小小沙面周圍突然生出一叢荊棘，當第一支荊棘冒升出沙面之後，一叢叢一簇簇的荊棘迅速躥升出來，圍繞蒼狼和火狐的身體周圍形成了一道荊棘圍牆，密不透風，滴水不進。

滔天巨浪竟然無法滲透荊棘形成的圍牆，巨浪的液面不斷累積升高，很快就直達天空。金雕的光芒沿著水面折射下去，聚焦在荊棘叢的上方，荊棘被聚焦後的金光點燃，蒼狼桀驁地抬起頭來，望著空中的金雕，荊棘雖然被燒，可是這卻更觸發了它的生長速度，荊棘叢沿著周圍的水幕迅速向上蔓延著，將藍色的水流導向燃燒的火焰，熄滅火焰之後，倔強而迅速地向上攀升，它要直刺雲霄，它要將那隻金鷹纏住。

龍玉的身體完全通過了那道藍色液體的屏障，源於羅獵的保護，她的意識被完整保留在自身的腦域之中，藍色屏障並未將她的意識剝離出去。

當她通過屏障之後，馬上清醒了過來，龍玉的手仍然和羅獵相握。羅獵的意識尚在她的腦域之中，而羅獵的身體還在藍色液體屏障的另外一面，他們之間的聯繫就是這一雙手。

龍玉望著藍色水幕對面的羅獵，近在咫尺，又相隔於兩個完全不同的世界。

蒼狼看到剛才還在自己庇護下的火狐已經爬起，牠慢慢走向外面，火狐所到之處，荊棘圍牆從中分開，藍色巨浪也暴露出一條通路，蒼狼意識到了什麼，牠沒有發出任何的聲音，只是用憂傷的雙目盯住那火狐。

龍玉放開了羅獵的手，羅獵感覺到來自於藍色屏障強大的吸引力，正在將他的意識全力向外抽離，他進入龍玉公主腦域的部分精神力尚未來得及歸來，他開始意識到自己終於還是上了當，而這次的失誤，可能讓他再也沒有扳回的機會。

羅獵已經握不住龍玉的手，兩人手掌分開的剎那，龍玉突然又將手探伸出去，抓住剛剛消失在藍色水幕中的那隻大手，用力將羅獵拖了進來。

羅獵剛剛感覺到自己的意識被抽離出去，他的身體無力摔倒在了堅硬的地面上，短暫的空白過後所有一切又恢復了正常，雖然只是電光石火的瞬間，對羅獵而言卻經歷了由死到生的反轉。

羅獵趴在地上，驚魂未定地喘息著，周身都是冷汗，猶如虛脫般使不出半分的力量，他經歷了從失魂落魄到靈魂歸位的兩種裝填。

龍玉公主站在羅獵的身邊，低頭望著羅獵，一雙美眸中露出複雜至極的神情，內心也是洶湧澎湃，腦域中的滔天巨浪已經退卻，可是心潮卻長久未能平復，她不知自己剛才的抉擇究竟是對還是錯？

羅獵在恢復氣力之後，雙手撐著地面慢慢爬了起來，周圍沒有水，沒有一滴水，羅獵在震驚中回頭望去，看到那仍然泛著漣漪的藍色水幕，如果不是親眼所見，他無論如何都不能相信一面藍色水幕竟然可以分割出兩個大相徑庭的空間，那藍色的水幕如何將水流阻隔在外？

龍玉公主摘下了頭罩，黑色的長髮如瀑布般流淌在她的肩頭，她呼吸了一口空氣，輕聲道：「這天羅甲已經損壞了。」

羅獵這才感覺到寒冷，天羅甲已經起不到調溫的作用，而且他開始覺得氣悶，趕緊將頭罩摘了下來，脫下天羅甲，看來一定是那道藍色水幕的問題，在他們通過藍色水幕之時，兩人穿著的天羅甲遭受了破壞性的損毀。羅獵因此而後怕，如果沒有天羅甲的保護，就算他們能夠守護住自身的精神不被抽離，只怕肉體也被毀滅了。

第九章

水晶般透明的骸骨

龍玉公主望著這具透明骸骨，判斷出骸骨應當來自於人類，
只是不知為何會變成如同水晶一般的透明質地。
羅獵見到如水晶般透明的骸骨，究竟是此人死後，
骸骨在水晶花園內慢慢變成這種質地，還是死者天生就是如此？

「這裡是什麼地方？」

龍玉公主慢慢梳理著頭髮，將秀髮挽起，然後從一旁的水晶樹上折下一根樹枝當成髮簪插入秀髮之中，一舉一動風姿無限，美得讓人感到窒息。

羅獵望著龍玉想到的卻是顏天心，龍玉從他突然變得溫柔深情的眼神中就已經猜到了他此刻的想法，突然面色一冷。

羅獵從她突然變化的表情也意識到自己剛才的想法並未逃過她的眼神，難免有些尷尬，環視周圍，故意重複道：「這裡到底是什麼地方？」

龍玉公主道：「幻境島！」

羅獵第一次聽到這個名稱是從西蒙那裡，現在西蒙之所以遠渡重洋去黃浦找自己的真正原因已經知道，西蒙只不過是龍玉公主的一個誘餌罷了，所有一切都是在龍玉公主的刻意驅使之下，連幻境島的名稱也是龍玉公主強行灌輸到他的腦域之中。

羅獵心中暗歎，在龍玉公主的可愛外表之下，包藏著一顆何其歹毒陰險的內心，可是他又想到剛才龍玉公主明明可以將自己棄之不顧，可在最後關頭她又選擇挽救了自己，難道是她突然良心發現？

羅獵道：「太虛幻境是不是就在這裡？」

龍玉公主搖了搖頭道：「沒聽說過什麼太虛幻境，你為何這樣問？」

羅獵意識到自己面對的絕非是溫柔善良的顏天心，龍玉公主非但感情淡漠，而且詭計多端，即便是雙方已經同意合作，她也不會將一切坦然相告，更談不上跟自己推心置腹。

羅獵道：「你怎麼會知道這個地方？」

龍玉公主道：「師父說的。」她口中的師父就是她的生身之父昊日大祭司。

羅獵道：「你是說這裡是昊日大祭司當年一手建成的？」

龍玉公主搖了搖頭道：「我可沒說，我師父何等神通，只可惜……」想起生父機關算盡到最後仍然中了雄獅王的奸計，不由得黯然神傷，其實她進入休眠之前只不過是一個豆蔻年華的少女，夢醒之後原指望著能夠將師父喚醒，只要有他在身邊，無論世間如何變化，自己都有一個依靠，然而事與願違，非但未能成功將他復活，反而被雄獅王所乘，害得師父再也沒有復生的機會。

一種孤獨的感覺油然而生，龍玉公主意識到無論前世還是今生，自己都無法擺脫孤獨的命運，她就像是一個可憐的羔羊，始終孤獨地在黑夜中行進。她在這個世界上沒有任何親人，龍玉公主下意識地咬住櫻唇，看了看身邊的羅獵，羅獵也不是自己的親人，雖然他們共同出生入死，在他心中從未將自己當成是他的朋友，自己和他之間的聯繫興許只有顏天心的這具身體罷了。

羅獵感覺體力已經漸漸恢復，望著那詭異的藍色液面屏障，低聲道：「咱們還回得去嗎？」他開始對龍玉公主此前的話產生了懷疑，即便是這一通道能夠通往外界，可是他們的天羅甲已經損毀，在失去保護的情況下很難原路返回，須知道剛才通過那藍色液體屏障的時候就險些靈魂出竅。

羅獵並沒有誇張，剛才他的意識甚至看到了自己失去靈魂而倒下的身體，如果不是龍玉公主在關鍵時刻將他一把抓住，只怕他已經死在了水中。

龍玉公主拍了拍他的肩頭道：「走吧。」

羅獵道：「那藍色的液體屏障是不是可以將精神從肉體中剝離出來？」

龍玉公主微笑道：「我不清楚，不過咱們還是好端端的，證明它也沒那麼神奇。」雖說得風輕雲淡，內心中卻清楚如果不是羅獵的強大意識力作為保障，他們很難通過那道屏障，就算能夠通過，也會成為被剝奪了靈魂的行屍走肉。

羅獵道：「這裡有什麼？」

龍玉公主道：「水晶宮！」

羅獵道：「東海龍王的水晶宮嗎？」

龍玉公主道：「我沒見過什麼龍王，這裡也不會有什麼龍王。」她向前走去。

羅獵低頭看了看地上的天羅甲，兩套天羅甲損毀嚴重應當無法修復了，他從貼身衣袋中掏出此前找到的儀器，卻發現那儀器居然閃爍著有若呼吸節奏的淡綠色光芒，這光芒並不強烈，可畢竟有了反應，羅獵悄悄將之藏起，無論這東西是不是探測儀，居然可以通過剛才的屏障而絲毫無損，足以證明這東西非同尋常。

即便羅獵不是礦物方面的專家，他也能夠看出這是一個水晶的世界，玉樹瓊花，形態各異的水晶組成了一個奇妙的水晶花園，他們開始經過的地方並沒有任何刀削斧鑿的痕跡，白色、透明的水晶一叢叢一簇簇形成一片銀裝素裹的世界，乍看上去如同來到了一個冰雪世界，用手觸摸之後發現比冰雪要堅硬得多，那些透明的水晶也帶著寒氣，不過宛如雪般的晶瑩卻透著溫潤。

羅獵感覺自己的腳步似乎沉重了許多，他本以為是剛才通過那道藍色水幕的時候精力受損的緣故，可是很快就意識到這裡的重力和外面不同。

再往前行原本純然一色的景色陡然變得五彩繽紛，紅色、黃色、藍色、綠色、紫色……一叢叢一簇簇的水晶樹競相爭豔。羅獵又發現了藍色的地玄晶礦石，這一度被他認為極其稀有的礦石想不到在幻境島的深處蘊藏如此豐富。

他想到了一個問題，藤野家族是否有人進入了這裡？

龍玉聽到羅獵的問題不由得笑了起來：「藤野家族？他們就算擁有《黑日禁典》也沒可能進入這裡，在你我之前恐怕只有我師父來過……」她突然停下了說話，因為她看到前方的水晶叢中出現了一具人類的骸骨。

海明珠盯著水潭，那大片的死亡水母屍體被瀑布的水流沖散，他們能夠重新看到水下的情景，海明珠瞪大了雙眼也沒有看到水中兩人的身影，她自小隨同父親在海上討生活，水性絕佳，按照她的常識推斷，沒有人能在水底屏氣那麼長時間，忍不住道：「怎麼去了那麼久都不見回來，他們該不是遇到了什麼意外吧？」

葉青虹最忌憚這種話，冷冷瞪了海明珠一眼道：「你若是嫌舌頭太長，我可以幫你。」

其實海明珠並無惡意，她也知道葉青虹心情惡劣，決定忍下這口氣，可老安卻不能看到女兒被人欺負，怒視葉青虹道：「大家都在一條船上，誰都沒有惡意，海姑娘也是出自關心，你又何必惡語相向？」

葉青虹道：「你們倒是親近得很呢。」

張長弓用手臂搗了搗瞎子，意思是讓他出來說兩句化解雙方的矛盾，這種時候不適合再生內訌。

瞎子咳嗽了一聲道：「大家不必爭執，都聽我一句。」

海明珠也發了火，怒道：「你又算老幾？」

瞎子道：「這裡不是海龍幫，你搞清楚自己的斤兩！」

向來很少說話的陸威霖終於忍不住開口道：「羅獵為了咱們去冒險，你們卻在這裡相互吵了起來，心裡過意得去嗎？」

一句話讓所有人都不再說話，海明珠沉默了一下，可她驕縱慣了終於還是無法忍住這口氣，反駁道：「他去了這麼久，沒有人可以在水下屏氣那麼長的時間。」

瞎子道：「你不能夠，未必別人不能，羅獵是什麼人？他最喜歡把不可能變成可能。」

海明珠看不慣他那副洋洋自得的表情，冷笑道：「照你這麼說，他也可能找到了出路，把咱們所有人都扔下，自己逃了！」

瞎子可以忍受別人侮辱自己，但是絕對無法容忍任何人詆毀羅獵一分，他怒道：「你放屁！」

海明珠哪還按捺得住，抽出短刀向瞎子衝了過去，沒等她靠近瞎子，一柄匕首已經抵住了她的咽喉，卻是葉青虹突然出手。老安看到葉青虹危及女兒的性命，暴吼一聲，衝向葉青虹。

陸威霖拔槍對準了他。

張長弓大聲道：「大家都把武器放下！」

安藤井下冷冷看了看這群因為彼此衝突而陷入僵持中的人，心中浮現出莫名的悲哀，**這就是人類的天性，相互殘殺，身處困境不想著齊心合力離開這裡，卻將煩躁和憤怒發洩在自己人的身上，人類！可悲的人類！**

葉青虹望著老安，從他緊張的神情中看出了端倪，她點了點頭，輕聲道：「這世上的事情真是千變萬化，海明珠，你老老實實交代，你給老安灌了什麼迷魂湯，讓他如此不顧性命的維護你？」

海明珠怒道：「你休得胡說。」

葉青虹意味深長地望著老安，其實從老安和海明珠一起現身，大家都看出他們的關係不對，不過因為周遭的事情層出不窮，所以無人在這件事上刨根問底。老安從葉青虹的目光中意識到自己可能中了她的圈套，以自己如此深厚的閱歷居然會栽在這群年輕人的手上，怪只怪，關心則亂。

瞎子忽然道：「上來了！」

眾人舉目望去，只見兩道身影正從水底飛速向上浮起。

葉青虹緊張的內心總算稍稍放鬆下來，羅獵果然平安歸來，在場的人中並不是所有人首先想到平安歸來就好。老安心中暗忖，羅獵回來是不是沒有找到出口？如果是這樣他們的麻煩就大了。

海明珠暗讚羅獵本領高強，也難怪他們率領海龍幫那麼多人前來，最後還是擺在了羅獵幾人的手上，她定睛望去，突然一道寒光自水中激射而出，無聲無息破開水面，直奔海明珠的眉心射來。

一切太過突然，眾人多半沒有反應過來，海明珠嬌呼一聲，再想躲避已經來不及了，千鈞一髮之際又是老安及時伸出手去，單手將那抹寒光握住，剛一接觸到那抹寒光就感覺到掌心劇痛，原來射向海明珠的乃是一根長達尺許的尖刺，尖刺的邊緣也生有無數小刺，老安劇痛之下險些脫手，可是他又憑著超人的意志將之牢牢握住。

數十根尖刺扎入老安的掌心，頓時血肉模糊，為了防止脫手，老安幾乎用盡了全力，他用的力量越大，對自身的傷害越深。

海明珠望著距離自己眉心不到一寸的尖刺嚇得俏臉煞白，如果老安再晚出手一步，這根尖刺就會射穿自己的腦袋，而老安的右手卻已經鮮血淋漓，雖然看不到傷口也知道他受傷極重，海明珠內心中一時間百感交集，感動得險些眼淚都要流出來了。

老安一把將她推到身後，危險尚未過去。

又是一根尖刺射出水面，張長弓彎弓搭箭，瞄準了那根尖刺射去，羽箭咻地一聲射了出去，正中那根尖刺，撞開尖刺之後，去勢不歇，徑直射入水中，瞄準了其中的一道身影。

陸威霖舉槍開了兩槍，葉青虹道：「撤，大家撤退！」

葉青虹的話音剛落，水中就同時又數百支白森森的尖刺射出。

眾人迅速撤離，雖然如此，老安的肩頭又被射中了一次，安藤井下掩護眾人撤退，依靠身體的鱗甲阻擋著如暴雨般襲來的尖刺。

水中的身影已經爬到了岸上，這是兩個怪人，他們身材矮小只有一米五左右，身體臃腫肥胖，腦袋只有正常人的一半大小，五官擠在一起，鬍鬚如貓，周身赤裸，皮膚光滑，膚色灰黑，不過在腹部呈現出大片的白色。

張長弓擔心安藤井下落單，掩護其他人撤退之後，快步迎上前去，和安藤井下並肩戰鬥。他也被兩人外表嚇了一跳，這兩人手足都有薄蹼，手指和腳趾之間通過蹼相連，正是依靠這一特長，他們游泳的速度方才達到如此驚人的地步。

在兩人來到岸邊的時候，一根根白色的骨刺從他們的肌膚內向外生長。

張長弓和安藤井下對視了一眼，彼此都已經明白剛才的攻擊就來自於這兩名怪人體內的骨刺，這兩名怪人簡直如同水中的劍豬一般。張長弓彎弓搭箭，時間就是勝負的關鍵，對方剛才已經射過了一輪骨刺，新的骨刺目前還是小荷才露尖尖角，想要戰勝對方必須要在他們周身的骨刺沒有完全長出之前動手。

張長弓連珠炮般射出了三箭，三支羽箭無一例外地射中了兩名怪人的身體，可是這兩人的身上如同塗了厚厚的油膏一般，鏃尖射中他們身體後馬上就滑開。

安藤井下在張長弓射出羽箭的同時已經衝了出去，騰空一躍，一雙利爪向其中一人的面門抓去。對方看著安藤井下，傻了一樣木立在那裡，似乎根本不懂得躲避。

安藤井下的大手已經抓住了對方的小腦袋，他下定決心要一把將對方的腦袋捏爆，可真正抓住方才知道什麼叫滑不留手，安藤井下感覺掌心如同塗了油一般竟然掌控不住，對方的小腦袋竟然如同烏龜一樣縮進了肚子裡，張開手臂趁著安藤井下錯愕的剎那將他抱住，試圖利用身體周圍的骨刺，將之刺入安藤井下的肉體之中。

安藤井下的身體經歷變異，極其強悍，剛才就能夠用身體作為盾牌為眾人擋住暴風驟雨般射來的骨刺，現在自然不會害怕，對方主動抱住他，反倒正中下懷。安藤井下雙臂抱住這圓球一樣的怪物，強橫的身體將對方狠狠擠壓向自己的胸部，對方身體外表的骨刺一根根刺向安藤井下的肉體，卻被堅韌的鱗甲阻擋在外，在安藤井下強大的壓力之下，骨刺終因承受不住壓力紛紛斷裂。

對方體內的骨刺大有呈野火燒不盡，春風吹又生之勢。剛剛被折斷，馬上又生長出來，安藤井下的手臂力量不斷加大，而對方在他的壓迫下如氣球一般膨脹起來，幾乎成為一個圓球，遠遠望去像極了一條河豚。

安藤井下揚起利爪照著懷中的這圓球狠狠插了下去，意圖用自己尖利的手爪撕開這怪物的肌膚，然而對方的肌膚厚且堅韌，有若橡膠一般。安藤井下用盡全力也無法將之撕裂，那怪物手足纏住安藤井下，突然發力，想要將安藤井下拖下水潭，可是在力量上明顯要差出安藤井下不少，安藤井下的雙腳宛如在地上生根一般，任憑對方如何拖拽紋絲不動。

張長弓連續幾箭都沒能奏效，被他射殺的那名怪人向他奔跑過來，那怪人奔跑的姿勢非常古怪，宛如一個皮球般在地上彈跳而行，奔跑的過程中身軀也像氣球一般膨脹得越來越大。臨近張長弓之時身軀已經像個圓球，帶著周身的骨刺向張長弓高速撞擊而來。

張長弓怒吼一聲，揮拳向那球狀的怪物砸去，蓬的一聲怪物被他砸得反彈了出去，而數根骨刺也深深插入張長弓的拳頭之中，有兩根直接透過了他的手掌，張長弓的這一拳勁力何其強大，將怪物砸得直接飛向對側的石壁，那怪物重重撞擊在石壁之上，然後又以驚人的速度彈射回來，他周身都縮成一個圓球，白森森的骨刺佈滿了身體周圍。

張長弓還未來得及拔出手掌上的骨刺，那怪人就已經反彈到了面前，被撞了個正著，無數骨刺都深深刺入了張長弓的體內，張長弓因為深入骨髓的劇痛而發出一聲慘叫。

藏身在不遠處的同伴看到張長弓落到如此淒慘的境地，一個個慌忙出來相救，可卻聽到張長弓大吼一聲：「不要出來！」他揚起右手將插入面部的骨刺猛然拔了出來，然後用盡全力將骨刺狠狠插入那怪物的身上。

以彼之道還施彼身，連安藤井下的利爪都無法戳破的怪物外皮，竟然被自身的骨刺輕易突破，張長弓拔出骨刺之後，那骨刺帶出一大片血肉，臉上就出現了一個血洞，拔出骨刺的疼痛要比剛才被刺還要強烈得多，不過張長弓憑著頑強的意志忍住了疼痛。在接受安藤井下的治療之後，張長弓也擁有了強大的自癒能力，拔出骨刺留下的傷口迅速癒合。

張長弓渾身浴血，宛如戰神再世，將拔出的骨刺一根根插入那怪物的身上，怪物發出陣陣奇怪的尖叫，身體在被骨刺插入之後迅速縮小。

安藤井下也從張長弓的應對辦法中得到了啟示，他用同樣的辦法對付怪物。

兩隻怪物很快周身就被插滿了骨刺，只不過這次是尖端朝內，他們的身體不斷縮小，猶如被戳破了的皮球迅速乾癟下去。

張長弓把刺入身體的骨刺全都拔出來，那怪物被他刺得也奄奄一息。

安藤井下拖著另外那具怪物的屍體走了過來，將兩隻怪物扔到了一處。

其餘人看到危險過去，這才出來看那兩隻怪物。瞎子照著其中一具屍體踢了一腳道：「這東西是人是魚？」

陸威霖道：「讓你說中了，這東西可能就是美人魚。」

瞎子呸了一聲道：「你破壞了美人魚在我心中美好的形象，以後我聽到這三個字只怕就要反胃。」

葉青虹道：「有美人魚就有人魚，我看他們應當是最接近人魚的物種，威霖兄，你看牠們像不像河豚？」

陸威霖聽葉青虹這麼一說，還真覺得夠像。

張長弓確信那兩隻怪物已死，此時聽到海明珠叫道：「你們誰能過來幫幫忙。」眾人來到海明珠身邊，老安剛才受了傷，徒手抓住骨刺雖然被刮掉了掌心的一大塊血肉，可是真正嚴重的傷口還在右肩，一根骨刺直接貫通了他的肩頭。

因為那骨刺上面佈滿小刺，所以也不好下手，如果強行將之拉出，必然要在肩膀上留下一個大血洞，老安又沒有張長弓那樣的自癒能力。

葉青虹觀察了老安的傷口道：「必須要將這根刺剜出來，不然會很麻煩。」

瞎子道：「已經夠麻煩了，可是如果挖出刺，肯定會造成不小的傷害，說不定會血流不止。」

老安忍痛道：「我沒什麼事，安翟說得對，如果挖出來可能血都止不住，暫時先這樣吧，我忍得住。」

海明珠看到他臉上已經失了血色，知道他一定痛到了極點，想起他剛才不顧一切來拯救自己，如果不是親生骨肉又怎能做出這樣的犧牲，海明珠的內心已經開始動搖。她暗暗想到，即便老安不是自己的父親，他對自己也夠好，自己以後也要善待他。

水晶叢中的骨骼幾近透明，骨骼是坐著的，坐姿是標準的五心向天，死者臨終前選擇在這片五彩繽紛的水晶園內修煉。

龍玉公主望著這具透明的骸骨，她首先認為這是一具由工匠雕琢而成，然而仔細觀察之後判斷出這骸骨應當來自於人類，只是不知為何會變成如同水晶一般的透明質地。羅獵也是第一次見到如水晶般透明的骸骨，究竟是此人死後，骸骨在水晶花園內慢慢變成了這種質地，還是死者天生就是如此，那就不清楚了。

在骸骨的一旁端端正正放著一個四四方方的玉匣，玉匣外面並未上鎖，龍玉公主將玉匣打開，玉匣裡面套著玉瓶，將玉瓶的瓶塞取下，一股辛辣刺鼻的藥味撲面而來，龍玉公主不禁皺了皺眉頭。

身在一旁的羅獵也聞到了那股辛辣的味道，他忽然想起了當初在圓明園的地下也曾經發現了一個瓷瓶，那瓷瓶內所裝的液體可以融化金屬，慌忙提醒龍玉公主道：「小心裡面的東西有毒。」

龍玉公主倒轉玉瓶，從裡面滾出三顆黑色的藥丸。羅獵看到並不是液體，這才放下心來。

龍玉公主道：「你認得這東西？」

羅獵搖了搖頭，他用飛刀挑起了其中的一顆，那藥丸雖然保存嚴密，可畢竟歷經歲月，估計已經基本失效了，玉瓶底部刻著一行小字，讓羅獵驚奇的是，這玉瓶竟然是大清瑞親王奕勳之物，從上方文字能夠判斷出此玉瓶乃是奕勳當年專門定製的。

龍玉公主道：「你是說這骸骨是奕劻？」

羅獵道：「沒可能的，奕劻遇刺之後即刻就被送往大清，後因傷勢過重未能來得及醫治死在了途中。」

龍玉公主道：「他在這一帶遇刺，明明距離日本更近，為何沒有送往日本，反而捨近求遠？」其實只要頭腦理智之人都會有這樣的疑問，羅獵望著那具骸骨陷入沉思之中，瑞親王當年遇刺之事已經有了定論，他被身邊親信聯手所害，然而瑞親王當年前往北美的真正用意卻是為了尋找煉丹術士張太虛，當年張太虛在圓明園為雍正皇帝煉製長生不老的仙丹，後因雍正的暴死，術士們或被秘密處決，或僥倖離開了圓明園，而張太虛就是倖存者之一。

眼前的水晶骸骨就算不是瑞親王奕劻本人，也必然和奕劻有著極其密切的關係。

龍玉公主的表情開始變得凝重，事情比她想像中要嚴峻，她本以為無人能夠突破屏障進入這裡，可這骸骨表明，在她和羅獵之前已經有人捷足先登，她隱然覺得此事不妙，可事情既然已經發生，也只有走一步看一步。

羅獵從龍玉公主的表情變化已經猜到她一定有不少的事情瞞著自己，羅獵道：「你來到這裡一定很辛苦吧？」

龍玉公主被他突然一問，明顯錯愕了一下，辛苦？自然辛苦，無論前世今生，她活得都極其辛苦，羅獵這樣問是在可憐自己？不！她不需要別人的憐憫。羅獵也不會憐惜自己？能讓他心疼的只有顏天心的軀體而已，想到這一層，龍玉公主的神情越發冷漠：「這與你何干？」

羅獵道：「多半人活在世上都會有目標，通常稱之為理想，有人想要權掌天下，有人想要富可敵國，有人想要美人如玉，有人想要求真問道……」說到這裡他忽然停頓了一下，盯住龍玉公主道：「你的目標是什麼？」

龍玉公主沒有說話，其實她何嘗沒有目標，數百年的等待，就是為了復活昊日大祭司，可以說她的一切都是在為此而準備著。

羅獵道：「**世界上最可悲的事情莫過於活在世上卻如同行屍走肉，不知目的為何物，不知為誰而活。**」

龍玉公主冷冷道：「你是在說我嗎？」

羅獵道：「其實在天廟之時就有一個問題在困擾著我。」

龍玉公主表現出很好的耐性，點了點頭道：「或許我可以為你解答。」

羅獵道：「你有沒有想過，你的師尊也有私心？」

龍玉公主猛然咬住櫻唇，俏臉在瞬間變得蒼白如紙，她不是沒有考慮過這樣的問題，可是這個念頭剛一出現在內心之中就被她否決，甚至認為自己連想都不應該想，如此大逆不道的想法不該產生在她的內心之中。

羅獵終於還是將這層窗戶紙捅破，作為一個旁觀者，羅獵大可暢所欲言，在西夏時代，可以說龍玉公主的一切都是昊日大祭司所造就，她如同昊日大祭司的心愛作品，昊日大祭司不但私通王妃，生下了龍玉公主，還將自己的藝業傳授給了她，羅獵並未經歷那個時代，卻認為此事的背後應當蘊藏著一個天大的陰謀。

昊日大祭司安排龍玉公主復甦，並安排好了她復甦之後要去做的事情，龍玉的復甦只是第一步，如果不是計畫被雄獅王知悉，並破壞，那麼在西夏王陵復甦的那個應當是昊日大祭司才對。

無論是雄獅王還是龍玉公主，他們巔峰的力量都應當和昊日大祭司無法相提並論，就算兩人合力也未必能夠勝得過昊日大祭司，既便如此，雄獅王也已經顯露出足可毀天滅地的力量，昊日如果當真復甦，那麼他的力量又將如何可怕，他究竟是正是邪又有誰知道？

任何人都有私心，昊日大祭司也不會例外，從他所做的安排來看，此人的心機深不可測，而龍玉公主和他相比更像是一個單純的信徒，她的復甦只是在為昊日大祭司的復活而服務。

龍玉公主的美眸中迸射出一絲陰冷的殺機，她突然揚起手，猛地拍落在那水晶骷髏的頭部，啪的一聲竟然將那堅硬的水晶頭骨拍得碎裂散落一地。

羅獵的表情鎮定如常，望著龍玉公主道：「看來你隱藏了不少實力。」

龍玉公主呵呵冷笑一聲道：「你應當關心顏天心的手掌痛不痛。」她的掌心肌膚被碎裂的水晶劃破，鮮血沿著手指一滴滴落在地上，宛如一朵朵盛開的梅花，讓人觸目驚心。

羅獵的確在心痛，不是為了龍玉，而是因為目睹顏天心的肉體在遭受折磨，而自己卻無能為力，他歎了口氣道：「我輸了。」

龍玉公主道：「你說得沒錯，我在這世上沒有理想，沒有親人，孤零零一個，我這種人本不該甦醒……」說到傷心之處，鼻子一酸竟落下淚來。

羅獵提醒自己不要被她的眼淚迷惑，走到龍玉公主面前，抓起她的手腕，為她將掌心的傷口包紮起來。

龍玉公主望著羅獵，心中暗忖，如果這世上當真有一個人關心自己多好，可明明知道羅獵關心的只不過是顏天心的身體，自己又何必生出這樣的奢望。

一番爭執後，兩人都陷入了沉默，看似都冷靜了下來，可是心中暗潮湧動，龍玉公主看出羅獵對自己生出疑心，而羅獵時刻提防龍玉公主再耍詭計。

羅獵無意中踩在骸骨的碎片之上，只聽到喀嚓碎裂之聲，原來那骸骨極其脆薄，怪不得龍玉能夠一巴掌將之拍個粉碎。

兩人一前一後繼續前行，越走前方越冷，失去了天羅甲之後，就必須依靠自身的內力硬抗低溫，羅獵感覺丹田處暖流生生不息，沒多久就寒意盡褪，龍玉公主卻受不了這越來越冷的溫度，臉色被凍得清白，嘴唇也變得烏紫。

羅獵看到她的樣子知道她在苦苦支撐，走上去主動牽住她的右手，龍玉公主內心一震，感覺一股暖流沿著羅獵的掌心向自己送來，想起羅獵只是關心自己的這具皮囊罷了，從心底想要拒絕，可是又實在熬不住寒冷，如果繼續逞強，恐怕還沒走到前面就已經被凍僵，於是放棄了抵抗。

等到身體恢復了些許暖意之後，她小聲道：「你體內慧心石的能量尚未完全發揮出來，越是在嚴苛的環境內，越是會激發你的潛能，慧心石的能量也容易被調動起來。」

羅獵點了點頭，的確像她所說的這樣，自己本以為和雄獅王在天廟決戰中將慧心石的能量損耗殆盡，現在看來慧心石的能量要比自己想像中大得多。龍玉公主之所以選擇跟自己合作，興許就是因為自己吸收了慧心石能量的緣故。

道路傾斜向下，羅獵判斷出他們應當已經深入海底，他心中疑竇越來越深，龍玉公主不是說要帶自己從另外一條路去出口，可出口位於島上，他們本該上行才對，而事實上他們卻一路向下，越走越深，這根本就是南轅北轍，龍玉公主很可能在這件事上又撒了謊。

羅獵終於忍不住道：「沿著這條路出得去嗎？」

龍玉公主道：「我什麼時候說過出得去？」

羅獵劍眉皺起。

龍玉公主卻格格笑了起來：「我還以為你任何時候都沉得住氣，現在看來也不過如此。」

羅獵道：「我這人有些時候開不得玩笑。」

龍玉公主道：「這句話可以理解為對我的威脅。」停頓了一下又道：「你難道沒有覺得這座幻境島上有種極其詭異的氛圍，就像是一座牢籠。」

羅獵道：「你難道不想出去？」

龍玉公主道：「其實出口根本就在外面。」

羅獵心中暗歎，自己早就應該想到，可龍玉公主如此詭計多端，自然不會輕易將出口的秘密告訴自己，除非自己能夠潛入她的腦域，讀到她的意識。

龍玉公主看穿了羅獵的心思，微笑道：「千萬別打什麼鬼主意，你的那套辦法對付不了我。」

羅獵道：「既然都已經走到了這裡，你應該將真相說出來了吧。」

龍玉公主點了點頭道：「我知道出口，可是卻出不去，是因為這島上有種神秘的力量始終在禁錮我，這力量就來自於這裡。」

羅獵心中將信將疑，龍玉公主來到這裡為的是黑日禁典，不過黑日禁典被藤野家得到，以藤野家能力應當無法穿越剛才的屏障來到這裡。

龍玉公主道：「找出力量的來源，我才能自由離開。」她停下腳步。

前方一個洞口出現在他們的面前，龍玉公主看到那洞口目露出激動之光，她顧不上和羅獵交談，快步向洞口走去，來到洞口前方停下腳步，前方現出一條用水晶連結而起的長橋，長橋的另外一端連著一座高達九層的白骨之塔。

白骨塔的周圍籠罩著紅色的霧氣，似乎是血氣聚集，如此一座白骨塔出現在地下，在紅色血霧的映襯下更顯得陰森可怖。

羅獵來到龍玉公主身邊，望著那白骨塔，因為此前看到白骨大船的緣故，所以看到這白骨塔並沒有太大的震撼，他只是奇怪，到底是什麼人在這座遠離人世的小島內建築了如此詭異的建築？

羅獵在心中很快就找到了一個最可能的答案，昊日大祭司，如果不是如此，龍玉公主又怎能找到這裡？

龍玉道：「你和我一起走過去，記住，這九幽白骨塔乃靈氣聚集之所，必須守住心神，千萬不可被外來幻象所干擾。」

羅獵聽到這白骨塔的名字叫九幽白骨塔，不由得聯想起蒼白山下的九幽秘境，不知兩者之間是否存在著某種聯繫。

龍玉雙手合什，表情凝重而肅穆，默默祈禱之後，方才小心翼翼走向那水晶吊橋，右腳剛一落在橋面之上，吊橋就開始晃動起來，水晶鏈條的每一個環節相互摩擦撞擊，發出宛如佩環一般的清脆鳴響。

龍玉公主緩步走上吊橋，羅獵望著她單薄的身影在吊橋上晃晃悠悠，彷彿隨時都可能跌落出去，內心也不禁為她擔心，龍玉公主始終都閉著雙眼，從頭到尾都沒有向周圍看上一眼。

其實這種時候閉著眼未嘗不是最好的選擇，水晶吊橋僅用數條透明的水晶長鏈串起，即便是用來構成橋面的地板也是用透明的水晶板組成，整座吊橋晶瑩剔透，凌空懸掛在冰岩和九幽白骨塔之間，橋的下方就是深淵，可以看到底部，不過底部全都生滿如同刀劍一樣的水晶叢，失足跌落必然會落得萬劍穿心的下場。

龍玉公主走了幾步又回過頭來，睜開雙眸，充滿期待地望著羅獵，從她的目光中羅獵讀懂了她的意思，看來龍玉不敢獨自一人過橋，想起剛才龍玉的那番話，估計她必須要依靠自己的幫助。

羅獵走上吊橋，因為他的加入吊橋晃動得越發厲害，龍玉站在橋心雙手並未去扶護欄，而是等到羅獵走近自己，一把握住了他的臂膀，死死抓住，彷彿擔心羅獵從身邊逃走似的。

羅獵道：「你這是要準備拖著我一起掉下去嗎？」

龍玉蒼白的俏臉總算有了些許的笑意，小聲道：「要死一起死！」

這句話和龍玉此時的樣子卻讓羅獵想起了顏天心，內心中不由得一酸，他不再說話，昂起頭，大步向前方走去。

來到水晶吊橋的中心，就進入了血霧的範圍，羅獵和龍玉兩人同時屏住了呼吸，雖然不知這血霧有沒有毒，可畢竟還是小心為妙。耳邊突然傳來滴滴的聲音，兩人都是一怔，龍玉公主的目光投向羅獵，這聲音分明來自於他的身上，羅獵本想掩飾，可有光芒從他的衣袋中透了出來。

羅獵知道無法掩飾，於是從懷中掏出一物，那卵圓形的儀器居然在此時開始發光，幾種不同色彩的光芒交替閃爍，過了一會兒恒定發出柔和的綠光。

龍玉公主意味深長地望著羅獵，小聲道：「看來你背著我做了很多事。」她指了指那東西道：「這叫量天儀，功能非常強大，你應當不知道如何使用吧？」

羅獵搖了搖頭。

龍玉道：「想不到這東西居然保存得如此完好，還可以使用，這綠光就證明咱們周遭的環境並無毒素，可以自由呼吸。」

聽她這樣說，羅獵趕緊深深吸了一口空氣，這半天憋得他可夠嗆。

龍玉公主找羅獵要來量天儀，雙手握住量天儀，雙眸聚焦其上，量天儀綠色的光芒變得越來越強盛。羅獵不知這東西如何使用，只能眼睜睜看著，隱然猜到龍玉正在用一種不為自己所知的方式使用量天儀，通過量天儀探知周圍的狀況。

龍玉停頓了三分鐘左右，方才重新啟動腳步，她將量天儀交還給了羅獵。

羅獵望著縈繞在他們身邊的紅色血霧道：「這紅霧當真無毒？」

龍玉公主道：「沒有，我不會害你。」

羅獵道：「什麼人在這裡建起了這座九幽白骨塔？你師父？」

龍玉公主搖了搖頭道：「上古神跡！」

羅獵從她的這句話推斷出九幽白骨塔的存在還要追溯到北宋之前，興許建成之日就在有記載的歷史之前，在他們所生存的世界上存在著太多不為人知的秘境，這些秘境因為地處偏僻而不為人知，龍玉公主、昊日大祭司他們這些人的來歷很不尋常，他們的生命和能力已經突破了正常人類的認知極限。

羅獵忽然想到了自己，其實自己的來歷也很不一般，父母都是來自於未來，在遇到父親得知真相之前，羅獵也會覺得極其荒謬，然而事實就是如此，一對來自二十一世紀的父母穿越時空將自己降生在二十世紀初的世界上。

父親曾特地提醒自己不可根據自己所擁有的知識去改變這個世界，否則帶給這個世界的就是毀滅，他所能做的就是讓歷史儘量順應本來的規律和脈絡，對未來的先知先覺並沒有帶給羅獵任何幸福感，相反帶給他更多的矛盾和折磨。

遵照父親的指示他沒有去改變歷史，可他很快就意識到自己連心愛人的命運都無法改變，或許他這樣的人在這個時代註定是孤獨的，在這一點上他和龍玉公主有些同病相憐。

羅獵道：「你所謂的上古神跡是什麼？」

龍玉公主並沒有回答。

羅獵繼續問道：「禹神碑為何會出現在九幽秘境？」

龍玉公主道：「因為有人想要利用那塊禹神碑將我鎮住，讓我永世不得復甦。」轉向羅獵，眼波突然變得溫柔了許多，輕聲道：「說起這件事，我應當感謝你才對，如果不是你進入了九幽秘境，或許我永無復甦之日。」

羅獵搖了搖頭，一切是偶然，偶然中卻又存在著必然，即便是沒有自己進入九幽秘境，那座沉睡的火山終究還會噴發，一旦火山噴發，龍玉公主興許同樣可以復甦。

羅獵道：「像這樣的上古神跡，世界上應當有不少吧？」

龍玉公主點了點頭：「人通常都相信自己親眼看到的，這世界雖然不大，可有太多人跡罕至的地方，其實就算繁華都市，花花人間，人們只看到了浮華表面，誰又知道地表之下存在著怎樣的奧妙？」

羅獵深以為然，圓明園之下不就存在著一個錯綜複雜的地下世界，歌舞昇平的北平，熙熙攘攘的人群，又有幾人去關注地面之下的奧秘？

龍玉公主道：「其實這些神跡無處不在，只是容易被忽略罷了。」她輕輕一躍離開了水晶吊橋，來到了橋的另外一端。

羅獵人在橋上，隨著吊橋晃動著，他並沒有急於登上彼岸，抬頭仰望著那座九幽白骨塔，感覺一片濃重的陰雲正在緩緩吞沒自己的內心世界。

「水在上漲！」陸威霖驚聲道，眾人向那水潭望去，只見水潭中的水正以肉眼可見的速度迅速上漲著，瀑布的水流明顯加大，照這樣的速度，用不了太久的時間，他們的立足之處就會被淹沒。

張長弓道：「咱們必須儘快離開這裡。」

瞎子道：「羅獵他們還沒回來。」

海明珠道：「這水越漲越高，咱們再不走恐怕就來不及了。」比起羅獵，她更擔心老安的安危，老安為她身受重傷，雖然他性情堅強，強行撐住沒有發出半點叫苦之聲，可是從他慘白的臉色已經判斷出他的狀況不容樂觀，如果水漫上來，恐怕他的個人狀況更是雪上加霜。

葉青虹這次並沒有斥責海明珠，在生死存亡面前，每個人考慮的事情都不一樣，自己不可以將意志強加給每個人，在羅獵進入水潭之前，也曾經和她約定如果發生意外的處置方法，葉青虹道：「去白骨大船那裡。」

幾人同時將目光投向葉青虹，老安顫聲道：「咱們好不容易才從那裡走了出來……現在又要回去？」

葉青虹點了點頭，毅然決然道：「顏天心能夠在這裡活下來絕非偶然，她選擇停留的地方一定是相對安全的地方。」她這樣一說幾人都認為很有道理，馬上意見就達成了一致。

第十章

龍玉公主的蹤影

進入九幽白骨塔後龍玉公主失去了蹤影，
羅獵本以為她拋下自己，先行一步登塔，
現在才知道龍玉公主和自己選擇了不同的方向。
只是他們剛才明明從同一個入口進入塔內，
可進入塔內就已經看不到龍玉公主的蹤影。

龍玉公主在踏上白骨階梯之前表現得有些猶豫，羅獵看了看量天儀，剛才還有反應的量天儀如今又變得黯淡無光，似乎僅有的那點能量剛才已經消耗殆盡。

龍玉公主道：「切記我對你說過的話，走入白骨塔內，除了你我，你所看到的任何景物，發生的任何事情都是虛妄。」

羅獵點了點頭，他對自己的意志力還是很有信心的。

兩人並肩走上台階，來到塔門之前，還未等到他們去開啟塔門，那塔門似乎就感應到了他們的存在，塔門緩緩上升，門洞處波光浮掠，宛如有一層液體將門洞封住，這和剛才他們脫離水域進入這地下世界的所見幾乎相同。

剛才靈魂出竅的感覺羅獵仍然記憶猶新，看到這層屏障內心中不由得萌生出怯意，龍玉公主向他莞爾笑道：「不要相信你所看到的。」說完，她率先走入門洞，毫無阻滯地通過了那屏障，身影消失在白骨塔內。

羅獵本想叫她等等自己，可惜已經遲了，站在那液態屏障之前猶豫了短短的三秒，羅獵就做出了決定，伸手探入屏障內，他的手穿過屏障時如同進入空氣之中，並沒有任何感覺，羅獵這才明白為何龍玉公主剛剛反覆提醒自己那句話。

他深深吸了一口氣，然後毫不猶豫地穿越了屏障。

龍玉公主消失了，兩人相差不過區區三秒，可是羅獵進入之後卻並未看到她的身影，白骨塔內並無白骨，建築的內部用不知名的金屬鑄造而成，台階就在不遠處，羅獵叫了聲「你在嗎？」許久都未聽到有人應聲。

沿著前方台階拾階而上，一直走到九幽白骨塔頂層，塔內雕刻精美，牆上龕內，藏有無數稀世珍寶，可惜羅獵一心只想儘快找到龍玉公主，根本無暇欣賞。

一直走到頂層，每層都有值得駐足之處，然而羅獵卻連片刻都未曾停留。

九層已到盡頭，羅獵並未找到龍玉，在九層正中的白玉台之上，一位灰衣中年男子盤膝坐在那裡，不知是死是活。他面如冠玉，髮黑如墨，頷下生有三縷青髯，雖然一動不動也讓人感覺到頗有仙風道骨。

羅獵在這幻境島上見慣了諸般奇怪的事情，認為這男子興許也早已死去多時，看到他身上所穿的衣衫分明是件道袍，心中忽然想起了一件事，當初瑞親王奕勳前往北美的秘密任務其實是去尋找張太虛，據說當時張太虛已經活了二百多歲。此事還是蘭喜妹告訴他，說奕勳找到了張太虛，兩人面談之後不久，張太虛就面對故國的方向飲彈自盡。

一個能在人世間存活二百多年的人，又怎麼會那麼容易死？羅獵來到那中年男子面前輕聲道：「前輩！」

那人一動不動，羅獵自問以他的感知力，在這樣近的距離下對方哪怕任何細微的動作都不會瞞過他的感知，可羅獵從對方的身上卻未曾感覺到生命的跡象。

羅獵懷疑這或許又是一尊蠟像，低聲道：「冒犯了！」伸手想去觸摸那人的面龐。

就在此時那中年男子突然睜開了雙目，羅獵錯愕且尷尬地停下了動作，一時間手僵在那裡。或許是在他心底深處早已料到這中年男子仍有存活的可能，所以對方突然睜眼並未帶給他過度的震驚。

中年男子深邃如海洋般的雙目打量著眼前的這個年輕人，喟然歎道：「你以為我是個死人嗎？」

羅獵微笑搖了搖頭道：「如果以為您是死人，我又何必試探呢？」

中年男子點了點頭道：「不錯，很有道理。」

羅獵道：「前輩在這裡已經有不少年了吧？」

中年男子因他的這聲詢問而陷入沉思之中，過了好一會兒方才抬起頭來，雙目充滿迷惘道：「是啊，我待了不少年，我是誰？我為何會在這裡？」

羅獵道：「我若是沒有猜錯，前輩姓張對不對？」

中年男子目光一亮，不過旋即又黯淡下去：「我姓張？你……怎麼知道？」

羅獵其實也是猜測，聽到對方承認姓張，心中已經基本上可以斷定他就是張太虛。

中年男子道：「這世上原本就是張姓人多，你一定是胡亂猜的對不對？」

羅獵道：「我不但知道您姓張，我還知道您就是張太虛先生。」

中年男子聽他一口就叫出了自己的本名，雙目反倒恢復了清明之色，點了點頭道：「不錯，我就是張太虛，你一定是清廷派來的對不對？想不到那老妖婦如此厲害，我躲到了這裡居然也會被她找到。」

羅獵猜測他口中的老妖婦應當是慈禧，從瑞親王奕勳前往北美尋找張太虛推算，他們當時相見之時大清尚未滅亡，民國還未成立，張太虛在和奕勳見面之後不久就傳來他自殺的消息，如果那時算起，張太虛應當不知道中華發生的這場改朝換代的革命。

羅獵道：「在下羅獵，和清廷無關，先生口中的清廷也早已亡了。」

張太虛聽他這樣說，心中將信將疑。

羅獵於是簡單將這幾年的事情說了，張太虛聽完之後長吁了一口氣道：「自當如此，早該如此，腐朽清廷早該覆滅。」

羅獵心中暗忖，這張太虛從雍正時候活到現在，算起來應當有二百多歲了，雖然和龍玉公主、雄獅王這等妖孽無法相比，可是比起正常人類，其壽命已經突破了極限。這二百年來，他東躲西藏，不惜漂洋過海，最後來到這神秘之地躲藏起來，是因為他意識到自身危機所在，只要讓人知道他的秘密，那麼他必將成為人人都想俘獲的寶貝，誰都想從他身上獲取長壽的秘密。

匹夫無罪懷璧其罪，張太虛選擇隱身世外的真正原因就在於此。

張太虛雖然幽居多年，可是說話仍然流利，這源於他長期的堅持練習。二百多年的人生歷程讓他閱盡滄桑，飽嘗人情冷暖，自然也洗練出一雙看透人心的慧眼，從他第一眼見到羅獵就沒有感覺到威脅，羅獵給他的印象不錯，經過一段時間的攀談，他甚至對羅獵生出親切感，初步判斷出羅獵並非為了尋找長生不老藥而來。

張太虛終於還是問起羅獵此行的目的：「羅獵，你是說這次的行程並非是為了找我？」

羅獵也不瞞他，將自己因何受到白雲飛委託的經過說了一遍，張太虛聽到盜瓶內畫地圖之後，唇角禁不住現出一絲會心的笑意，因為長時間沒有和人交流的緣故，張太虛的表情顯得有些生硬，這笑容在羅獵的眼中顯得格外詭異。

羅獵一直在琢磨張太虛因何會來到這裡，如無意外應當和瑞親王奕勳有關，奕勳遇害之前的那場北美之行，真正的秘密也不是什麼保險櫃，現在看來保險櫃只不過是他用來迷惑其他人的幌子罷了，說不定就是奕勳和張太虛的障眼法。

可張太虛剛才不由自主浮現出的笑意實在太過詭異，羅獵又想到了一種可能，奕勳放出張太虛飲彈自盡的消息，其用意是要讓所有人都認為張太虛死了，甚至他要在這件事上瞞過天下人，而張太虛是被迫跟隨奕勳一起返回故土，船行到這裡，奕勳恰巧為手下人聯手所害，張太虛則借此良機脫身，只是他因何會選擇在這裡隱匿？難道說當初奕勳選擇的航線受到了張太虛的影響？又或者張太虛早就知道了這個地方？

張太虛道：「你有什麼想問的只管開口。」

羅獵道：「張先生，我有位同伴，她和我前後腳進入此塔，可是我卻看不到她的影蹤，勞煩前輩告知她的下落。」

張太虛道：「能找到這裡的絕非尋常人物，她不是普通人。」停頓了一下，雙目盯住羅獵道：「你也不是。」

羅獵道：「張先生高看在下了，我就是一個普通人。」

張太虛歎了口氣道：「當一個普通人最好，普普通通庸庸碌碌平平凡凡的一輩子才是最大的幸福，人人都想長生，可長生能夠帶給你什麼？目睹親朋好友一個個地死去，無時無刻不在擔心別人知道你的秘密，一旦秘密暴露就會成為別人爭相獵取的目標，如果你知道長生有多麼寂寞，你就不會羨慕我了。」

羅獵道：「我從未想過長生，也不羨慕張先生。」

張太虛望著羅獵雙目中充滿了不可思議，過了一會兒他笑著搖了搖頭道：「同樣的話我也對奕勳說過，他也如你這般回答我，可是他卻口是心非。」

羅獵道：「我只想找到同伴，離開這裡。」

張太虛道：「雍正皇帝想要長生，他召集了當時有名的修道之人前往圓明園為他秘煉金丹，為了幫助我們煉製成功，他提供了大量的秘典給我們，在接觸到那些秘典之前，我從不相信這世上會有長生不老的事情。」

張太虛的表情變得極其迷惘，昔日往事一幕幕在他的腦海中浮現。

張太虛從雍正提供的皇家秘典之中居然真的找到了煉製之法，這秘典可以追溯到秦時，秦始皇統一六國，也想千秋萬代，永生不死，所以想盡一切辦法研製長生不老的丹藥，張太虛所看到的皇家秘典正是來自於秦時，他也是在無意中破解了秘典。

張太虛雖然煉成了長生不老的丹藥，可是他並沒有想過要獻給雍正，他乃是漢人，按照他當時的想法，如果雍正得到了長生不老藥，那麼他即便無法做到永生不死，也會延年益壽。身為一個漢人，張太虛縱然沒有反清復明的決心，可是他也不願自己的子子孫孫都被滿人統治，於是隱瞞了練成丹藥的事實。

而雍正帝恰巧在丹成後不久暴斃，在他死後不久，昔日的這些煉丹方士被逐出圓明園，張太虛帶著這最大的秘密離開。

張太虛的秘密終究還是未能守住，協助他煉丹的弟子察覺到他的反常，而後續朝廷對他們這幫方士決定斬盡殺絕，張太虛不得不選擇背井離鄉，一個偶然的機會讓他登上前往北美的渡船，成為勞工。

張太虛抵達北美之後，的確過了一段時間幸福的日子，甚至在當地和一位印第安女子組織了家庭，可是張太虛很快就意識到自己在獲得延年益壽的同時，也喪失了生育能力，這讓他徹底打消了在北美開枝散葉的念頭，又過了數十年妻子漸漸老去，張太虛不得不面對親人離去的事實。

隨著他活得越久，他越是感覺到長生非但不是一件好事反而成為他的負累，常年的異國漂泊讓他無法忍受孤寂，終於耐不住思念給家鄉寫了一封信，正是這封信讓他暴露了行蹤，再度招來了清廷的追捕。

瑞親王奕勳若無私心，張太虛只怕已經落入清廷之手。聽聞大清已經亡了，如今是民國的天下，張太虛心中卻沒有任何的激動感，孤獨太久，他現在的想法和過去已經有了太多的不同，一如他最早時候研製出長生不老藥的激動，而現在長生二字卻成為他的累贅和隱痛。

活得越久，就越是成為這個世界的異端。

張太虛道：「你不想長生？」

羅獵微笑道：「這世上沒有絕對的長生，先生所謂的長生也無非是延年益壽罷了，二百年、三百年、八百年，壽命終有時，在我看來人活一生最重要的是充實且快樂，空虛寂寞的日子一天都嫌太長。」

張太虛點了點頭，精神顯得有些萎靡：「不錯，我早就活膩了。」他歎了口氣道：「最早發現這裡的是徐福，他為秦皇出海之前已經派出親信查探路線，他當時乘船離開可不是為了幫助秦皇尋找什麼長生不老藥，而是為了逃走。」

這個典故對羅獵而言並不陌生，他曾經不止一次聽說過這個說法。

張太虛道：「他將這裡叫做太虛幻境，當時這座島嶼也沒那麼小，只是經過時間的推移，海面不斷上升，小島大都淹沒到海平面之下。」

羅獵道：「我所看到的那些白骨，都是徐福當年帶領的童男童女嗎？」

張太虛道：「有些是，有些不是，等到了這裡，我才發現典籍中記載的未必準確，這座島嶼充滿了靈氣，如同有生命一樣，你懂不懂？」

羅獵不知他所謂的靈氣是什麼？不過張太虛乃是修道之人，他所說的話未必能用科學去解釋。

張太虛道：「我在這裡沒有其他的事情可做，唯有修煉打坐，在這靈氣充沛之地，可以達到事半功倍的效果。」說到這裡他雙目生光，正是這一發現讓他重新擁有了目標，張太虛繼長生之後產生了修煉成仙的念頭，人有了目標才有動力活下去，張長弓能夠度過這些年的寂寞時光就是因為這個緣故。

羅獵道：「張先生看來已經修煉成仙？」

張太虛呵呵笑了起來，不過臉上的笑容寫滿苦澀：「何謂成仙？」

羅獵道：「破碎虛空，永生不死。」

「破碎虛空又如何？永生不死又怎樣？若是能夠離開這個世界去了仙界，滿眼皆是仙人，人人都可永生，豈不是和凡人無異？若是成仙仍然羈留在這個世界中，那麼在凡人的眼中你無非就是一個怪物，除了閱盡人世滄桑，見慣眾生悲喜存亡，你又得到了什麼？」張太虛的話語中透露出濃濃的悲哀，這是他在經歷超長生命歷程之後的感悟，言語中透露出對命運的無奈和人世的厭倦。

羅獵道：「照先生所說，仙人也不過如此，長生也不會快樂。」

張太虛苦笑道：「非但不會快樂，反而會讓你痛苦。」抬起一雙漠然無神的雙眼：「你知不知道我現在的感覺，如同被人關入了一個密不透風的監獄，永遠都走不出去，卻又永遠都無法死去。」

羅獵道：「其實還是有選擇的。」並不是走不出去，一定是缺少走出去的勇氣，更不是無法死去，而是缺少去死的決心。

張太虛沉默下去，若有所思，良久方才開口道：「你找的人去了地宮。」

羅獵不由一怔，張太虛所說的自然是龍玉公主，在進入九幽白骨塔之後龍玉公主就失去了蹤影，羅獵本以為她拋下自己，先行一步登塔，現在方才知道龍玉公主和自己選擇了不同的方向。只是他們剛才明明從同一個入口進入塔內，相差不過三秒，也就是前後腳的功夫，可進入塔內就已經看不到龍玉公主的影蹤。

就算是龍玉公主選擇不同的方向進入地宮，也不應當如此之快，這九幽白骨塔必有古怪。

羅獵道：「這塔裡有什麼？」龍玉公主選擇來此必然有所圖，根據她此前所說的話，她應當是被某種神秘力量所困擾，所以才無法從這裡走出去，難道禁錮她的就是張太虛？

張太虛道：「你是不是懷疑我禁錮了她？」

羅獵內心一驚，張太虛竟然能夠看穿自己此時的內心活動，難道在自己毫無察覺的狀況下他侵入了自己的腦域？警惕頓生，腦域之中築起無形防線，然而他很快就意識到自己並無異常，以他目前敏銳的洞察力，應當可以察覺到入侵自己腦域的外來意識。

張太虛搖了搖頭道：「其實我和你們一樣，同是網中人。」

羅獵皺了皺眉頭道：「您是說這座白骨塔禁錮了您？」

張太虛道：「這個世界上最可怕的並不是雙腳被禁制，而是內心。」望著羅獵，他的目光中充滿了同情：「你出不去了。」

羅獵淡然一笑，充滿信心道：「路是人走出來的。」他既然進得來就一定出得去，張太虛的話沒錯，最可怕的不是雙腳被禁制，而是內心，張太虛已經失去了離開的勇氣，而自己不同，他還有朋友和兄弟，他要離開這裡，他要帶著他們一起平平安安的離開。

想到這裡，羅獵頓時感覺到希望隨著血液在體內中流淌，任何時候他都不會輕言放棄。

張太虛從眼前年輕人的身上看到了勇氣和希望，而這兩點是他所沒有的，他甚至開始相信這年輕人或許有機會離開這裡。

「張先生，地宮如何進入？」

張太虛道：「一花一世界，每個人眼中的世界都不同，你們同時走入了這座塔，你選擇向上走，而她選擇下行，雖然只是剎那間的決定，卻決定你們擦肩而過。」

羅獵從他的話中有所感悟，他首先想到的卻不是龍玉公主，而是顏天心。其實人活在世上無時無刻不在面臨抉擇，就算是現在，如果他選擇放棄，那麼他和同伴們此前的別離也將成為永別。

生又如何？死又如何？只要活在這世上一刻，他就不可能選擇放棄，羅獵的眼神變得越發堅定。

張太虛望著羅獵低聲道：「向下是一條死路，你若留下，至少可以繼續活著。」

羅獵笑了起來：「在先生的眼中，生和死還有什麼分別嗎？」

張太虛內心劇震，羅獵說得婉轉，其實他在婉轉指出與其像自己這樣苟活還不如死去，張太虛緩緩閉上雙眼，孑然長歎道：「不錯，沒有分別，與其苟活，毋寧死去。」沉默良久指了指下方道：「去吧，你還年輕，還可以重新來過。」

羅獵向張太虛抱了抱拳以此作為對這位傳奇人物的道別。

張太虛朗聲道：「天上白玉京，十二樓五城。仙人撫我頂，結髮受長生。誤逐世間樂，破窮理亂情。九十六聖君，浮雲掛空名……」他所誦的乃是李白的

《經離亂後天恩流夜郎憶舊遊書懷贈江夏韋太守良宰》。

羅獵可以將這首詩一字不落地全部背誦下來，也曾經聽數人在面前朗誦過，只是張太虛的這番誦讀充滿了無法形容的滄桑和落寞，一個閱盡人世滄桑之人並未表現出任何超然世外的豁達和寬慰，反倒流露出無限的悲傷和落寞，長生原來並不會讓人快樂。

羅獵雖然不清楚自己能否找到龍玉公主，可是有一點他卻能夠斷定，自此以後他再也見不到張太虛。

張太虛也是局中之人，佈局者到底是誰？瑞親王當年想要從張太虛那裡得到長生之秘，脅迫張太虛返回中華，卻沒有料到會被身邊親信所害，瑞親王本想佈局，可到最後卻深陷局中。

穆三壽、任忠昌、劉同嗣這些人誰都想成為謀局者，可到最後卻一個個死在了局中。每個人都有野心，野心本身就成為了他們的羈絆，困擾著他們，讓他們一個個無法擺脫自身悲哀的宿命。

羅獵想到了昊日大祭司和雄獅王，他們都稱得上出類拔萃的一代英傑，想要逆天改命，可最後仍然倒在了自己的野心之下。

如果不是張太虛困住了龍玉公主，那麼又是誰限制她離開？其實羅獵從開始就對龍玉公主的動機充滿了懷疑，以她昔日的能力，少有人能夠困得住她，她既然能夠控制住西蒙，並驅使他從北美前往黃浦尋找自己，就證明她在天廟之戰中受到的損傷並不嚴重，甚至要比自己輕得多。

羅獵回到了最初進入九幽白骨塔的地方，放眼望去，一切和剛才進入的時候並未有任何不同，龍玉公主仍然不見蹤影。他想起張太虛臨別時候的那句話，重新來過，似乎在暗示自己。

羅獵暗自吸了口氣，然後重新通過封住白骨塔入口的液體屏障，並沒有遇到任何的障礙就來到了外面。

當羅獵再次踏入白骨塔內，方才明白張太虛重新來過的真正意義，眼前的景物已經全然不同，他進入了一個光影浮掠的虛幻世界，藍色的光影宛如波浪般在他的周遭流淌，讓人誤以為進入了水中，腳下不遠處就是台階，晶瑩透明的水晶砌成，和此前不同，台階向下延伸。

羅獵緩步向下走去，凝聚心神，將自己的意識向周圍蔓延而去，意圖感知龍玉公主的存在。不過他很快就停下了腳步，因為他看到不遠處站著一個小男孩，那男孩身穿灰色衣服背朝著他，一動不動站在他前方十米左右的地方。

羅獵內心一怔，他首先想到的是自己的錯覺，眨了眨眼睛，手指悄悄掐了掐掌心，於情於理在這種地方都不可能有一個小男孩單獨出現，羅獵想到了此前的侏儒，不過看這男孩的身影竟然生出熟悉的感覺，難道自己在此前見過？

羅獵鎮定了一下心神，方才道：「小弟弟……」

那男孩聽到他的聲音慢慢轉過身來，羅獵看清他的面容頓時驚呆在了原地，那男孩根本就是自己小時候的模樣，這世上不會有如此湊巧的事情？羅獵道：「你……是誰？」

那男孩面無表情地望著他：「我就是你！」

羅獵強行抑制住內心的震驚，他提醒自己眼前的一切全都是幻象，應當是有人干擾了自己的意識，在自己沒有覺察的狀況下進入了自己的腦域，這樣的狀況如果繼續下去只會有更大的麻煩，羅獵的目光迴避著那小男孩，希望這幻想儘快從自己的世界中消失。

小男孩道：「你為什麼不敢看我？討厭自己還是害怕自己？」

羅獵用力咬了咬嘴唇，希望疼痛能夠有助於自己儘快回到現實中去。

小男孩道：「我不想去北美，我想我娘……」

羅獵的內心一酸，這正是他當年心中所想，爺爺為了他的未來將他送入中西學堂，又將他送往美利堅留學，卻從未考慮過他的感受，對他當時的心靈實則是一次重創。

羅獵道：「一切都已經過去了！」這句話更像是對自己所說。

即便眼前站著的真是兒時的自己，時光也已經一去不回頭，自己再也無法回到少年歲月。

小男孩望著羅獵：「我不想成為現在的樣子。」

羅獵已經沒有了剛才的震驚，一個人怎會害怕過去的自己？他微笑道：「看來我讓你失望了。」

小男孩搖了搖頭：「不是失望，而是不想，你明白嗎？長大後我想成為一名教師，像娘一樣。」

羅獵點點頭，沒有人比自己更清楚兒時的理想，母親在他心中的地位如此崇高，他敬仰母親的一切，甚至他的理想也受到了母親影響，他想成為一名教師，教書育人，舞文弄墨。然而母親的逝去卻讓他的人生從此發生了改變，羅獵望著過去的自己，他記得自己過去的一切，可過去的自己卻並不滿意現在的自己。

小男孩道：「我當時應該逃走的，去找英子，去找洪爺爺。」

羅獵想過逃離，可是當年的他實在太小，天下之大，人海茫茫，讓他去哪裡尋找故人，即便是找到，那時的洪爺爺只怕也無力照顧兩個幼小的孩子。

小男孩道：「我沒想到可以長這麼高。」他仰視著羅獵，其實就是在看著自己。

羅獵輕聲道：「人總會長大，在成長的過程中也會改變。變得不再單純，甚至會變成一個陌生的自己。」他的話在說給自己聽，現在的自己，因為他認為過去的自己不會懂。

小男孩點了點頭，若有所悟，他又道：「爺爺為什麼要送我去北美？」

這個問題困擾了羅獵從少年到青年時代，他隱約覺得爺爺送自己離去是為了規避某種危險，而後來爺爺因清廷覆滅而自殺，也讓他看到了另外一種可能，或許爺爺希望自己出國留洋可以學到本領振興中華，向來惜字如金沉默寡言的爺爺從未透露過他的目的，且已經帶著秘密永遠離開了人世。

羅獵道：「他想讓我學會獨立自強！」

小男孩抿了抿嘴唇：「我不想長大，我想娘。」

羅獵點了點頭，伸出手去想要撫摸兒時自己的頭頂，當他的手掌觸及男孩的頭頂時，男孩的影像如風中流沙般在眼前消失。

耳邊傳來嬰兒啼哭聲，羅獵的內心因這突如其來的啼哭聲劇烈跳動著，他提醒自己一切都是幻象，務必要守住本心，千萬不可被這接二連三的幻象所干擾。

然而當羅獵看清前方的景象，剛剛平復的內心卻又再起波瀾。

一個年輕的女子抱著一個哇哇啼哭的嬰兒站在前方，雖然只是一個背影，羅獵卻已經從那熟悉的背影中辨認出她就是自己的母親。雖然明知道一切皆是幻象，羅獵的內心仍然抑制不住陣陣激動。

母親懷中的嬰兒一定是兒時的自己。

母親輕輕拍打著懷中的嬰兒，聲音充滿了不捨和難過：「你……不該來到這世上的……」意想不到的一幕發生了，母親伸出手突然捂住了嬰兒的嘴巴，嬰兒的哭聲戛然而止。羅獵差點沒有驚呼出來，可他馬上又想到，母親一定不會忍心下手，否則自己又怎能長大？

果不其然，母親很快又放下手來，緊緊擁住嬰兒大聲哭泣起來：「我做不到……做不到……」

羅獵熱淚盈眶，他沒有因為母親一時的殺念而生出怨念，他能夠體諒到母親當時複雜矛盾的心理，自己本不該屬於這個時代，自己的出生或許會改變整個時代發展的軌跡。

母親抱著嬰兒，輕聲道：「你必須走，你不屬於這個時代……」她緩緩轉過頭來，清秀的臉上布滿淚痕，充滿憂傷的雙眸盯住羅獵，彷彿一直看到了他的內心深處：「快走！快離開這裡！」她陡然發出一聲撕心裂肺的尖叫。

尖叫聲中她和嬰兒的身影宛如紙片般碎裂，又如千萬隻蝴蝶散落在空中，旋即化成點點光斑於虛空中消失不見。

羅獵被眼前的所見深深震撼，許久情緒都無法平復。

他明明知道剛才所經歷所看到的一切都是幻象，都是自己腦海中深層記憶的寫照，可是卻無法解釋這種現象因何發生，羅獵第一次產生了無法主宰自身意識的感覺，彷彿有人悄悄打開了他記憶的閘門，往日記憶所有的悲傷痛苦，所有不願在人前提起的事情都一股腦呈現在眼前。

這些記憶除了他自己，也只有一個人曾經讀到過，龍玉公主，只有在天廟的時候為了對抗雄獅王，龍玉公主進入了他的腦域，這個世界上如果有一個人知道自己的秘密，那麼這個人就是龍玉公主無疑。

以龍玉公主向來多變的性情，不排除她在暗中下手腳的可能。羅獵朗聲道：「龍玉，我知道是你！」

他的聲音在空曠的地宮中迴盪，過了許久仍然未見有人回應，羅獵不由得皺了皺眉頭，此女詭計多端，躲在這裡卻不知又在醞釀怎樣的陰謀。

前方出現了一道形如水幕的屏障，羅獵先用手小心試探了一下，此前已經接連穿越了兩道類似的屏障，這種屏障看似如同液體一般，其實觸摸並無水的質感，更像是光波之類的幻影，除了在離開水潭之時遭遇的屏障毀掉了他們的天羅甲，並險些將魂魄抽離之外，這些屏障並無特殊。

羅獵暗自吸了口氣，舉步進入這有形無質的屏障，身軀並未受到任何的阻礙就順利通過屏障。

張長弓聽到了波濤聲，瞎子再度看到了那艘白骨大船，眾人踩著紅色的沙灘，剛才的那番奔波已經耗盡了他們大半的氣力，他們準備在沙灘上坐下，稍事休息，可老安卻在此時倒了下去，他被骨刺射中左肩，剛才都是在強行支撐，到了這裡終於無法堅持下去了。

海明珠趕緊蹲了下去想要將他扶起，老安的身軀不斷發抖，牙關打顫道：「我……我應當是不成了……」

張長弓檢查了一下老安的傷口，因為骨刺無法取出，所以傷口始終得不到癒合，到現在都無法止血，目前的狀況都是因失血過多而引起。張長弓道：「必須儘快將骨刺取出，不然只怕會有危險。」

瞎子道：「說得容易，這根骨刺上面生有倒刺，如果強行將之拉出來，必然要挖出一個大洞才行。」真要是那樣對老安的損傷必定極大，以他們目前的醫療條件，無法確保將他救回。

張長弓向安藤井下望去，當初自己也曾經危在旦夕，是安藤井下出手方才將自己救回，在場的人中或許只有他才有這樣的本事。

安藤井下明白張長弓的意思，他來到老安身邊伸手在沙灘上寫了三個大字，會很痛！

眾人都明白了安藤井下的意思，看樣子他是要出手幫助老安了，老安點了點頭道：「動手吧……我忍得住……」

海明珠扯了塊衣角塞入老安的口中，讓他咬住，避免他因為疼痛而咬傷了舌頭。安藤井下的利爪沿著骨刺探伸進去，眾人都沒有想到他居然用這種直接且粗暴的方式為老安療傷，一個個驚得目瞪口呆。

利爪探入老安的傷口等於造成了二次傷害，老安痛得額頭冷汗簌簌而落，臉部的肌肉扭曲變形。安藤井下取出骨刺的辦法就是利用他的利爪探入傷口之中將倒刺折斷，然後再將傷口內的異物逐一取出，雖然這樣可以避免更大範圍的損傷，可是清理治療的過程卻極其煎熬。

以老安的堅強，都無法支撐下去，沒多久就暈了過去。不過這對他而言算不上壞事，安藤井下先將骨刺的主幹抽離出來，然後又將折斷的小刺一根根從老安的傷口內剔除出來。

剛剛暈厥過去的老安再度疼醒過來，海明珠已經不忍心再看下去，圍觀眾人也都能夠體會到老安所承受的痛苦，瞎子暗歎若是自己只怕早就叫得慘無人聲，老安無論人品怎樣，居心如何，可此人表現得相當硬氣，在安藤井下為他療傷的過程中始終保持一聲不吭。

葉青虹的目光定格在不遠處的水面之上，那艘原本浮現在海面上的白骨大船正在緩慢下沉，陸威霖也留意到了這一變化，他們很快就判斷出是因為水面的上漲而造成的錯覺。

羅獵無法分辨自己剛剛所經歷一切究竟是現實還是夢幻，他認為最大的可能就是龍玉公主侵入了自己的腦域，並利用她對自己的所知製造出一幕幕的場景，干擾自己的心神。

可當羅獵走入這道屏障之後，卻看到前方有一面水池，龍玉公主凌空飄浮於水池上方的空中，平躺在那裡，雙手放在小腹前方，一動不動，她的表情恬靜而祥和，看上去仿若熟睡一般。

羅獵並未急於驚擾她，遠遠站在那裡，忽然發現水面下也有一道身影。

那身影卻是身穿紅裙的少女，羅獵強行抑制住內心的驚奇，緩步靠近水潭，只見水面下一個身穿紅裙的少女張開雙臂，一動不動漂浮在水中，滿頭長髮因為水浮力的緣故向周圍四散漂浮，她的肌膚被水光映射成了幽蘭蒼白的顏色，她的模樣分明就是龍玉公主，是羅獵此前在九幽秘境中最初遇到的龍玉公主。

羅獵仍然記憶猶新，當初在九幽秘境遇到龍玉之時，她被禁錮在冰棺之中，當時就是眼前的樣子，只是龍玉公主的肉身在西夏王陵之時已經被雄獅王毀去，不可能出現在這個地方。

水中的紅裙少女緩緩向上浮起，羅獵歷經太多詭異的場面，眼前發生的一幕並未讓他感到驚奇，更何況他的潛意識中認為自己所看到的場景很可能都是幻象，他雖然明知這一切是幻象卻無法從類似於夢境的狀況中甦醒過來。

紅裙少女已經浮出了水面，很快她的身軀就離開了水面，而且不斷向漂浮在空中的顏天心身軀靠近。羅獵推斷出最終的結果是兩者融為一體，下方的水潭一定擁有將肉身和意識分離開來的能力，當兩者再度合二為一的時候，也就是龍玉公主的甦醒之時。

羅獵認為自己一定在夢中，否則他不可能看清龍玉公主的意識，在他的內心深處是極其希望顏天心能夠復生的，可理智又告訴他，顏天心在事實上已經死去，雖然肉身仍在，在她美麗的軀體內包藏著的卻是龍玉公主詭計多端的靈魂。

羅獵從紅裙少女的身上察覺到一股強大的力量，絕不是錯覺，這力量前所未有的強大，即便是龍玉公主此前能力處在巔峰之時也沒有這般強大，強大到讓羅獵的內心感到惶恐，讓他第一次產生了無法匹敵的感覺，從心底深處感到一種威壓感，如同高山仰止。

比起這種強大的力量，讓羅獵更加恐懼的是他極有可能陷入了龍玉公主預先設計的陰謀，龍玉公主真正的目的絕非是要離開這裡，正如她當初選擇來到這裡一樣，由始至終她的目的應當都沒有改變過，這水池有古怪，龍玉公主想方設法來到這裡應當是為了恢復能量，甚至更上一層。

有一點她並沒有欺騙自己，單憑龍玉公主自身的力量她根本無法抵達這個地方，所以她才會想方設法將自己引到這裡，唯有在自己的幫助下，她方才可能達成所願。

羅獵想通了整件事的來龍去脈，內心不由得陷入左右為難的困境中，只要龍玉公主的意識再度和顏天心的肉身合二為一，復甦之後她將變得空前強大，甚至她的力量可以超越雄獅王。

復甦後的龍玉公主不知會做出怎樣的事情？如果她早已失去了野心看淡了一切，又為何要千方百計不惜代價來到這裡？誰又能保證她在重獲能力之後會不會利用她的力量控制或毀滅這個世界？

羅獵抿起嘴唇，面龐的肌肉緊繃起來，他的內心更加凝重，對他而言或許還有機會，只要阻止龍玉公主的意識和顏天心再度結合，或許就能夠阻止一場前所未有的浩劫。

然而……

羅獵望著漂浮在空中安詳沉睡的顏天心，彷彿聽到顏天心在耳邊呢喃，他的眼圈紅了。顫抖的手從身後抽出飛刀，一切只能在他的手中終結。

「不要……」

羅獵聽到一個乞求的聲音，低頭望去，看到一個穿著紅裙的小女孩赤裸著雙足站在自己的面前，蒼白的小手抓住他的手臂搖晃著：「不要……」

羅獵深深吸了口氣，爆發出一聲怒吼，手中的飛刀同時向漂浮在空中的兩道身影射去。

飛刀快如疾電，行進至水池的邊緣卻陡然停滯，羅獵對這樣的結果並不驚奇，在這個地方任何事情都可能發生，在擲出飛刀之後，他宛如獵豹一般向水池撲去，騰空一躍試圖抱住空中的龍玉公主。

池水在羅獵騰躍之時猛然升騰而起，在虛空中幻化成一隻透明的拳頭，這巨大的拳頭狠狠擊中了羅獵的身體將羅獵打得橫飛出去，而後又化為一道水鏈，將羅獵的手足纏住，羅獵竭力掙扎著，卻無法掙扎出水鏈的束縛。

池水隱隱浮現出一張巨大的人臉，水中的人臉漠然望著羅獵，羅獵怒吼著，試圖用怒吼聲將自己從一重又一重的幻境中喚醒。

他已經來不及阻止，只能眼睜睜看著龍玉公主和顏天心重新合為一體。

在兩人身影重疊在一起的剎那，強光乍現，羅獵被強光照射得眼前一片空白，腦海中嗡的一聲，如同經歷了一場爆炸，他似乎看到自己在這場爆炸中被炸得粉身碎骨，碎裂成千片萬片……

當碎片一點點拼湊，羅獵的腦海中重新出現了龍玉公主的影像，伸出手輕輕撫摸著他的面孔，輕聲道：「你想殺我？」

羅獵失去了說話的能力，不能動，不能說，只能靜靜聽著她的話。

龍玉公主的雙眸充滿了傷感：「我沒想過要害你，在你心中始終當我是壞人，始終想除掉我對不對？」她歎了口氣道：「我走了，以後無論是我還是顏天心，你都不會再見到……」

羅獵只能望著她，依然說不出話。

龍玉公主道：「有些事誰都無法阻止，你爹娘阻止不了，你也一樣……」

她的身影漸漸飄遠，羅獵的世界變得一片黑暗……

羅獵感覺喉嚨痛得就像要燃燒起來一樣，又乾又痛，睜開雙目，強烈灼熱的陽光照得他睜不開眼，身體的每一寸都如同被撕裂一般疼痛，他努力嘗試仍然無法挪動自己的身體分毫。

眼睛睜不開，還好耳朵能夠聽到，他聽到濤聲陣陣，自己距離海岸線應當不遠，鼻息間能夠聞到海水的鹹腥味道，羅獵努力撿拾著記憶，試圖將支零破碎的記憶拼湊完成，然而他剛有這樣的念頭就感覺到頭痛欲裂。

羅獵只能判斷出自己已離開了九幽白骨塔，離開了地洞，他不知是自己走到了這裡，還是別人將他送到了這裡，也不知同伴們是否也如他一樣離開了地洞。

在恢復了少許體力之後，羅獵慢慢從地上爬了起來，踉踉蹌蹌走了幾步又重新跌倒在了沙灘上，還好在他面前不遠的地方就有一根樹枝，羅獵撿起樹枝，剛好襯手，他把樹枝當成拐杖，撐著一瘸一拐地沿著沙灘向前方走去，希望能夠找到同伴。

饑渴折磨著他，直射的陽光將他的眼睛照得白花花一片，同時也影響到了他的思維，陽光下的海藍得耀眼，海風追逐著海浪，驅逐著潔白如雪的浪花拍打在沙灘上，猶如珍珠散落了一地。

羅獵拄著木棍走了兩步就停下，站在那裡感覺天旋地轉，他張大了嘴巴，大口大口呼吸著，宛如一條瀕死的魚，眩暈稍稍減輕了一些，他方才慢慢睜開緊閉的雙目，他的確出來了，龍玉公主不在身邊，他依稀記得，自己拚命阻止龍玉公主與顏天心合體，阻止龍玉公主佔據顏天心的軀體，可是他並未成功。

龍玉公主還說過一番讓他記憶猶新的話。

羅獵努力回憶著，那番話應當是在和自己道別，龍玉公主帶著顏天心的身體一起離開了自己，她知道了自己的目的，甚至也知道自己爹娘的秘密，一想到這件事，羅獵就感覺到呼吸困難，一種前所未有的挫敗感佔據了他的內心，他以為自己能夠阻止，然而最終他什麼也沒有改變。

羅獵想起了葉青虹和他的朋友，他的內心被惶恐所佔據，葉青虹他們應當還被困在裡面，從自己失去意識到現在已經不知過去了多久的時間，不知他們現在的狀況究竟如何？

就在羅獵為同伴的處境憂心不已的時候，海風送來遠方模糊的聲音，羅獵依稀分辨出應當是有人在呼喊自己的名字，他想要回答，可喉嚨又腫又痛，根本發不出任何聲音。他擔心會和這聲音擦肩而過，於是奮起全身的力量，拄著那根樹枝循著聲音迎了過去，只走了幾步，那根樹枝就因為承受不住他身體的重量而從中折斷。

羅獵的身體頓時失去平衡，重重栽倒在沙灘上，冰冷的海浪拍打在他身上，潛意識告訴他很可能會被上漲的潮水淹沒，羅獵努力想要抬起自己的頭，讓口鼻遠離海水，可刺眼奪目的日光讓他的腦海再度陷入一片空白之中……

「羅獵！」

「羅獵……」

「羅獵！！！」

羅獵聽到許多焦急呼喚他名字的聲音，他努力睜開雙眼，可眼皮卻如同沉重的鉛塊，他感覺到一雙柔軟的小手抓住了自己的手掌，幫助他靠在一個軟綿綿卻又富有彈性的懷抱中，嘴唇感到一絲清涼，有人正在給他餵水。

羅獵的意識隨著這清涼的滋味漸漸變得清晰，他意識到葉青虹正緊緊抱著自己，給他餵水的人是瞎子。周圍的幾個人不停呼喊著他的名字，每個人都在關注著他的狀況。

羅獵想要說話，可仍然說不出話，只能抓緊了葉青虹的手，以此來告訴葉青虹自己已經醒了。

羅獵感到臉上落了兩滴雨，不是雨，是葉青虹欣慰的淚水。

葉青虹紅著眼圈道：「他醒了！」

瞎子長舒了一口氣道：「我早就說過他命大，肯定死不了。」

陸威霖笑道：「你命也很大。」看了看周圍道：「咱們命都很大。」

張長弓站起身道：「你們在這裡陪著他，我先去看看有沒有船過來。」

海明珠馬上隨之站起道：「我也去。」

老安靠在礁石上，在安藤井下幫他取出那支骨刺之後，他的狀況已經好轉了許多，只是在他傷情穩定之後，海明珠明顯開始故意疏遠他，老安並不介意，也沒有感到任何失落，畢竟在生死關頭海明珠的表現他已經看得清清楚楚，血肉親情是任何人任何事都隔不斷的，海明珠雖然嘴上沒有承認是自己的女兒，可心裡已經承認。

老安望著兩人遠走的背影，心中暗自欣慰，看得出女兒對張長弓有好感，張長弓光明磊落，剛正不阿，是條漢子。

陸威霖道：「安先生呢？」

安先生自然不是瞎子，也不是老安，陸威霖口中的安先生是安藤井下。

瞎子搖了搖頭道：「他神出鬼沒，說不定就在附近，只是不想現身相見。」安藤井下擁有隱身的本領，想要在人前消失對他而言是輕而易舉的事情。

張長弓站在礁石上眺望遠方，他們雖然逃脫了困境，可是並沒有離開這座孤島，遠方的海面空曠平靜，幾隻鷗鳥在陽光下舒展著牠們美麗的翅膀，在淺藍色的天空和湛藍色的大海之間劃出一道道銀色的軌跡，一切都很美好，可卻掩飾不住美麗背後的單調。

海明珠道：「張大哥，如果沒有人來找我們怎麼辦？咱們豈不是要一輩子都生活在這個小島上？」

張長弓一直迴避去想這個問題，如果一輩子都被困在這座小島上，即便是身邊還有朋友，那樣的生活也是不可想像的，張長弓沉默了一會兒方才道：「不會！」

海明珠道：「其實就算永遠都留在這裡也不錯，閑來看看海，釣釣魚，還可以……」望著張長弓雙眸中流露出溫柔的目光，海明珠有生以來第一次有了願意和一個男子廝守一生的想法，年齡和閱歷決定她看問題的角度和多半人不同，她眼中的這片海要比其他人美麗得多。

張長弓忽然指向遠方，素來沉穩的他表情變得有些激動：「你看！」

海明珠極目遠眺，好不容易才看清在海天之間有一個小黑點，憑著自幼海上生活的經驗判斷，那黑點應當是一艘船。在海明珠確認了張長弓的發現之後，張長弓馬上大聲將消息告訴了同伴，然後集合目前擁有勞動能力的幾人一起尋找樹枝，在空曠的沙灘上升起一堆火，希望火光和濃煙可以吸引對方的注意力。

當他們將火升起，將煙燗起之後，卻發現遠方海面上的那個黑點已經不見了，如果看不到希望，他們的失望會依然如故，可是在看到希望之後又破滅，那麼他們心中的失望會增加無數倍。

除了海明珠之外，他們的心理素質都非常強大，儘管如此，也都出現了不同程度的沮喪，連陸威霖都不再掩飾臉上的沮喪，他歎了口氣道：「看來他們沒有發現咱們。」

瞎子道：「距離這麼遠，又是白天，這點兒火苗和煙霧根本不夠。」

老安看出幾人的沮喪，作為其中的長者，他感覺自己有必要說幾句，咳嗽了一聲道：「既然有一條船，就證明還會有船從這裡經過，這艘船看不到咱們，與許下艘船就能夠發現。」

幾人圍在一起討論的時候，葉青虹卻攙扶著羅獵走向沙灘，羅獵已經恢復了部分體力，腳步也變得穩健，表情也恢復了昔日的鎮定，因為補充了水分，乾涸的嘴唇也不再流血，眼睛也再度開始變得明亮起來。

「你們究竟是怎麼逃出來的？」羅獵的聲音仍然沙啞，這是他獲救以來說出的第一句話。

葉青虹道：「我們本來在原地等著你，可潭水突然漲了，水面上漲得很快，如果繼續待在那裡，用不了太久就會被淹沒，所以我們就按照和你事先的約定去了白骨大船那裡。」

羅獵點了點頭，那是他們此前的約定。

葉青虹道：「等到了那裡，發現那邊的水位也開始上漲，我們唯有選擇登船，可是沒等我們登船，那艘白骨大船突然開始移動，撞擊在岩壁之上，將岩壁破出一個大洞，水從洞口流了出去，我們就從洞口離開，發現出了洞口就到了外面，走出不遠就是沙灘。」

葉青虹一口氣將他們的脫困經歷說完，又問起羅獵是如何走到了沙灘上，羅獵對此報以苦笑：「我若說自己都不記得了，你會不會相信？」

葉青虹點了點頭，挽緊了羅獵的手臂，彷彿生怕自己一鬆手他就會從自己的身邊飄走一樣，點了點頭，本想詢問顏天心的下落，可話到唇邊又放棄了這個想法。她是個極其聰穎的女人，什麼該問，什麼不該問，她非常清楚，在這種時候詢問羅獵這樣的話題，只會勾起他痛苦的記憶，葉青虹認為羅獵無論是在身體上還是心理上都剛剛遭受了重創。

羅獵沉吟了一會兒道：「她走了！」

葉青虹沒有應聲，心中卻明白羅獵在告訴自己什麼？她因羅獵的這句話而感到溫暖，以羅獵的智慧又豈能看不出她的心理，而羅獵表現出的坦誠也證明了他是在乎自己的，葉青虹並不想去爭，放開了羅獵的手臂來到羅獵的身後伸出雙臂抱住了他，將俏臉貼在羅獵的後背上，小聲道：「我不會走，你永遠趕不走我。」

請續看《替天行盜》卷十五　通緝令

替天行盜 卷14 局中人

作者：石章魚
發行人：陳曉林
出版所：風雲時代出版股份有限公司
地址：10576台北市民生東路五段178號7樓之3
電話：(02) 2756-0949
傳真：(02) 2765-3799
執行主編：劉宇青
美術設計：許惠芳
行銷企劃：林安莉
業務總監：張瑋鳳

初版日期：2022年1月
版權授權：閱文集團
ISBN ：978-626-7025-14-7
風雲書網：http://www.eastbooks.com.tw
官方部落格：http://eastbooks.pixnet.net/blog
Facebook：http://www.facebook.com/h7560949
E-mail：h7560949@ms15.hinet.net
劃撥帳號：12043291
戶名：風雲時代出版股份有限公司

風雲發行所：33373桃園市龜山區公西村2鄰復興街304巷96號
電話：(03) 318-1378
傳真：(03) 318-1378
法律顧問：永然法律事務所 李永然律師
北辰著作權事務所 蕭雄淋律師

行政院新聞局局版台業字第3595號 營利事業統一編號22759935

定價：290元

國家圖書館出版品預行編目資料

替天行盜 ／石章魚 著. -- 臺北市：風雲時代出版股份有限公司，2021.07- 冊；公分

ISBN 978-626-7025-14-7（第14冊；平裝）

857.7 110003703

風雲時代 風雲時代 風雲時代 風雲時代 風雲時代 風雲時代 風雲時代
時代 風雲時代 風雲時代 風雲時代 風雲時代 風雲時代 風雲時代 風雲
風雲時代 風雲時代 風雲時代 風雲時代 風雲時代 風雲時代 風雲時代
時代 風雲時代 風雲時代 風雲時代 風雲時代 風雲時代 風雲時代 風雲
風雲時代 風雲時代 風雲時代 風雲時代 風雲時代 風雲時代 風雲時代
時代 風雲時代 風雲時代 風雲時代 風雲時代 風雲時代 風雲時代 風雲
風雲時代 風雲時代 風雲時代 風雲時代 風雲時代 風雲時代 風雲時代
時代 風雲時代 風雲時代 風雲時代 風雲時代 風雲時代 風雲時代 風雲
風雲時代 風雲時代 風雲時代 風雲時代 風雲時代 風雲時代 風雲時代
時代 風雲時代 風雲時代 風雲時代 風雲時代 風雲時代 風雲時代 風雲
風雲時代 風雲時代 風雲時代 風雲時代 風雲時代 風雲時代 風雲時代
時代 風雲時代 風雲時代 風雲時代 風雲時代 風雲時代 風雲時代 風雲
風雲時代 風雲時代 風雲時代 風雲時代 風雲時代 風雲時代 風雲時代
時代 風雲時代 風雲時代 風雲時代 風雲時代 風雲時代 風雲時代 風雲
風雲時代 風雲時代 風雲時代 風雲時代 風雲時代 風雲時代 風雲時代
時代 風雲時代 風雲時代 風雲時代 風雲時代 風雲時代 風雲時代 風雲
風雲時代 風雲時代 風雲時代 風雲時代 風雲時代 風雲時代 風雲時代
時代 風雲時代 風雲時代 風雲時代 風雲時代 風雲時代 風雲時代 風雲
風雲時代 風雲時代 風雲時代 風雲時代 風雲時代 風雲時代 風雲時代
時代 風雲時代 風雲時代 風雲時代 風雲時代 風雲時代 風雲時代 風雲
風雲時代 風雲時代 風雲時代 風雲時代 風雲時代 風雲時代 風雲時代
時代 風雲時代 風雲時代 風雲時代 風雲時代 風雲時代 風雲時代 風雲
風雲時代 風雲時代 風雲時代 風雲時代 風雲時代 風雲時代 風雲時代
時代 風雲時代 風雲時代 風雲時代 風雲時代 風雲時代 風雲時代 風雲
風雲時代 風雲時代 風雲時代 風雲時代 風雲時代 風雲時代 風雲時代
時代 風雲時代 風雲時代 風雲時代 風雲時代 風雲時代 風雲時代 風雲
風雲時代 風雲時代 風雲時代 風雲時代 風雲時代 風雲時代 風雲時代
時代 風雲時代 風雲時代 風雲時代 風雲時代 風雲時代 風雲時代 風雲
風雲時代 風雲時代 風雲時代 風雲時代 風雲時代 風雲時代 風雲時代
時代 風雲時代 風雲時代 風雲時代 風雲時代 風雲時代 風雲時代 風雲
風雲時代 風雲時代 風雲時代 風雲時代 風雲時代 風雲時代 風雲時代
時代 風雲時代 風雲時代 風雲時代 風雲時代 風雲時代 風雲時代 風雲
風雲時代 風雲時代 風雲時代 風雲時代 風雲時代 風雲時代 風雲時代
時代 風雲時代 風雲時代 風雲時代 風雲時代 風雲時代 風雲時代 風雲
風雲時代 風雲時代 風雲時代 風雲時代 風雲時代 風雲時代 風雲時代
時代 風雲時代 風雲時代 風雲時代 風雲時代 風雲時代 風雲時代 風雲
風雲時代 風雲時代 風雲時代 風雲時代 風雲時代 風雲時代 風雲時代
時代 風雲時代 風雲時代 風雲時代 風雲時代 風雲時代 風雲時代 風雲
風雲時代 風雲時代 風雲時代 風雲時代 風雲時代 風雲時代 風雲時代
時代 風雲時代 風雲時代 風雲時代 風雲時代 風雲時代 風雲時代 風雲
風雲時代 風雲時代 風雲時代 風雲時代 風雲時代 風雲時代 風雲時代
時代 風雲時代 風雲時代 風雲時代 風雲時代 風雲時代 風雲時代 風雲
風雲時代 風雲時代 風雲時代 風雲時代 風雲時代 風雲時代 風雲時代
時代 風雲時代 風雲時代 風雲時代 風雲時代 風雲時代 風雲時代 風雲